» I MAESTRI DELL'AVVENTURA «

VOLUME 48

IL FIGLIO DELLA TEMPESTA

Romanzo di
MARCO BUTICCHI

LONGANESI

Gruppo editoriale Mauri Spagnol

www.longanesi.it

ISBN 978-88-304-6216-8

Illustrazioni di
Maria Consuelo Buticchi

Ogni riferimento a fatti e persone reali si deve alla finzione romanzesca. Anche se ispirate a fatti realmente accaduti, le vicende narrate sono frutto della fantasia dell'autore. Il ruolo dei personaggi, delle società, delle organizzazioni e di enti e di soggetti esistenti è liberamente rielaborato e romanzato, così come la loro partecipazione alle vicende immaginarie e/o realmente accadute. Qualsiasi collegamento con persone vissute o viventi è puramente casuale.

IL FIGLIO
DELLA TEMPESTA

A chi insegue la vita
per coronare
i propri sogni

Nikola Tesla

PROLOGO

«Ogni sforzo sotto coercizione richiede un sacrificio di energia vitale.»

Nikola Tesla

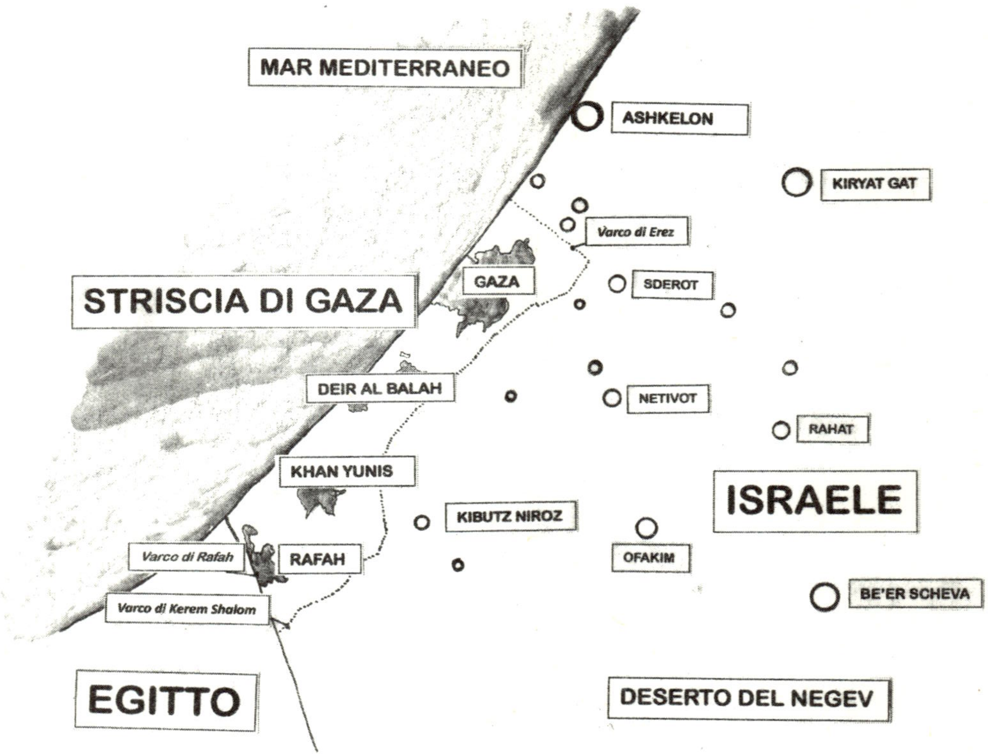

La striscia di Gaza

Gordes, Provenza, prime ore del mattino, 7 ottobre 2023

Le fronde del bosco avevano smesso di stormire.

Il vento era calato all'improvviso e, per un attimo, era sceso il silenzio.

Il cielo incominciava a rischiarare.

Il miracolo quotidiano dell'alba lambiva con i suoi raggi i contorni della torre merlata del castello e il profilo della basilica di San Firmino, lassù in cima alla collina. Poi, la luce del sole vinse le ultime ombre della notte e si levò prepotente. Sulla vegetazione apparvero mille sfumature dai caldi toni autunnali.

Oswald Breil e Sara Terracini avevano deciso di trascorrere qualche giorno in Provenza: la loro casa galleggiante, il *Williamsburg*, era in riparazione in un cantiere navale della Spezia. Quando il telefono di Oswald prese a squillare stavano ancora dormendo. Fu Sara la prima a riscuotersi, allungando una mano verso il marito. Oswald afferrò l'apparecchio e guardò l'ora: se Yossi Leivi lo stava cercando da Tel Aviv alle 7.30 del mattino, doveva esserci un buon motivo.

Yossi Leivi aveva ricoperto l'incarico di direttore del Mossad sino a pochi mesi prima e si era rivelato un degno erede della direzione Breil. Oswald era stato il suo ufficiale superiore quando entrambi facevano parte della Shayetet 13, il corpo scelto degli incursori della marina israeliana. Il giorno in cui Oswald era diventato capo del Mossad, Leivi lo aveva seguito. Yossi amava rivolgersi a lui adoperando ancora l'appellativo di « comandante ».

« Hanno attaccato un'ora fa, Oswald. Hamas », furono le parole con cui Leivi iniziò la conversazione, senza pronunciare neppure un cenno di saluto.

« Quanto è durato? » chiese Oswald, convinto si trattasse del ricorrente lancio di razzi dalla striscia di Gaza.

« L'attacco è ancora in corso, comandante. I razzi sono così tanti da riuscire a eludere la difesa di Iron Dome. Pare che uno su tre riesca a superare la 'Cupola di ferro'. Ma non è tutto... »

« Dimmi anche il resto, Yossi », lo incoraggiò Breil, ormai sveglio mentre Sara, al suo fianco, si era messa seduta e stava in silenzio.

« Non si sono limitati a una pioggia di razzi. Più di un migliaio di terroristi, dal cielo a bordo di deltaplani a motore, e da terra cavalcando moto o a bordo di fuoristrada, stanno mettendo a ferro e fuoco villaggi israeliani e kibbutz al confine con la striscia di Gaza. Ci sono centinaia, forse migliaia, di morti. »

« Com'è possibile che abbiano sorpreso le nostre forze di sicurezza? » chiese Oswald. Dall'altro capo della linea, Leivi rispose con un silenzio che valeva più di mille parole.

« Dobbiamo parlarne, Oswald. Ti raggiungo domattina in Provenza. »

Oswald assentì e chiuse la chiamata. Sarebbe stato inutile chiedere a Yossi Leivi come avesse saputo dove si trovava.

Confini nord-occidentali del Negev, prime ore del mattino, 7 ottobre 2023

Roxanne Oshman amava la brezza che proveniva da sud quando il sole ancora non si era alzato. Preannunciava l'avvento di un nuovo giorno. La donna rimase così, in piedi a braccia aperte, cercando di respirare ogni molecola di quell'aria che portava con sé i sapori dell'Oriente e il profumo della sabbia del vicino deserto. Aveva i capelli scuri con dei riflessi castani, gli occhi a mandorla neri e penetranti. Non era alta, ma aveva un corpo tonico e i lineamenti aggraziati. Indossava una tuta da jogging con delle bande dai colori accesi. Roxie, come la chiamavano gli amici, attese che il sole irrorasse i campi coltivati vicino al kibbutz. Aveva superato il presidio nel quale stazionava il corpo di guardia durante la notte. Fece un saluto veloce ai due militari assonnati che, in divisa e armati di tutto punto, vegliavano sulla tranquillità della colonia addormentata.

Si mantenne all'esterno del muro che cingeva Nir Oz, la piccola enclave israeliana posta a meno di tre chilometri dal confine con la striscia di Gaza. Al suo interno risiedevano poco più di quattrocento coloni. Roxie amava chiamarlo il « suo » regno di Oz, perché per lei, sino a poco tempo prima ingegnere elettronico in una multinazionale statunitense, quel kibbutz a sud di Israele rappresentava da sempre un mondo magico. Era convinta che i suoi figli sarebbero cresciuti più sani se avessero vissuto in quel lembo di deserto che il lavoro dei residenti aveva trasformato in terra fertile e produttiva.

Roxie attese che il sole superasse i contrafforti che dividevano la pianura dal Mar Morto, la giornata era tersa e si preannunciava calda. Poi, la donna si avviò a passo veloce in direzione dei campi coltivati.

Aguzzò la vista spingendo lo sguardo fino al mare. La striscia di Gaza, che separava lo Stato di Israele dal Mediterraneo, misurava una dozzina di chilometri nel suo punto di massima larghezza.

Roxie sorrise, ripensando a Manhattan, ai grattacieli che sfidavano il cielo, granitici custodi della vita frenetica che vi scorreva all'interno. Ancora una volta si rallegrò per la sua decisione di mollare tutto e tornare nel *suo* regno. Una scelta simile l'aveva fatta anche Toba, la sua unica sorella, più giovane di lei di qualche anno. Toba era stata un incursore nella Shayetet 13. Dopo di che, aveva deciso di seguire il suo ex comandante Oswald Breil, il giorno in cui il piccolo grande uomo d'Israele aveva abbandonato la vita politica per godersi la splendida moglie e un *buen retiro* dorato a bordo del suo yacht. Toba era sempre parca di parole così che, spesso, Roxie apprendeva le ultime gesta del « vecchio » Breil dalle notizie riportate dai media. La sorella minore aveva preferito rischiare la vita partecipando alle pericolose missioni dell'ex primo ministro israeliano, nonché ex capo del Mossad e dello Shin Bet, piuttosto che venir falciata da una raffica di proiettili da uno dei tanti nemici d'Israele indossando una divisa da sottufficiale della marina.

Roxanne raggiunse il campo coltivato e guardò ancora una volta verso il mare. La recinzione che correva lungo il confine assomigliava a un serpente nero che si insinuava tra la sabbia del deserto. Accanto al reticolato, dalla parte israeliana, si stendeva la strada di ronda percorsa ogni giorno dalle Hummer dell'esercito con la stella di David. La sorveglianza scongiurava le sortite di Hamas dalla striscia di Gaza e conferiva sicurezza ai coloni. Ma, da qualche giorno, i passaggi delle ronde si erano ridotti. Roxie aguzzò la vista, le sembrava di aver notato dei movimenti, annunciati da una densa nuvola di sabbia riarsa dal sole. Di lì a poco, alcuni lanciatori, dissimulati un po' ovunque oltre confine, emisero i loro sibili simili a lamenti laceranti: i primi razzi Qassam saettarono verso il cielo. In breve, la luce fu oscurata dalle scie dei vettori. Roxie rimase imbambolata a guardare le loro linee di fuoco. Si riscosse soltanto quando fu certa che una colonna di mezzi aveva superato la recinzione e si stava dirigendo verso il kibbutz sulla strada sterrata che costeggiava i campi coltivati. E per un attimo il terrore si impossessò di lei. Ma fu solo un attimo. Il corpo di guardia di Nir Oz non era lontano. Calcolò che, forse, sarebbe riuscita a raggiungerlo prima che i terroristi prendessero di mira i coloni. Ormai, le era chiaro: quello era il bersaglio.

Si mise a correre verso la garitta, accompagnata dall'urlo persistente dei razzi. Poi un rumore scoppiettante fu addirittura in grado di sovrastare il frastuono dei lanci. Roxie girò le spalle e quello che vide le parve irreale, come se stesse vivendo la scena di un film: centinaia di deltaplani a motore a due posti avanzavano a bassa quota. Ogni velivolo trasportava due terroristi, uno ai comandi e l'altro con il mitra spianato. Un equipaggio si accorse di lei, il deltaplano virò nella sua direzione e il mitragliere esplose alcune raffiche.

In preda al panico, Roxie trovò riparo dietro alle rocce che delimitavano la strada. Si infilò in una condotta approntata per l'irrigazione. Il deltaplano fece un rapido giro sopra la sua testa, poi raggiunse il resto dello stormo: gli assassini avevano cose più importanti da fare che perdersi dietro a un'ebrea. Il ronzio dei motori si andava attenuando a mano a mano che i velivoli atterravano, ma a lei sembrava che sulla sua testa stesse transitando un battaglione di cavalleria.

Dal suo nascondiglio Roxie sentì sopraggiungere una colonna di pick-up e di moto. Ora tremava come una foglia travolta dal vento. L'ansia per la sorte dei suoi figli, rimasti a letto a godersi la pace dello shabbat, le attanagliò lo stomaco. Quando riuscì finalmente ad abbandonare la condotta, a Nir Oz risuonavano i primi colpi d'arma da fuoco.

Smiljan, Regno di Croazia e Slavonia, 10 luglio 1856

Il villaggio di Smiljan contava poco più di trecento anime. Si conoscevano tutti tra di loro. La patina di neve gelata aveva lasciato ormai il posto alle tante sfumature di verde della vegetazione. L'estate era arrivata a interrompere un inverno rigido e inclemente. Georgina aveva patito il freddo più degli altri, portando avanti la sua quarta gravidanza, giunta ormai al termine senza eccessivi malesseri.

Il reverendo Milutin si segnò con la croce al bagliore dell'ennesima saetta che aveva solcato il cielo scuro della notte. Non appena il fragore del tuono si spense aguzzò l'udito: adesso, nella stanza che ospitava sua moglie Georgina, regnava il silenzio. Il prete ortodosso recitò a memoria alcuni passi delle Scritture, tese nuovamente l'orecchio e poi, nervoso, posò gli occhi sull'orologio da taschino che aveva appoggiato sopra al tavolo. Era mezzanotte in punto. Un altro fulmine illuminò a giorno le case del piccolo centro. Stavolta era caduto vicinissimo. Il temporale infuriava. Il rombo di un nuovo tuono fece tremare le pareti. Milutin accarezzò con un bacio la punta delle dita e portò indice e medio a sfiorare la croce d'oro spillata sul petto.

In quell'istante, dalla stanza accanto provenne un vagito.

Milutin si fece ancora più impaziente. Il breve tempo che intercorse prima che la porta di fronte a lui si aprisse gli parve interminabile. Poi la levatrice gli andò incontro sorridente: « È un maschio, un bel maschio sano e forte. È nato mentre una folgore solcava il cielo. Sarà un uomo fortunato ».

Milutin Tesla s'inginocchiò e ringraziò il Signore per quel nuovo dono. Nikola, il quarto dei suoi figli, era appena venuto al mondo. Nikola, il figlio della tempesta.

Parigi, estate 1884

In quell'estate, la metropoli sembrava stretta nella morsa del caldo. Gli alberi di Boulevard Montmartre, con l'ombra delle loro giovani chiome, non riuscivano a proteggere i passanti dall'afa. Nell'aria risuonavano gli schiocchi delle fruste dei cocchieri: un monito per i pedoni più che per i cavalli che trainavano al trotto le vetture. Al loro interno viaggiavano eleganti signori diretti ai caffè all'aperto nei dintorni dell'Opéra Garnier. Qualche rara automobile si avventurava lungo il boulevard, accompagnata da uno stuolo di ragazzini chiassosi che la inseguivano con gli occhi pieni di meraviglia.

Anche Nikola, a bordo di una carrozza a noleggio, osservava ammirato quelle vetture senza cavalli. Come ogni altra novità della tecnologia e della fisica, tutto quello che era capace di generare energia lo affascinava sin da quando, da adolescente, si era accorto che sul pelo del suo gatto Macak scoccavano scintille prodotte da un'energia invisibile. Da allora non aveva mai smesso di indagare sui fenomeni elettrici.

Nikola estrasse l'orologio dal taschino del panciotto: era l'ultimo regalo che suo padre Milutin gli aveva consegnato sul letto di morte nell'aprile del 1879. Aveva solo ventidue anni. Ma non era la prima volta che il lutto era entrato nella sua casa. Il suo inseparabile fratello maggiore Dane se ne era andato davanti ai suoi occhi quando aveva appena cinque anni, un incidente a cavallo che segnò nel profondo Nikola, rendendolo un bambino chiuso e solitario. Solo lo studio divenne per lui un rifugio sicuro: per anni, all'ateneo scientifico di Graz, si distinse tra i migliori del suo corso.

Stava ancora contemplando il quadrante dell'orologio, quando un fremito lo riportò al presente: era vicino a coronare il suo sogno di raggiungere gli Stati Uniti d'America. Aveva racimolato i pochi risparmi, comprato un biglietto di seconda classe su un transatlantico e salutato madre e sorelle. Prima destinazione Parigi, dove avrebbe cercato un lavoro per mettere insieme il costo del biglietto per il Nuovo Mondo. Per raggiungere la capitale francese aveva compiuto un viaggio attraverso un'Europa che non conosceva e che non cessava di suscitare in lui sorpresa e seduzione. Ma Nikola era convinto che ben altri spettacoli lo avrebbero atteso di là dall'Oceano.

Il giovane ripose l'orologio nel panciotto e si avviò verso la stazione. Era in perfetto orario per salire sul treno per Calais, ultima tappa nel continente.

Aveva la mente affollata di pensieri quando raggiunse l'ingresso della Gare du Nord. Alzò lo sguardo per ammirare le statue che ne adornavano la facciata: rappresentavano le principali città francesi che erano raggiungibili da quella stessa stazione. Un passeggero frettoloso lo fece quasi cadere a terra senza pronunciare nemmeno una parola di scusa. Nikola si riassettò il cappello sul capo, diede una spolverata alle falde dei pantaloni e si avviò risoluto verso il binario. Trasportava una valigia di piccole dimensioni: l'unico abito elegante era quello che indossava. Tutti i suoi averi erano racchiusi in un portafoglio di pelle, custodito nella tasca esterna della sua giacca: pochi denari racimolati prima di intraprendere quel viaggio e il biglietto per la traversata transoceanica. Aveva tenuto invece a portata di mano, nella tasca interna, il biglietto del treno e una lettera di presentazione vergata dal suo datore di lavoro.

Nikola sedette su una panca, dopo aver lasciato la sua piccola valigia nel vano deposito bagagli. Poco dopo guardò ancora l'orologio: era tempo di raggiungere il binario. Quando si avvicinò alla rastrelliera si accorse che la valigia era sparita. La cercò senza troppo disperarsi: la borsa conteneva davvero poche cose e nessuna gli era indispensabile. Resosi conto che qualcuno gliel'aveva rubata, disse a sé stesso che, con o senza biancheria, non avrebbe perso il treno per Calais.

Mancavano pochi minuti alla partenza e Nikola stava per montare su un vagone, quando si sincerò d'avere il portafoglio. Palpeggiò tutte le tasche, infilò le mani in ognuna di esse. Il portafoglio era sparito. Gli tornò alla mente il passeggero che lo aveva quasi travolto e capì: aveva incontrato un abile borseggiatore che, quasi certamente, era anche il ladro della sua valigia. L'istinto gli fece compiere alcuni passi all'indietro, mentre la locomotiva emetteva tre fischi di commiato. Il treno si mise in moto lentamente. Nikola girò di nuovo sui suoi tacchi: era inutile correre dietro al malfattore. Doveva partire a ogni costo.

Il treno stava aumentando il ritmo, quando la sua infallibile memoria gli riportò alla mente il numero del biglietto per New York. Forse la compagnia di navigazione avrebbe potuto emettere un duplicato del suo titolo di viaggio o, se qualcuno si fosse presentato con quel biglietto, sarebbe stato più facile risalire al borseggiatore.

Nikola si mise a correre, afferrò il corrimano dell'ultimo vagone, aprì la porta e salì sul treno in corsa.

Il piroscafo era accostato alla banchina. I marinai armeggiavano ad altezze vertiginose, intenti alla manutenzione delle vele serrate a riva. Il fumaiolo sputava verso il cielo estivo un fumo denso e nero. Le navi a doppia propulsione, vela e vapore, avevano subito un ulteriore impulso migliorativo verso la metà del secolo con la costruzione in ferro dello scafo e l'utilizzo delle eliche. Così, i tempi di viaggio si erano notevolmente ridotti rispetto ai piroscafi a ruota, e le rotte erano diventate più sicure: raggiungere il Nuovo Mondo dalla vecchia Europa richiedeva solo una trentina di giorni. Nikola attese che non ci fossero passeggeri alla base dello scalandrone e si rivolse all'ufficiale addetto all'imbarco.

« Mi chiamo Nikola Tesla. Mi hanno rubato il biglietto alla Gare du Nord, a Parigi. Ricordo però il numero del mio titolo di viaggio. Con quello potrete risalire alla mia identità e verificare la regolarità del mio lasciapassare. »

« Purtroppo, signore, conoscere un codice non è sufficiente per consentire il suo imbarco... Anche perché se, come lei dice, non possiede alcun documento di identità, lei potrebbe essere chiunque. Mi dispiace, ma non può salire », rispose l'ufficiale.

Nikola si scansò di lato per lasciare passare gli altri passeggeri. All'improvviso abbandonò l'aria mesta, si frugò in tasca, estrasse una lettera, la dispiegò e tornò alla carica.

« Questa è una lettera di presentazione al signor Thomas Edison di New York, vergata dal mio superiore sul posto di lavoro a Parigi, il signor Batchelor », disse Tesla porgendo il foglio. « Dallo scritto emergono le mie generalità. Come vede sono un tecnico e sto andando negli Stati Uniti per lavorare. La prego di prendere in considerazione questa ulteriore prova della mia identità, signore. Ne va del mio avvenire », concluse Nikola con schietta sincerità.

L'ufficiale guardò quel giovane, poteva avere la sua età. Il marittimo si chiamava Tim Cimino, aveva trent'anni ed era innamorato del mare. Aveva visto tante persone salire su quello scalandrone sognando il paradiso, era abituato a riconoscere quegli occhi pieni di sogni. Speranze che spesso, tuttavia, svanivano ai primi colpi di mare o negli stanzoni dell'Immigration Office, appena quei poveri migranti mettevano piede sulla loro Terra Promessa. E in molti erano tornati indietro più miserabili di quando erano partiti. Solo qualcuno ce l'aveva fatta.

Tim guardò ancora una volta quel giovane disperato. Il sedicente Nikola Tesla sembrava in grado di guidare il proprio destino, se solo gliene avessero dato l'occasione. Regalargli questa opportunità dipendeva solamente da lui.

« Mi aspetti un attimo, signor Tesla, ne devo parlare con il comandante... » disse Cimino prima di salire a bordo.

Gli occhi neri e attenti di Nikola fissavano i contorni delle coste europee, ormai quasi invisibili a poppavia. Alla fine, il comandante aveva acconsentito all'imbarco a condizione che, prima della partenza, nessuno si fosse presentato come titolare della prenotazione. Così Nikola era salpato alla volta della sua nuova vita. Senza un centesimo in tasca, senza documenti e neppure un cambio di biancheria, sapeva che sarebbe andato incontro a molte disavventure, forse insuperabili. Ma aveva tutta la durata del viaggio per pensarci: a bordo del piroscafo aveva un letto sul quale dormire, pasti assicurati e una trentina di giorni per ripercorrere con la mente la sua giovane vita.

LIBRO PRIMO

« Lasciamo che il futuro dica la verità e giudichiamo ciascuno secondo le proprie opere e i propri obiettivi. »

Nikola Tesla

Thomas Alva Edison

1

7 ottobre 2023

Sara Terracini aveva condiviso con Oswald Breil quasi ogni istante dei suoi giorni. Avevano vissuto avventure rischiose, imprevisti, minacce, paure. Ma mai aveva visto suo marito così prostrato. Mentre le notizie da Israele si susseguivano sempre più drammatiche, Oswald sembrava un leone in gabbia ferito e inferocito. In poche ore i miliziani di Hamas erano riusciti a far piovere quasi settemila razzi in territorio israeliano e in un raggio di un centinaio di chilometri dal confine. Molti di questi, dopo aver eluso i sistemi di difesa, avevano raggiunto i bersagli, seminando la morte tra i civili. Ma le notizie peggiori provenivano dai villaggi più prossimi alla striscia di Gaza. Lì i terroristi di Hamas avevano fatto irruzione sia via terra sia servendosi di deltaplani a motore. Stavano compiendo massacri inauditi nei kibbutz. I notiziari di tutto il mondo aggiornavano le edizioni straordinarie con comunicati che riferivano di raccapriccianti violenze su donne, bambini e abitanti inermi.

Non era facile vedere Breil perdere il controllo delle emozioni. Ma, alla fine del resoconto dei fatti appresi da un telegiornale francese, afferrò il telefono e chiamò Leivi. In quelle poche ore, si erano già sentiti almeno cinque volte.

« Come hanno fatto a sfondare i confini? Dov'è l'esercito?

Dove sono le nostre difese?» gridò Breil all'ex direttore del Mossad.

«Pare che le truppe di stanza lungo la striscia di Gaza siano state dislocate sul fronte della Cisgiordania per fronteggiare una possibile emergenza», rispose Leivi.

«In Cisgiordania? Impiegheranno almeno...» disse Breil incredulo.

«... almeno venti ore prima d'intervenire», lo interruppe Leivi. «Sarà un massacro.»

Nir Oz, 7 ottobre 2023

Il perimetro del kibbutz aveva la forma di un esagono irregolare. Al suo interno si trovava la zona residenziale, sul lato meridionale. I quattrocento coloni risiedevano in alcune villette, circondate da giardini fioriti: la cura del verde, in un angolo del deserto del Negev, era una delle tante sfide raccolte da chi aveva deciso di abitare a pochi passi dalla minaccia di Hamas. Al momento della sua fondazione, nel 1955, a Nir Oz esistevano solamente tre alberi malandati. Ora la comunità vantava un redditizio commercio di ortaggi coltivati, asparagi in particolare, e un importante allevamento di tacchini. L'acqua per le irrigazioni, il bene più prezioso nella regione, proveniva dall'impianto di desalinizzazione di Ashlon. Il vanto di ogni famiglia era la cura delle oltre sessanta specie di oleandri che vi erano state trapiantate. Esisteva una vera e propria gara tra chi riusciva a produrre i fiori più belli e rari. Roxanne Oshman aveva fatto arrivare le sue piante direttamente dal Sud Africa, le aveva interrate nel giardino accanto alla piscina, e le curava con amore.

Roxie si muoveva con circospezione. Le raffiche e le esplosioni delle granate si susseguivano senza tregua. La donna cercava di vincere la disperazione e di non abbandonarsi al panico: restare calma era l'unica possibilità per salvare la sua famiglia dal massacro.

Richard Goldberg, anch'egli ingegnere elettronico in carriera, aveva conosciuto Roxanne all'università, negli Stati Uniti, alcuni anni prima. Richard proveniva da una ricca famiglia di ebrei americani e, per entrambi, era scoccato il classico colpo di fulmine. Ultimati gli studi avevano trovato entrambi un lavoro di responsabilità, lui in un laboratorio sperimentale in New Jersey, lei in una società di progettazione impianti nella Grande Mela. Si erano sposati con il rito ebraico, officiato dal rabbino capo di New York. La decisione di cambiare radicalmente vita e stabilirsi a Nir Oz era stata presa quando Roxie era rimasta incinta del terzo figlio.

Richard aveva a malapena aperto gli occhi quando sua moglie era scivolata fuori dal letto. Era ancora buio. Si rispettava lo shabbat e lui sentiva il bisogno di continuare a dormire. Il lavoro nei campi era faticoso, ma premiava più di qualsiasi posto dirigenziale nella frenetica capitale mondiale degli affari.

Nel dormiveglia, quando udì i primi spari, Richard pensò che i ragazzi stessero combinandone qualcuna delle loro facendo brillare dei petardi. Poi si riscosse, si mise a sedere e comprese quello che stava accadendo. Il primo pensiero corse alla stanza blindata: ogni casa era dotata di un rifugio sotterraneo per difendere gli abitanti dagli attacchi missilistici di Hamas o per preservarli proprio in occasioni come quella che era scoppiata davanti ai suoi occhi increduli e impauriti.

Richard non perse tempo a vestirsi, si infilò nella stanza dei ragazzi. Stavano ancora dormendo. William, il più piccolo, aveva solo tre anni. Lo prese in braccio, poi afferrò Simon per la spalla: lui di anni ne aveva sette. Si accertò che il maggiore, Eitan, li stesse seguendo. Scesero tutti e quattro verso la cantina della loro villetta e spostarono alcuni oggetti che ostruivano l'apertura della porta blindata. Entrarono in fretta nel bunker, chiudendo il pesante portone di cemento e acciaio alle loro spalle. Fuori il fragore degli spari e delle esplosioni non cessava d'intensità.

Il pensiero di Richard corse a Roxie. Pregò dio che sua moglie fosse rimasta lontana dal kibbutz, riuscendo a nascondersi da qualche parte.

Davanti alla guardiola, all'ingresso del kibbutz, Roxie notò alcune moto abbandonate a terra dagli assalitori. Poco distante giacevano i paracadute alari dei deltaplani, appallottolati in fretta e furia e ancora collegati con i cavi al motore a elica e ai sedili. Il casottino dove stazionavano solitamente i militari di guardia era annerito dal fumo e cosparso di segni delle schegge di granata. I vetri antiproiettile erano attraversati da venature simili ai raggi del sole. Le striature si dipartivano dai fori dei colpi di grosso calibro, dopo che erano riusciti a violare la blindatura.

Il più giovane dei due militari aveva il busto che pendeva fuori dal davanzale, intriso di sangue, il fucile mitragliatore a terra. L'altra sentinella giaceva esanime all'interno del casottino.

A mano a mano che Roxie procedeva all'interno del kibbutz, si faceva più evidente la scia di morte che i terroristi si erano lasciati alle spalle. Chi l'aveva preceduta aveva fatto terra bruciata, sparando a qualsiasi cosa potesse costituire un intralcio all'attacco.

Gli spari si fecero più vicini. Roxie cercò riparo dietro un rigoglioso oleandro e li vide. C'erano tre terroristi con le armi spianate davanti a casa dei Weinstein, ebrei che provenivano dal Canada.

Nella piccola comunità si conoscevano tutti e condividevano con passione quell'esperienza. I tre si stavano godendo lo spettacolo delle volute roventi che uscivano dalle finestre della villetta, dopo che avevano appiccato il fuoco in più stanze. Poco dopo sopraggiunsero altri due terroristi. Indossavano tute mimetiche e calzavano un mephisto nero stretto sulla fronte da una fascia verde smeraldo con caratteri arabi bianchi: il segno distintivo degli uomini della Nukhba Force, il corpo scelto di Hamas. In mano stringevano dei fogli e Roxie li udì distintamente pronunciare il nome della sua famiglia. Diedero l'ordine agli altri di portare al centro della strada Judith Weinstein, proprietaria della villetta in fiamme. L'anziana aveva il capo insanguinato e veniva trascinata a forza. Malgrado ciò la donna non smetteva di maledire i suoi carnefici, neppure quando uno di loro, mentre un altro riprendeva la scena con il telefono, le premette la canna della pistola sulla tempia facendole saltare le cervella. Il capo di nonna Judith ebbe un sussulto, poi l'anziana si accasciò a terra come un sacco vuoto, gli occhi sbarrati, la bocca serrata nell'ultima maledizione.

Richard strinse a sé i ragazzi nella cantina-bunker, raccomandando loro di non fare alcun rumore. Nella stanza sovrastante i passi dei terroristi risuonavano come rintocchi d'orologio.

Gli uomini di Hamas agivano senza fretta. Erano suddivisi in pattuglie di sei elementi ciascuna. Dopo essersi sincerati che dalla casa non provenisse alcuna minaccia, erano penetrati all'interno. Ogni pattuglia si era esercitata, simulando ogni potenziale scenario decine di volte. Si muovevano con professionale meticolosità. Il capopattuglia attese l'arrivo di un ufficiale e, assieme agli altri terroristi, iniziarono la perquisizione delle stanze, indugiando su alcuni documenti custoditi nel cassetto di una scrivania che furono infilati nei contenitori di plastica e caricati su un fuoristrada.

I passi, nei locali ai piani superiori, si erano fatti più frenetici, intercalati da tonfi e rumori sordi degli oggetti e suppellettili che gli assalitori gettavano a terra dopo averli esaminati.

Due grosse lacrime rigavano le guance del piccolo William. Il bambino era pallido e scosso da un tremito. Si rendeva conto della gravità del momento. Eppure nessuno dei tre ragazzi emise un solo suono.

« Siete degli uomini coraggiosi! » sussurrò il padre, proprio mentre i passi dei terroristi rimbombarono lungo la scala che portava alla cantina.

Gli assalitori impiegarono poco tempo per individuare la porta di cemento del bunker. Richard aveva sprangato il maniglione inserendo una barra di ferro nel meccanismo rotatorio d'apertura. Il sistema di chiusura resse a un primo tentativo d'effrazione. E, forse, avrebbe resistito sino all'arrivo delle IDF, le forze di difesa israeliane. Perché l'esercito, sicuramente, sarebbe arrivato presto in loro soccorso. Presto...

Roxie trovò riparo nel casottino in cui venivano collocati i bidoni dell'immondizia. Dal suo osservatorio posto proprio di fronte alla sua casa, vide i terroristi accerchiare la villetta. Quando furono certi che non sussistessero rischi, un uomo – probabilmente un ufficiale – scese da un fuoristrada e si avviò verso l'interno. Roxie rimase nascosta: la sua famiglia si trovava lì dentro. Probabilmente suo marito e i ragazzi erano riusciti a ripararsi nella stanza blindata. Presto sarebbero arrivati i militari israeliani a trarli fuori da quel terribile incubo. Presto...

«Non prima delle quattro del pomeriggio?» Il tono di Breil al telefono era severo. «L'attacco di Hamas è iniziato nelle prime ore del mattino. Quanto pensano che possa resistere quella gente?»

«Non ci sono alternative», rispose Yossi Leivi. «Questi sono i tempi di cui ha bisogno l'esercito per raggiungere i kibbutz assaltati...»

Il portale blindato aveva uno spessore di venticinque centimetri di cemento armato, circondato da una cornice d'acciaio.

Richard afferrò un mazzuolo di legno, poi scosse la testa: se i terroristi fossero riusciti a forzare la porta, a poco sarebbe servita una clava contro dei Kalashnikov spianati. L'uomo strinse a sé i suoi figli mentre, all'esterno, si sentiva il rumore dei miliziani che stavano armeggiando con il sistema di chiusura del portale.

Adel Issawi, comandante della Nukhba Force, fece un cenno d'assenso soddisfatto non appena la piccola carica di plastico, simile a uno strato di plastilina, fu fatta aderire al maniglione d'acciaio. Un uomo della pattuglia collegò l'innesco. I terroristi cercarono un riparo nella cantina e la carica fu fatta detonare. Quando il fumo si fu diradato, un militare afferrò un bordo della porta d'acciaio, fece forza e due componenti del commando varcarono con le armi in pugno l'uscio della stanza blindata.

Richard era raggomitolato nell'angolo opposto. I tre figli stretti attorno a lui. Le tracce rosse dei mirini laser dei terroristi guizzavano vermiglie nella nube di fumo dell'esplosione. I miliziani si accertarono che non ci fosse alcun pericolo, Issawi fece il suo ingresso nella stanza come un attore che si appresta a recitare la sua parte.

« Sono felice di rivederla, ingegner Goldberg. Avremo un sacco di cose da dirci, non è vero? » chiese Adel Issawi. Il suo sguardo non lasciava trapelare alcuna emozione.

« Che cosa vuoi da me, assassino? » rispose Richard.

« Le conviene moderare i toni, altrimenti faccio saltare le cervella a uno dei ragazzi », così dicendo Issawi rivolse la canna della pistola verso il piccolo William.

« Abbassa quell'arma, Issawi! » gridò Richard.

« Solo se lei accetterà le mie condizioni. »

« Accetto... accetto. »

Roxie si accorse che qualche cosa stava accadendo: i miliziani che presidiavano la sua casa tradivano una certa agitazione. Scortati da altri terroristi i suoi figli uscirono dalla porta d'ingresso. Subito dopo fu la volta di suo marito, accompagnato dall'ufficiale, unico a volto scoperto, che gli puntava una pistola alla schiena. Furono fatti salire tutti su un fuoristrada che, sotto scorta, si avviò in direzione del confine.

Roxanne ebbe un fremito: il suo istinto di madre l'avrebbe portata a scagliarsi a mani nude contro quegli uomini armati. Ma avrebbe solo ottenuto di farsi uccidere. Riuscì a ritrovare un barlume di lucidità e rendersi conto che rimanere nascosta nel casottino di legno rappresentava la sola possibilità di salvezza per sé e per i suoi cari, ormai ostaggio dei miliziani.

Il terrorista estrasse dalla fondina una pistola Grach calibro 9 di fabbricazione russa e la puntò verso la serratura della porta piantata nel reticolato. Esplose due colpi e scardinò il chiavistello che sbarrava l'accesso all'allevamento. I tacchini che razzolavano nello spiazzo iniziarono a scappare, correndo con foga sempre maggiore, sino a che migliaia di esemplari uscirono dal recinto e presero ad aggirarsi per le strade del kibbutz di Nir Oz.

Roxie non si mosse dal nascondiglio che si era ricavata all'interno del deposito dei rifiuti: dopo quasi due ore la pattuglia di terroristi non aveva ancora abbandonato la sua casa. Quasi certamente la stavano ispezionando in ogni angolo. La donna tremava. Il caldo, l'ansia, l'odore e la mancanza d'aria incominciarono a farsi sentire. Verificò che non ci fossero terroristi nelle vicinanze e che il suo telefono fosse ancora al suo posto, nella fascia elastica da jogging stretta attorno all'omero. Afferrò l'apparecchio e compose per l'ennesima volta uno dei numeri d'emergenza. Il segnale di libero si ripeté per alcuni interminabili istanti. Poi la voce di un centralinista rispose. Probabilmente si trattava di un giovane militare non abbastanza addestrato per gestire le difficoltà estreme all'interno del centro operativo.

«Sono Roxanne Oshman. Sto chiamando da Nir Oz», sussurrò la donna. «Ci stanno massacrando tutti. Hanno in mano delle liste e prelevano quelli che gli interessano. Aiutateci. Quanto ci mettete a intervenire?»

«Le forze di difesa stanno arrivando, signora. Lei rimanga

nascosta. I terroristi sono ancora lì?» le chiese concitato il centralinista.

«Sì, ma hanno già portato via parecchi ostaggi. Mio marito, i miei figli e altri coloni sono stati imbarcati su alcuni fuoristrada. Vi prego, venite a salvarci!»

«Mantenga la calma e rimanga nascosta, signora. Le IDF dovrebbero intervenire molto presto», rispose il militare con scarsa convinzione.

Roxie interruppe la comunicazione e chiamò un altro numero, pregando che sua sorella Toba, in qualsiasi angolo del mondo si trovasse, fosse più veloce dei militari.

«Roxie, che piacere sentirti!» esclamò Toba con voce squillante.

«Siamo sotto attacco, Toba. Decine di uomini di Hamas hanno assaltato il kibbutz. I terroristi hanno portato via Richard e i ragazzi.»

«Che dici? Dove sei adesso?»

«Sono nascosta nel deposito dell'immondizia davanti alla mia casa.»

«Vedi qualcuno?»

Roxie guardò dalla fessura: i tacchini, lasciati liberi nel villaggio, si aggiravano per le strade costeggiate dagli oleandri e dalle abitazioni in fiamme. Sembrava la scena di un film di fantascienza, dove una specie aliena si era impadronita del kibbutz trasformandolo in un rogo.

«No, non li vedo, Toba. Loro sono dentro casa.»

«Rimani lì. Mi attivo subito.»

Roxie invocò dio e chiuse la comunicazione. La canna della pistola Grach apparve nello spioncino in quell'istante. Il terrorista, tornando dalla sua missione nel pollaio, aveva sentito bisbigliare e si era insospettito.

« Vieni fuori con le mani alzate, puttana ebrea! » disse l'uomo.

Calzava il passamontagna nero sovrastato dalla fascia verde smeraldo con la scritta in caratteri arabi dell'acronimo Hamas: Ḥarakat al-Muqāwama al-Islāmiyya, Movimento islamico di resistenza.

Appena la donna fu fuori la prese per i capelli trascinandola verso la casa. Una volta entrato richiamò i suoi compari, colpì Roxanne con un violento schiaffo sul viso e la fece stendere a terra. Poi si sedette in maniera scomposta sulla chaise-longue del patio, appoggiò le sue scarpe sulla schiena di Roxie e iniziò, tra le risate dei compagni, a fare il tiro a segno sui tacchini.

« Adesso, signora Goldberg, se non vuoi fare la fine di questi pennuti, ci dirai quello che vogliamo sapere. » Il terrorista indicò l'apparecchio radio che portava a tracolla. « Mi basta dire una parola in questo microfono per liberarti di figli e marito. »

I militari delle IDF raggiunsero Nir Oz alle 15.30 del pomeriggio. L'attacco di Hamas al kibbutz, e ai suoi quattrocentoventisette residenti, era iniziato alle 6.30 del mattino con centocinquanta uomini. In quelle interminabili nove ore, quarantasei innocenti erano stati assassinati nelle loro case o nei viali colorati dagli oleandri in fiore. Tra questi, donne, vecchi e bambini. Tutti orrendamente trucidati. Altri settantuno erano stati presi in ostaggio e caricati a forza su ogni mezzo di locomozione per essere portati in alcuni nascondigli segreti. I superstiti vagavano attoniti e muti tra le loro case in fiamme, segnate dai colpi d'arma da fuoco.

« Mi stai dicendo, Yossi », la voce di Breil aveva un tono fermo mentre apprendeva i dettagli dell'attacco, « che gran parte dei coloni sono rimasti in balia dei terroristi almeno per dieci ore? »

« Purtroppo è così, comandante », rispose al telefono Leivi. « Le forze di difesa sono accorse dalla Cisgiordania nel minor tempo possibile. I nostri soldati sono arrivati quando ormai era troppo tardi. »

« Chi ha schierato le IDF lontano da Gaza? » chiese Breil.

« Il generale Avraham Tal, neopromosso capo di Stato maggiore delle forze armate. L'operazione Al Aqsa – alluvione, questo il nome in codice dei palestinesi – ha lasciato sul terreno ottocentocinquantanove civili e trecentotrentacinque militari assassinati. Circa duecentocinquanta persone sono state prese in ostaggio, compresa una trentina di bambini... »

« Tutto questo non ha senso, Yossi. Lo Stato d'Israele è sopravvissuto sino a oggi grazie alla sua fitta rete d'intelligence e alla scrupolosa difesa dei confini. La falla che si è aperta nel sistema è troppo grande per risultare verosimile. »

« Domattina sarò da te. Ne parliamo di persona », disse Leivi congedandosi e fissando l'appuntamento per il giorno successivo.

Oswald Breil accolse il suo ex subalterno con un sorriso di circostanza. Con il passare delle ore, le notizie assumevano contorni sempre più drammatici.

« Ci sono troppe cose poco chiare », disse Leivi appena si furono appartati in un salottino dell'hotel che ospitava i coniugi Breil in Provenza. « Le linee difensive dislocate in Cisgiordania poche ore prima dell'attacco, i servizi d'informazione che cadono dalle nuvole, le responsabilità e l'appoggio di Paesi terzi... »

« ... I razzi Qassam sono lunghi poco meno di un metro.

Se metti in fila indiana quelli che sono stati lanciati nella prima giornata dell'attacco, più di diecimila, attraversi l'intera striscia di Gaza. Va anche detto che i terroristi si sono serviti di un migliaio di deltaplani a motore e hanno provveduto a istruire altrettanti piloti. Possibile che i nostri non si siano accorti di nulla?» aggiunse Oswald.

«Non ci resta che indagare, comandante...» rispose Leivi lasciando in sospeso la frase.

«Siamo tutti a riposo», disse Breil prendendo tempo. «Sara e io siamo qui per starcene un po' tranquilli. L'ultima missione ha lasciato il segno persino sul *Williamsburg*, che ha rischiato di affondare. Non vedo proprio come potremmo intervenire», aggiunse Breil, mordendosi il labbro.

«Potreste avere un lasciapassare speciale, Oswald. Ho parlato poche ore prima di partire con il primo ministro. Dice che per un'indagine interna si fida solo di noi. Ha i nostri stessi dubbi e sospetta di tutti i suoi collaboratori. Naturalmente agiremo in totale autonomia e, in caso qualcosa vada storto, il premier disconoscerà il nostro operato. Se accetti, ci aspetta in Israele per discutere i dettagli e conferirci un incarico segreto. Che ne dici?»

«Ne ho poca voglia. I problemi del premier stanno aumentando: la sua carica era già a rischio, ma l'attacco di Hamas la terrà in vita. Penso che si sia rivolto a te, Yossi, perché ha il vuoto attorno. Se avessi intenzione di farmi carico dei guai di un primo ministro vacillante, tornerei a far politica. No, Yossi, non ne ho nessuna voglia. Questa strage è una faccenda molto seria.»

«Non posso darti torto, anche se...» le parole di Leivi furono interrotte dallo squillo del telefono di Oswald. La chiamata proveniva da un numero riservato, usato solo dai suoi più stretti collaboratori. E Toba Oshman era tra questi.

« Mi perdoni se la disturbo, dottor Breil », disse Toba appena Oswald rispose. « Ma è successa una cosa grave: nell'attacco a Nir Oz i terroristi della Nukhba Force di Hamas hanno rapito mio cognato e i miei nipoti. Anche mia sorella Roxanne è in pericolo. »

La conversazione tra Breil e la ex testa di cuoio israeliana fu breve. Appena chiuse la telefonata, Oswald si rivolse a Leivi con un'aria molto preoccupata dipinta in volto: « Quando hai detto che ci aspetta il primo ministro, Yossi? »

2

Estate 1884

Nikola Tesla stava guardando i marinai alle manovre per dispiegare le vele. Con l'ausilio del vento favorevole, la velocità del piroscafo avrebbe guadagnato qualche nodo sull'andatura della sola propulsione a vapore. E su un viaggio di quella lunghezza anche un solo nodo significava ore, forse perfino giorni risparmiati. Nikola assecondò la lieve inclinazione della nave e si sporse oltre la battagliola per guardare la prora che fendeva l'acqua dell'Oceano. Era incredibile come le energie sprigionate dal vapore e dalla semplice forza del vento fossero in grado di smuovere quel colossale piroscafo. Eppure, l'universo intero era una immensa macchina in grado di produrre energie. Alcune erano evidenti, come l'inarrestabile forza capace di far sprigionare l'eruzione di un vulcano. Altre meno manifeste, come le scintille sul pelo del gatto Macak, provocate da cariche elettriche poco note. Sin da quando era solo un ragazzo, Nikola si era ripromesso che avrebbe dedicato il suo futuro allo studio di quelle energie ancora in gran parte sconosciute.

Gli occhi neri del giovane inventore serbo si persero nel blu sconfinato del mare. La mente prese a vagare tra i ricordi e a riordinare i tasselli della propria vita: la sua infallibile memoria glieli faceva apparire vividi, quasi reali.

Nikola aveva cinque anni quando Dane, il fratello maggiore, era caduto dal cavallo arabo della loro famiglia ed era stato calpestato dagli zoccoli dell'animale. Le condizioni del ragazzo erano apparse subito gravissime tanto che Dane si era spento nell'arco di poche ore.

I genitori, Milutin e Georgina, erano usciti straziati da quel lutto.

Il loro dolore aveva fatto maturare in Nikola, unico figlio maschio rimasto, la convinzione che ogni suo progresso avrebbe finito per essere paragonato alle straordinarie doti del fratello scomparso.

E in qualche modo fu così. Quando la mente di Nikola partorì la prima invenzione – un semplice laccio per catturare le rane – il ragazzo non riscosse i riconoscimenti che si aspettava dai genitori, ma un secco rimprovero.

Eppure Tesla primeggiava negli studi e si distingueva – prevalentemente nelle materie scientifiche – per la sua capacità d'apprendimento. In particolare, rimase affascinato da una delle prime dinamo e dalle potenzialità derivanti dallo sfruttamento dei motori elettrici. Allo stesso tempo, imparava con estrema facilità gli idiomi stranieri. All'università prese dimestichezza con la lingua inglese, tedesca, francese, italiana; ma anche con il ceco, l'ungherese, il serbo e il latino. Al momento della partenza per gli Stati Uniti, parlava con correttezza tutte e sette le lingue vive.

Ma tutta la sua passione era indirizzata su quell'energia volatile e misteriosa capace di aprire impensabili orizzonti: l'elettricità.

Ai tempi l'unica forma di corrente utilizzabile era quella continua, almeno sino a quando lo scienziato Faraday non individuò con un suo esperimento l'esistenza della corrente alternata.

La morte di suo padre Milutin lo colpì come un fulmine a ciel sereno ma l'immediata conseguenza fu che Nikola fu costretto a trovare lavoro per mantenersi gli studi e per contribuire al sostentamento della madre e delle sorelle. L'occasione fu offerta dal signor Puskas, amico di famiglia, che lo assunse nella sua impresa d'installazione di apparecchi telefonici a Budapest.

Dopo il trasferimento nella capitale ungherese, tuttavia, Nikola si chiuse ancor più in sé stesso. Il solco scavato dalla scomparsa del padre si fece ancor più profondo. Allo stesso tempo, maturava in lui la convinzione che la sua insanabile malinconia fosse dovuta alla mancata realizzazione di un motore elettrico utilizzando la corrente alternata. Quella che divenne una vera e propria mania, lo condusse in breve fra le spire di una profonda depressione. Oltre alla mente, anche il suo fisico veniva assalito da febbri e malesseri. Fu forse in seguito a uno dei frequenti malanni che, una volta ristabilitosi, Tesla si ritrovò dotato di un udito così sensibile, che anche un rumore proveniente dalla strada gli provocava dolore. Per lenirlo aveva dovuto inserire dei cuscinetti di caucciù sotto i piedi del letto.

Fu solo grazie alla sua perseveranza che uscì da quel lungo momento di buio: trovò la soluzione per l'utilizzo della corrente alternata come forza motrice e ben presto la fine del suo rovello coincise con la fine della depressione.

Tesla era convinto che ogni novità tecnologica fosse in grado di aprire le porte al futuro. Con questo spirito aveva accettato il lavoro nella ditta d'installazione di rudimentali apparecchi telefonici: un giorno, era solito dire, il lusso di chiamarsi a distanza sarà un privilegio di tutti.

Una mattina stava camminando in un parco di Budapest

con un amico e collega, quando la sua attenzione fu attratta da un millepiedi che si inerpicava lungo il tronco di un albero. I suoi innumerevoli arti si muovevano come un'onda e conferivano la spinta che consentiva all'insetto di avanzare.

« Che fai, Nikola? Perché ti sei fermato? » gli chiese l'amico osservandolo perplesso. A dire la verità, Tesla era sempre stato singolare, un distinto giovanotto completamente assorbito dai suoi pensieri, al punto che non frequentava nessuna ragazza, convinto che potesse distrarlo da quella che considerava una vera e propria missione.

« Ecco il segreto! Non bisogna imbrigliare la corrente. Bisogna creare una serie di correnti alternate che consentano il movimento. Come il passo del millepiedi! » E immediatamente, come per meglio fissare l'intuizione nella sua mente, tratteggiò a terra degli schemi elettrici con un rametto. Poi, soddisfatto, si rivolse all'amico: « Ti comunico di aver appena inventato quello che chiamerò motore elettrico polifase ».

L'amico lo guardò benevolo: era abituato alle sue stranezze. Ma quella volta sembrava proprio euforico, esaltato.

In effetti, la sua intuizione poteva essere la prima a razionalizzare l'uso della propulsione elettrica. Sino a quel momento, infatti, il motore elettrico a corrente continua faceva uso di spazzole per trasmettere l'impulso all'albero motore creando una grande dispersione d'energia. L'uso della corrente alternata avrebbe consentito all'albero di ruotare grazie alla forza di campi magnetici generati dalla bobina. Una vera e propria rivoluzione.

Ma la sede della rivoluzione era solo nella sua testa. Per realizzare il progetto, e passare dall'idea alla costruzione del motore elettrico polifase, erano necessari studi, esperimenti, molti fondi e molta fiducia da parte degli investitori. Tutte contingenze, queste ultime, pressoché assenti nell'Europa che si avviava stanca e divisa alla fine del diciannovesimo secolo. L'unico Paese in cui si potevano trasformare i sogni in realtà erano gli Stati Uniti d'America.

Il piroscafo avanzava lento. Nikola, come la gran parte dei passeggeri, rimaneva affacciato alla battagliola, mentre la nave imboccava la foce dell'Hudson.

« Quella », disse Tim Cimino, il giovane ufficiale con cui aveva conversato spesso durante i ventisei giorni di navigazione, « è Bedloe Island. Lì verrà collocata la statua della Libertà. È un dono della Francia agli Stati Uniti. »

« Mi sembrano molto in ritardo con i lavori per la piattaforma », rispose Nikola indicando l'isolotto. « La statua che vi sarà collocata l'ho vista a Parigi, la stavano montando per una prova generale. »

« Ha ragione, signore », ribatté Tim, « è stata necessaria una colossale campagna di raccolta fondi tra i miei concittadini per costruire quella base. L'editore Pulitzer ha raccolto la bellezza di centoduemila dollari con offerte che spesso erano solo di pochi centesimi. Vedrà che presto i lavori saranno ultimati e la Libertà potrà raggiungere le coste americane. »

Nikola ascoltava le parole dell'ufficiale con lo sguardo rapito: quello era il Paese che aveva sempre sognato, lì le idee venivano premiate, l'inventiva incoraggiata, la ricchezza rispettata. Quello era il *suo* Paese.

Ma all'esaltazione di quel momento si contrappose presto la realtà: Nikola era solo, senza un soldo in tasca, senza neppure un vestito di ricambio, e stava per affrontare la metropoli più grande al mondo. Il giovane, però, sentiva di non avere paura: davanti a sé correva il suo futuro.

Le sponde dell'Hudson erano simili a un gigantesco pettine, tra i cui denti erano ormeggiate navi di ogni foggia e dimensione. I dock dello scalo newyorkese si stendevano a perdita d'occhio. Ovunque ferveva un'intensa attività, il letto del fiume era solcato da navi e battelli, vele e vapori. I rimorchiatori si presero cura della manovra con cui il piroscafo attraccò in banchina nelle immediate vicinanze di un gigantesco ponte sospeso.

« Che miracolo d'ingegneria! » esclamò Tesla ammirando l'opera quando la nave fu accostata.

« Pensi, sono tutti diffidenti, temono che non regga », rispose Tim. « E, a dire il vero, non hanno tutti i torti. L'anno scorso, a maggio, a una sola settimana dall'inaugurazione, tra la gente che affollava il ponte qualcuno cominciò a dire che la struttura stava per crollare. Nel fuggi fuggi generale morirono dodici persone e più di trenta rimasero ferite. E da quel giorno si è ingenerata la convinzione che non fosse sicuro. Così, chi deve attraversare l'Hudson da Manhattan a Brooklyn o viceversa, continua a servirsi di battelli e traghetti. Pochi mesi fa è stata escogitata una trovata per dimostrare la solidità della struttura: vi sono stati fatti transitare ventuno elefanti, sette cammelli e dieci dromedari. E i più dubbiosi si sono convinti. Ma veniamo a noi, Nikola. Sbaglio o lei non sta attraversando un momento facile... »

« Come chiunque s'imbarchi in cerca di ricchezza », rispose Tesla.

« Non come lei, se posso dire. Certo, chi emigra lo fa con poche cose ma, durante la traversata, ho avuto l'impressione che lei non abbia nemmeno un quattrino. Perdoni la mia sincerità. »

« Ho subito un furto a Parigi... »

« Stia attento, New York è senza cuore e pericolosa, piena di bande criminali. Affrontarla non è facile in condizioni normali. Figuriamoci con le tasche vuote. Posso prestarle qualche dollaro? Tanto per alloggiare in una pensione e sopravvivere qualche giorno... »

« Non saprei come restituirglielo... »

« Non si preoccupi, Nikola. Se le cose gireranno per il verso giusto, mi troverà qui, al porto, quando la nave rientrerà dalle sue traversate. Se invece non lo fa, non importa: lei è una persona perbene. »

New York ribolliva di vita. L'America apparve subito a Nikola come un Paese pragmatico, anche se privo del fascino culturale del Vecchio Continente. Grazie alla generosità dell'ufficiale Cimino, il giovane Tesla prese alloggio in una bettola in York Street a Brooklyn, dove comprò una camicia e della biancheria. Il giorno seguente sarebbe stato pronto a giocarsi l'avvenire.

Thomas Alva Edison aveva trentacinque anni quando, nel settembre del 1882, aveva inaugurato la centrale elettrica di Manhattan. L'impianto, un vero esempio di tecnologia d'avanguardia – a corrente continua –, faceva parte di un più ampio disegno industriale. Nel corso degli ultimi mesi erano state inaugurate centrali elettriche disseminate ovunque nello sconfinato territorio statunitense, e non solo. E la Edison Illuminating Company si era ormai consolidata come un colosso nella pur imponente economia americana.

Charles Batchelor aveva conosciuto Edison alcuni anni prima e ne era diventato amico. Dirigeva la filiale europea della società con sede a Parigi e, in quella veste diplomatica, si era trovato ad affrontare un difficile incidente professionale: alla stazione ferroviaria di Strasburgo, durante l'inaugurazione di un rivoluzionario pannello elettrico impiantato proprio dalla filiale europea della compagnia americana, un malfunzionamento aveva provocato un'esplosione che aveva messo a repentaglio l'incolumità dell'imperatore Guglielmo I, padrino della solenne cerimonia. Il compito di togliere le castagne dal fuoco al direttore Batchelor era toccato al giovane serbo Nikola Tesla. In seguito, forte della sincera stima che nutriva nei confronti del suo sottoposto, aveva con piacere sottoscritto una lettera credenziale nella quale elogiava le capacità del tecnico in cerca di fortuna negli Stati Uniti d'America.

Nikola Tesla, quella mattina, si era svegliato presto e, con la lettera di Batchelor nella tasca interna della giacca, si era recato alla sede della Edison Illuminating Company. Aveva chiesto a una gentile segretaria di conferire con il presidente. Davanti alle perplessità dell'impiegata, Nikola aveva sventolato la lettera di credenziali del caro amico di Edison e, poco dopo, era sotto l'esame dello sguardo intelligente e severo dell'industriale.

« L'amico Charles Batchelor », disse Edison posando la lettera sulla scrivania dopo averla letta, « spende parole d'elogio per il vostro operato in campo lavorativo, signor Tesla. Così, avete prestato la vostra opera nella nostra filiale europea? » aggiunse, ma fu interrotto dall'ingresso della segretaria che recava in mano un messaggio della massima urgenza.

« Ecco, ora avremo modo di vedere se Batchelor ha ragione a tessere le vostre lodi, signor Tesla: i generatori della *S.S. Oregon* sono in panne. Abbiamo montato quei macchinari sulla nave più veloce del momento, quando era in costruzione. Per sbarcarli ed effettuare la riparazione bisogna aprire la chiglia della nave con tutto ciò che questo comporta in termini di tempo, costi e incertezza della riuscita. Andate e vedete se riuscite a fare il miracolo. Vi avverto che proprio di miracolo si tratta: leggo qui che i nostri migliori tecnici si sono arresi. »

Alcuni giorni più tardi, Batchelor, appena arrivato dall'Europa, ed Edison stavano parlando proprio di Tesla, quando lo incontrarono casualmente sul fare dell'alba mentre uscivano da un locale dove avevano trascorso la serata.

« Ecco qua il nostro parigino che se ne va in giro a notte fonda... » disse Edison non senza marcare un tono di rimprovero nelle sue parole. Gli pareva inopportuno che il nuovo assunto se la spassasse nottetempo, mentre il buon nome della compagnia era in gioco per il guasto ai generatori della nave.

« Mi dispiace deludervi, signore », rispose invece Tesla. « Vengo proprio adesso dalla sala macchine dell'*Oregon*: ho lavorato senza sosta per tre giorni e tre notti. Ora i generatori funzionano perfettamente. Ho dovuto apportare alcune modifiche con la cui descrizione mi permetterò di tediarvi quando me lo concederete. Perdonatemi, ma sono davvero stanco. Buonanotte, signori. »

L'eccezionale udito di Nikola carpì alcune frasi, mentre i due si allontanavano: « Avevi ragione, Charles », aveva detto Edison all'amico Batchelor. « Quel giovanotto è davvero in gamba. »

Tesla sorrise tra sé. Gli vennero in mente le parole della levatrice che sua madre gli ripeteva da quando era venuto al mondo: « Sì, sono davvero un uomo fortunato! »

3

Ottobre 2023

Lo studio del premier presso la sua residenza in Balfour Street a Gerusalemme non aveva subito grandi cambiamenti da quando, anni prima, Oswald Breil lo aveva occupato rivestendo quella stessa carica.

Il volto del primo ministro israeliano era pallido e teso. Il suo tono tradiva apprensione. Lui e Breil, in politica, si erano fronteggiati sui banchi della Knesset. Appartenevano a due schieramenti avversari e, tra Oswald Breil e l'attuale premier Daniel Aserovich, non era mai corso buon sangue. Tra i due, però, era sempre esistito un tacito patto di non belligeranza: il rischio per due tori che si prendono a cornate è quello di soccombere entrambi. Nello stesso modo, nessuno dei due, nei momenti difficili, aveva mai teso una mano all'altro. Né l'altro, a dire il vero, l'aveva mai chiesta. Adesso che in gioco c'era la sopravvivenza d'Israele, Aserovich aveva chiesto aiuto a Breil.

« Quale sarà la mia autonomia, Aserovich? » andò al punto Oswald poco dopo che la discussione aveva preso il via.

« Illimitata, Breil. E senza alcun vincolo, se non quello che, se la tua copertura dovesse saltare, lo Stato disconoscerebbe ogni paternità delle azioni intraprese. Quegli assassini hanno arso alcuni bambini nei forni e violentato le donne prima di sgozzarle. La devono pagare. Stiamo pianificando un'offensiva militare massiccia che prenderà il via nei prossimi giorni.»

«Mi sembra che lo Stato sia in grado di regolare i conti con Hamas anche senza il nostro intervento», provò a dire Breil.

«Non è così, Oswald», proseguì il primo ministro israeliano, meravigliando il suo predecessore chiamandolo per la prima volta per nome. «Mi sfuggono troppi particolari di questo proditorio attacco. Un'azione governativa non riuscirebbe mai a fare luce sui tanti punti oscuri del massacro.»

«Perché potremmo riuscirci noi con le nostre sole forze?» chiese Leivi.

«Voi ce la farete», disse Aserovich. «A vostra disposizione avrete ogni mezzo e ogni risorsa umana possibile. In questo momento, io non so neppure su chi contare. Vedo nemici ovunque.»

Quando Oswald uscì dalla residenza del premier era convinto di essersi andato a cacciare nella peggiore delle missioni, la più dolorosa perché in gioco c'era, davvero, la sopravvivenza del suo Paese. Adesso doveva informare Sara.

Dopo averla catturata e maltrattata, i terroristi della Nukhba Force l'avevano rinchiusa ammanettata in una stanza, mentre una dozzina di loro rovistava in ogni angolo di casa Goldberg. Roxie prestava attenzione al minimo rumore con la speranza che, in tempi brevi, ogni dettaglio avrebbe potuto esserle utile per fornire informazioni agli inquirenti e farle ritrovare i suoi figli.

Le avevano calato un cappuccio nero sul volto. Il terrorista che l'aveva bendata l'aveva avvertita: «Se ti togli il cappuccio, ti ammazzo come ho fatto con la vecchia poco fa», le aveva gridato in arabo premendole alla testa una pistola.

Poi, finalmente, i rumori nella casa si erano attenuati e anche i colpi d'arma da fuoco provenienti dall'esterno erano cessati.

Roxie udì dei passi pesanti lungo le scale interne. Poco dopo la porta si aprì. I passi si avvicinarono nel buio.

« Dobbiamo andarcene da qui », disse l'arabo.

« Che cosa volete da noi? Che cosa state cercando? » supplicò Roxie. « Noi siamo degli agricoltori. Che cosa abbiamo fatto di male? Lasciateci andare. »

« Stai zitta, ebrea », rispose il Nukhba, strattonandola per un braccio. « Non sono autorizzato a risponderti. Ma non preoccuparti, ci penserà il nostro comandante a interrogarti come si deve. »

A Roxie non sfuggì il tono minaccioso nella voce del suo carceriere.

L'uomo la sorresse mentre scendevano le scale. A ogni passo la canna del Kalashnikov del terrorista le premeva sul costato. L'aria all'esterno odorava di esplosivo e d'incendio. La mano del Nukhba si strinse sulla sua testa costringendola a passare sotto a un varco. Appena fu seduta, Roxie sentì di essere in un abitacolo, e avvertì il ronzio di un ventilatore. Poco dopo l'auto si mise in movimento. A bordo almeno quattro uomini. Rimanevano in silenzio, guardinghi: Israele avrebbe reagito da un momento all'altro. Dovevano stare all'erta.

La prigioniera calcolò i tempi: avevano passato il confine da poco più di un'ora – probabilmente utilizzando lo stesso accesso da cui gli uomini di Hamas erano penetrati – quando l'auto si fermò e i Nukhba verificarono ancora una volta che il cappuccio le impedisse di vedere qualcosa.

Guidata dai modi bruschi dei militanti di Hamas fece alcuni passi all'aperto e sentì, poco distanti, clacson e rumore di traffico. Poi, a mano a mano che procedeva, il frastuono andò scemando. Le sembrò di avere intorno un ambiente ovattato ma, a differenza di prima, adesso non c'erano ventilatori o rombi di motore, solo un'eco fastidiosa. La temperatura era fresca. Stavano camminando da qualche minuto quando il suo carceriere disse: «Ti togliamo il cappuccio, ebrea. Non ti agitare».

Il tunnel aveva una sezione ellittica. Misurava circa due metri di altezza per uno e mezzo di larghezza. Quei primi metri erano stati realizzati interrando condotte prefabbricate in cemento, utilizzate solitamente per tombare i corsi d'acqua. Poi la sezione del cunicolo era diventata rettangolare, le dimensioni del tunnel aumentavano e le pareti si fecero perpendicolari, di cemento armato e tinteggiate di bianco. In quel punto, il tratto iniziale si divideva in un dedalo di corridoi. Sul soffitto brillavano delle plafoniere al neon poste a distanze regolari di un paio di metri. Un flusso costante d'aria respirabile veniva prelevato dalla superficie attraverso dei condotti ventilati che emettevano un leggero ronzio. Sul corridoio principale si aprivano altri passaggi e stanze. Sopra a quelle di uso comune come la mensa o l'ospedale erano affissi cartelli che ne indicavano la destinazione. Roxie si guardava attorno cercando di memorizzare quanti più particolari possibili di quella città sotterranea, posta a una dozzina di metri sotto il manto stradale.

La prigioniera stava camminando, seguita dal suo carceriere, quando il terreno prese a tremare violentemente. Roxie perse l'equilibrio e cadde a terra, mentre il Nukhba si appoggiò alle pareti del tunnel per restare in piedi. Dal soffitto cadde una manciata di terra.

«Alzati, ebrea. I tuoi fratelli hanno attaccato. Li aspettavamo. Non preoccuparti. Nessuno sa dove sono esattamente i nostri rifugi. Qui siamo al sicuro. Dio, giusto e misericordioso, ci proteggerà!»

Roxie percorse un altro corridoio dove, assicurata ai muri con delle staffe, era disposta una fila interminabile di razzi Qassam con le relative rampe di lancio: delle semplici armature in tubi d'alluminio, simili a scale da imbianchino. Le parve impossibile che quelle specie di giocattoli fossero in grado di mettere in ginocchio il suo Paese. Sulla testata esplosiva di colore rosso qualche terrorista aveva scritto con un pennarello nero alcuni insulti contro gli ebrei. Osservando la reazione della donna a quelle frasi, il capopattuglia dei Nukhba che la scortava rise sguaiatamente.

«Peccato che la tua gente non riuscirà a leggere quelle parole», disse il terrorista. «Moriranno prima.»

C'era agitazione nel tunnel-armeria. Attesero che due pattuglie di artiglieri prendessero degli ordigni, quasi certamente per prepararli al lancio. Poi un uomo di Hamas le indicò una porticina sul lato del tunnel.

«Bene arrivata, principessa di Sion!»

Un altro militare aprì la cella e Roxie fu spinta all'interno.

Nella prigione regnava l'oscurità, l'aria era pesante. La cella misurava una ventina di metri quadrati. L'odore dei corpi ammassati era forte.

«Mi chiamo Roxie Goldberg. Vengo da Nir Oz. Qualcuno di voi è stato catturato lì?» disse la donna rivolta verso il buio. Ci fu un primo istante di diffidenza: i terroristi potevano ricorrere a una trappola simile per estorcere informazioni ai prigionieri.

Poi, finalmente, dal fondo della stanza qualcuno parlò.

«Sono Mordechai, Roxanne. Riconosco la tua voce. Sono qui con tutta la mia famiglia. Tu come stai?» disse un uomo dall'oscurità.

« Mordechai... Mordechai Herzel! » esclamò Roxie felice di riconoscere quella voce amica. « Inge e i ragazzi sono con te? »

« Sì, siamo tutti qui. Ma siamo i soli di Nir Oz. Gli altri vengono da altri kibbutz. Siamo in tutto una ventina qui dentro. Credo ci abbiano diviso volutamente. »

« Hai notizie di Richard e dei miei ragazzi? »

« Li ho visti quando ci hanno smistato, in un'area deserta dove ci avevano radunato. Eravamo tanti. Alcuni erano feriti, ma i tuoi stavano bene. Non so dove li hanno portati. »

Roxanne non poteva sapere che la sua famiglia si trovava in una cella pochi metri sotto di lei. L'ingegnere americano e i figli erano stati separati quasi subito dagli altri prigionieri. Richard teneva i ragazzi stretti a sé e continuava a rivolgere loro parole d'incoraggiamento. E loro, fatta esclusione per William, il più piccolo che era scoppiato in lacrime più volte, si erano comportati con coraggio. Almeno sino a quando due uomini si erano presentati sulla soglia della cella e avevano ordinato a Richard di seguirli.

L'aereo di Stato che gli avevano messo a disposizione atterrò dolcemente all'aeroporto di Marsiglia. Oswald guardò l'orologio: la sua assenza dal resort in Provenza era durata solo diciotto ore. Breil salì sull'auto che era ad attenderlo alla scaletta del Learjet, pensando al modo migliore per comunicare a Sara la sua decisione. Nell'ora di viaggio che ancora lo aspettava avrebbe preparato le parole più adatte alla circostanza.

Trovare Toba Oshman seduta nel salottino della loro suite non lo sorprese. La giovane ex incursore della marina israeliana era una piacevole e premurosa presenza nella loro vita. Ormai, diventata hostess a bordo del *Williamsburg*, veniva considerata una persona di famiglia. Toba non era alta, ma aveva ottime capacità nelle arti marziali, un fisico scattante e agile, un volto sorridente e costellato di efelidi, incorniciato da un caschetto di capelli tendenti al rosso.

« La signora Sara e io abbiamo cercato di contattarla quando era in volo per informarla della mia presenza qui, ma non ci siamo riuscite, dottor Breil », disse la Oshman.

« Contavo di trovarla, Toba. La informo di aver accettato dal premier Aserovich l'incarico di indagare sui recenti fatti del 7 ottobre. Lei è la prima persona a saperlo. »

In quell'istante la porta che dava sulla stanza da letto si aprì. Sara indossava un paio di jeans e una camicetta il cui colletto spuntava da un maglioncino di cachemire.

« Bentornato, Oswald! » disse Sara chinandosi leggermente per sfiorare con un bacio affettuoso le labbra del marito. « Che notizie porti da Israele? »

« Pessime. Il Paese è sconvolto da quanto è successo. Paragonano il 7 ottobre a una nuova Shoah. Non posso dare torto a chi la pensa così. Credo che la nostra nazione abbia bisogno di aiuto... » Oswald lasciò volutamente le sue parole a fluttuare nell'aria, deciso ad andare sino in fondo. Ma Sara lo spiazzò: « Stavo giusto preparando la valigia. Quando si parte? »

Breil fu grato alla moglie per aver capito il dramma che tutti stavano vivendo, lui compreso.

« Dobbiamo raggiungere la nostra base nel deserto del Negev. »

« Nel Negev? » chiese Sara.

« Sì, sarà il nostro punto di ritrovo. Il premier ci ha messo a disposizione una postazione del Mossad a poca distanza dal kibbutz di Nir Oz. Una caserma dotata di tutte le più sofisticate diavolerie elettroniche, camuffata da casale agricolo. È rimasta integra: durante l'attacco dei terroristi non è stata neppure sfiorata.»

«In ogni caso, qualcosa non deve aver funzionato: Hamas ha avuto la strada spianata...» commentò Sara sarcastica.

«Anche gli agenti dei nostri servizi, come i militari, sono stati dislocati con urgenza ai confini della Cisgiordania perché da lì si temeva un'incursione.»

Il soffitto della stanza era basso. Richard quasi ci sbatteva la testa contro. Quel particolare e il fatto che fosse priva di finestre erano i soli indizi che potevano far pensare a un rifugio sotterraneo. I muri perimetrali erano piastrellati in bianco. Un tavolino e alcune sedie da ufficio erano piazzati davanti a uno striscione verde con caratteri arabi in chiaro. Richard sillabò scorrendo la scritta: *Ḥarakat al-Muqāwama al-Islāmiyya.* Davanti al tavolino c'erano due telecamere fissate ognuna su un treppiede e alcune luci professionali. L'ingegnere riconobbe in quel locale lo studio televisivo improvvisato in cui erano letti e registrati i comunicati di Hamas che poi venivano diffusi.

Adel Issawi sorrise beffardo non appena Goldberg entrò. Rimase seduto al lato opposto del tavolo e con fare irriverente invitò Richard a sedersi, mentre i due Nukhba Force che avevano prelevato l'ingegnere dalla sua cella abbandonavano la stanza chiudendo la porta alle loro spalle.

«A volte penso di essere dotato di un particolare potere nel predire gli eventi, signor Goldberg», esordì il capo della Nukhba Force senza mai rinunciare a un'espressione tracotante. «Sono trascorsi degli anni, da quando le dissi che ci saremmo rincontrati, ricorda?»

« Certo », annuì Richard. Lui e Roxie non avevano ancora lasciato New York. In quella occasione Issawi si era presentato come un ricco uomo d'affari saudita e aveva chiesto la sua collaborazione per un astruso progetto. Poteva sembrare uno dei tanti stravaganti inventori che, periodicamente, si rivolgevano al laboratorio di ricerca. A Goldberg non erano piaciuti i suoi modi e neppure l'atteggiamento: gli sembrava che l'arabo cercasse solo di carpirgli notizie sul proprio lavoro. Lo aveva congedato in modo sbrigativo e la sensazione spiacevole si era acuita mentre gli stringeva la mano. « Chissà », aveva detto il falso uomo d'affari. « Il mondo della ricerca è così piccolo, ingegner Goldberg. Magari ci rincontreremo. »

Quella frase gli era suonata come una minaccia, al punto che aveva riferito dell'incontro ai suoi superiori. Lì erano emerse alcune singolarità, come quella che non esisteva un uomo d'affari saudita che rispondesse alle generalità da lui ricevute. Per qualche tempo era stato costretto a muoversi sotto sorveglianza. Poco dopo Richard e sua moglie Roxanne avevano deciso di trasferirsi in Israele.

« Veniamo a noi, ingegnere », disse Issawi. « Lei possiede delle informazioni che a noi sarebbero utili. A questo punto deve scegliere: lei parla rimanendo padre di tre meravigliosi bambini, o pregherà sulle loro tombe. »

Richard annuì. La cosa più importante adesso era guadagnare tempo. Presto le IDF sarebbero arrivate a salvarli.

« Si tratta di un complicato progetto tecnico. Ritengo sia necessaria una persona di notevole competenza per poter comprendere ciò che... »

Il rapido movimento della mano del terrorista zittì l'ingegnere ebreo. Issawi premette su un interfono, la porta si spalancò e comparve uno sconosciuto in tuta mimetica. Con modi volutamente enfatici, il capo della Nukhba Force si cimentò nelle presentazioni: « Ingegner Goldberg, le presento il nostro ingegnere Nadir Rashed, laureato all'università di Aquisgrana. Non si faccia ingannare dalla sua giovane età: Rashed ha esperienza sufficiente per comprendere ogni sua indicazione. Sarà lui a interrogarla, Goldberg. È un po' rigido », disse Issawi con un sorriso sinistro. « Ma sono certo che la passione per la scienza che vi accomuna agirà da collante tra di voi. Adesso vi lascio... avrete un sacco di cose da dirvi. »

Era convinto che parlassero la stessa lingua e si sarebbero capiti. Soprattutto conosceva i metodi usati dal palestinese negli interrogatori: avrebbero fatto parlare anche un muto. Rashed era una persona capace e fedele alla causa.

Dopo aver salutato militarmente il suo comandante, Nadir Rashed estrasse da una tasca della mimetica un registratore digitale. Lo accese e lo posò sul tavolo.

« Inizia pure, prigioniero ebreo », disse Rashed preparandosi ad ascoltare Goldberg.

Issawi inforcò la porta della stanza degli interrogatori. Doveva abbandonare il tunnel con circospezione. A lui era spettato il compito d'interrogare la sua vecchia conoscenza Richard Goldberg e qualche altro ostaggio che poteva rivelarsi utile perché depositario per Israele di notizie riservate. Issawi percorse il dedalo di corridoi delle gallerie con una certa dimestichezza. Quando raggiunse la scala che conduceva a uno dei varchi d'uscita, indossò una dishdasha grigia lunga sino ai piedi, posizionò la kefiah sul capo e prese le scale.

L'uscita del tunnel si trovava sul retro di una macelleria nel mercato di Nuseirat, un campo profughi alla periferia nord di Gaza. Issawi estrasse il telefono dalla tasca e allertò il suo autista. Poi si confuse tra la folla e andò verso il luogo dell'appuntamento. Poco dopo, a bordo di un'ambulanza, il capo dei Nukhba si apprestava a compiere il suo giro di ricognizione tra gli ostaggi. Aveva ancora altri ebrei da sentire.

Bernstein era stato il custode dello sconfinato archivio segreto dello Stato d'Israele. In quella veste aveva conosciuto Breil e lo aveva seguito ciecamente, nella carriera militare, in quella nei servizi d'intelligence, in quella politica, e non si era congedato neppure quando il « maggiore » Breil aveva deciso di vivere a bordo del suo meraviglioso yacht. Bernstein, l'aspetto di un serio direttore di banca, era un talento dell'elettronica e nessuna barriera tecnologica costituiva per lui un ostacolo.

Dopo l'ultima avventura, Bernstein aveva approfittato del ricovero in cantiere dello yacht *Williamsburg* per godersi qualche giorno di vacanza presso alcuni parenti a Parigi. Ma conosceva così bene Breil che non si era stupito quando aveva ricevuto una telefonata con la quale Oswald lo invitava a imbarcarsi su un volo di Stato che lo avrebbe prelevato all'aeroporto De Gaulle. Bernstein non aveva fatto domande e neppure si era lamentato per quella brusca interruzione del suo soggiorno parigino. Non si era stupito nemmeno quando, salito a bordo del Learjet israeliano, aveva trovato Toba Oshman seduta sul divanetto del velivolo.

« Buongiorno, signor Bernstein. Sapere di poter contare su di lei mi rassicura. »

« Che cosa è successo, Toba? Perché questa convocazione urgente? »

« Nell'attacco a Nir Oz sono stati rapiti mia sorella, mio cognato e i miei nipoti. Ma il dottor Breil le spiegherà meglio. »

L'aereo che trasportava Bernstein e Toba Oshman toccò terra qualche ora più tardi in uno scalo militare a sud di Ashdot. Un fuoristrada male in arnese con i vetri oscurati si accostò al velivolo non appena furono arrestati i motori. Quando i due salirono a bordo, Oswald Breil li accolse con un sorriso. «Fatto buon viaggio?» chiese il piccolo uomo. «Mi scuso per aver interrotto le sue vacanze, Bernstein. Ma abbiamo un'emergenza.» Quindi si rivolse a Toba: «La ringrazio di aver accompagnato Bernstein sino a qui. Faremo il possibile per riportare a casa sani e salvi i suoi famigliari, Toba».

La giovane si sforzò di sorridere.

«Dove siamo diretti, maggiore?» chiese Bernstein appena l'auto si mise in moto.

«In ragione del lungo periodo di servizio di noi tutti, il nostro governo ci ha voluto ricompensare affidandoci la manutenzione di un'azienda agricola a poca distanza da Nir Oz. Per l'esattezza a metà strada tra il kibbutz e il villaggio di Magen, a poche miglia dal confine con la striscia di Gaza. In realtà, si tratta di un centro d'osservazione che i nostri servizi ci concedono in comodato per provare a salvare la vita degli ostaggi nelle mani dei palestinesi.»

«Forse ho capito il perché di questa auto malandata... meglio contadini che marinai nella tempesta, maggiore», aggiunse Bernstein che da sempre cercava di dissimulare il fatto che soffrisse maledettamente il mare.

«Certo», disse Breil. «Dobbiamo recitare la parte degli agricoltori, non possiamo dare nell'occhio. Comunque, Bernstein, sappia che sotto il cofano di questa carretta si cela un motore molto potente e, inoltre, i vetri e la carrozzeria sono blindati. Un'altra gradita concessione del Mossad.»

La fattoria era circondata da campi coltivati. La casa principale era protetta da un alto muro. Sull'aia si affacciavano le stalle e la rimessa delle attrezzature. Un nucleo di agenti si adoperava a mantenere attiva la copertura, adempiendo con capacità a tutte le quotidiane incombenze di un'azienda agricola, semine e raccolti compresi. Il cuore del centro di spionaggio si trovava, invece, nei sotterranei della casa padronale. Lì, difesa dalle solide mura in cemento armato di un bunker a prova di bombardamento, aveva sede una modernissima stazione di ascolto, intercettazione e osservazione, puntata sulla striscia di Gaza.

Quella notte, Oswald, Sara e i loro collaboratori dormirono davvero poco: Israele stava vomitando sulla Palestina tonnellate di bombe intelligenti, droni kamikaze e tiri d'artiglieria. I bagliori illuminavano l'orizzonte e i boati, incessanti, sembravano il sottofondo di un rullo di tamburi. La vendetta dello Stato d'Israele contro l'attacco sanguinario subìto era appena iniziata.

Yossi Leivi raggiunse la fattoria nelle prime ore del mattino.

«Capisco il desiderio di vendetta», disse Oswald non appena furono seduti. «Bisogna però spiegare al premier che tutti questi fuochi d'artificio non aiutano a liberare chi è nelle mani dei palestinesi.»

«Che cosa credi che abbia cercato di fare, Oswald, in queste ore? Purtroppo Aserovich non ci sente. I palestinesi hanno commesso un crimine di guerra. Bisogna rispondere con gli stessi mezzi perché la intendano. Sono convinto che la sua intenzione sia quella di cancellare anche l'ultimo seguace di Hamas dalla faccia della Terra. E non penso sia un compito facile.»

«Ma perché hai insistito per venire con noi?»

«È dei nostri», bisbigliò Leivi.

«Chi 'è dei nostri'?»

« Richard Goldberg. Era a capo di un segretissimo programma di ricerca che il nostro governo sviluppava presso il centro che l'ingegnere dirigeva negli Stati Uniti. Lo sono venuto a sapere da Aserovich in persona. Solo lui e pochi altri ne erano a conoscenza. E sono convinto che neppure Toba o sua sorella Roxanne ne sappiano nulla. »

« E invece Hamas ne sa qualcosa. Altrimenti non si spiegano le liste di proscrizione con cui hanno eseguito i sequestri degli ostaggi. »

« Non posso darti torto, Oswald. »

« In che cosa consisteva questo segretissimo incarico, Yossi? »

« Ancora aspetto la documentazione che Aserovich mi ha promesso. Per quel poco che ne so, Goldberg doveva sviluppare alcune idee innovative, abbandonate dopo la morte di Nikola Tesla, nel secolo scorso. »

4

Stati Uniti d'America, sul finire del XIX secolo

Thomas Edison sollevò il biglietto da visita dal piano della sua scrivania senza nascondere un'espressione meravigliata.

« Bene, mi dica », esordì il magnate rigirandosi il biglietto tra le dita, « come posso esserle d'aiuto, signor Thoreman dell'ufficio marchi e brevetti? »

« Il nostro ufficio riceve numerose richieste su nuove invenzioni da parte di un ingegnere europeo alle vostre dipendenze, signor Edison. Ci farebbe piacere sapere di che persona si tratta... si chiama Tesla, Nikola Tesla. »

Edison lasciò cadere il cartoncino sulla scrivania e guardò negli occhi il suo interlocutore.

« Che ne dice di giocare a carte scoperte, Thoreman? L'ingegner Tesla, come dipendente della Edison non può richiedere a titolo personale nessun brevetto che sia legato al suo impiego nella mia compagnia. Così recita il contratto. E, quindi, immagino che le licenze di cui lei parla siano a nome della Edison Illuminating Company o che riguardino campi lontani dal nostro lavoro. Se così non fosse, due sono i casi: o Tesla si sta comportando in maniera scorretta, ma conoscendolo, lo trovo assai improbabile, oppure – e questo è più ragionevole – voi vi state sbagliando. »

Edison fece una lunga pausa e riprese: « Se, a quanto ho appena detto, aggiungete che a sollecitarmi questo incontro è stato il colonnello Campbell del National Bureau of Criminal Investigation, vedete che la vostra richiesta a proposito di sedicenti brevetti ha vita breve. Consentitemi allora di riformulare la sua domanda in questi termini, signor Thoreman. Per quale motivo l'ingegner Tesla si è meritato l'attenzione del NCBI e dei servizi segreti? »

« Lei conosce il colonnello Campbell e conosce anche il suo motto », rispose Thoreman che non aveva fatto una piega dopo che era stato smascherato. Sembrava anzi più deciso. « 'Prevenire è meglio che curare!' ripete spesso. L'ingegner Tesla ha ricevuto l'attenzione dei miei superiori per la sua singolarità e la sua brillante inventiva. Una persona così particolare come lui e dotata delle sue capacità non deve lasciarsi fuorviare da idee malsane, signor Edison. »

« Idee malsane? » chiese preoccupato l'industriale.

« Andrò diretto al nocciolo della questione: l'Europa è un vulcano che sta per esplodere. I Paesi Balcanici sono ancora incerti su quale lato del fiume schierarsi se le cose dovessero degenerare. Dobbiamo essere certi che persone come Tesla non mettano le proprie conoscenze al servizio di qualche nemico degli Stati Uniti d'America. L'ingegnere riceverà la nostra attenzione con la massima discrezione. A lei chiediamo di fornirci ogni informazione, anche la più banale, per riuscire a tracciare un profilo del soggetto. Naturalmente pretendiamo anche da lei la massima discrezione, signor Edison. »

« Nikola Tesla è davvero una persona singolare », disse Edison. « Spesso dice di essere guidato da certe sue visioni. »

« Visioni? » ripeté Thoreman incredulo.

« Capisco i suoi dubbi, signor Thoreman. Ma le assicuro che Nikola Tesla tutto è, fuorché un visionario. Aggiungo anche che lo ritengo tra le persone più pragmatiche che io abbia mai conosciuto. »

« Se è così perché viene considerato da molti un uomo con la testa tra le nuvole? »

« Non ci siamo capiti. Lui sostiene che spesso alcune 'visioni' – le chiama proprio così – gli vengono in soccorso. In particolare nei momenti difficili, o quando s'accinge a nuove invenzioni. Tesla mi ha raccontato che in almeno due occasioni stava per affogare ma che, in entrambi i casi, le visioni che ha avuto l'hanno salvato dall'annegamento suggerendogli soluzioni impensabili. E quando invece ha realizzato nuove applicazioni della corrente elettrica, mi ha confessato che l'intero progetto gli è apparso davanti nitido, completo, definitivo in ogni dettaglio. La sua eccezionale memoria, poi, gli ha consentito di immagazzinare ogni particolare di quello che aveva visto così da poterlo tradurre in pratica. »

« Una sorta di sognatore a comando... » commentò Thoreman ironico.

« Se lei conoscesse le capacità di quell'uomo, non ci scherzerebbe su. Tesla è un lavoratore indefesso. Capace di dedicarsi giorno e notte al compito assegnatogli e prendersi una pausa solo dopo aver trovato la soluzione. Non ha amici, men che meno mogli, amanti o fidanzate. »

« Un omosessuale, quindi? »

« Nemmeno. L'ingegner Tesla sostiene di non provare nessuno stimolo sessuale. Per lui, anzi, è solo una perdita di tempo. Preferisce dedicarsi alle sue invenzioni. Tenga presente, signor Thoreman, che l'ingegner Tesla ha un ruolo fondamentale nella mia azienda. » Il tono di Edison era diventato meno malleabile. « Le sue insinuazioni non mi fanno piacere, come se volesse trovare a ogni costo un dente rotto nell'ingranaggio. Lo farò presente al colonnello Campbell. Le ho risposto solo in nome dell'amicizia che mi lega al colonnello. Se adesso mi vuole scusare, il mio lavoro mi aspetta. »

« Le sono grato per il suo tempo prezioso, signor Edison. La prego di perdonare i miei modi, se l'hanno urtata. Ma ognuno fa quello che deve fare. Se viviamo in un Paese tutto sommato sicuro, lo dobbiamo anche al nostro lavoro d'intelligence, alle nostre conoscenze e investigazioni. Arrivederci a presto, signor Edison. » Thoreman si alzò dalla sedia, tese la mano e abbandonò l'ufficio dell'industriale.

Rimasto solo, Edison decise di non far menzione a Tesla di quell'incontro: lo avrebbe solo allarmato inutilmente.

« Avanti! » disse Edison ad alta voce. « Ho parlato proprio di lei, Tesla, non più tardi di ieri. »

« Mi auguro abbia speso buone parole, signor Edison », rispose Nikola, imbarazzato.

« Le migliori che potessi... Si accomodi, Tesla, che cosa vuole mostrarmi? » chiese Edison indicando le carte che l'ingegnere stringeva in mano.

A differenza di Nikola, Edison non era un inventore. Era un ottimo organizzatore, sapeva sfruttare le occasioni che altri avevano creato. E lo faceva con un fiuto eccezionale: la stragrande maggioranza del migliaio di brevetti registrati a nome di Edison e delle sue compagnie era frutto delle invenzioni dei molti collaboratori di cui si circondava il magnate dell'Ohio. Per questo motivo, Edison era sempre pronto a valutare le loro proposte.

« Ecco, ehm... vede, signore... vorrei tornare sul discorso delle maggiori possibilità commerciali che offre la corrente alternata rispetto a quella continua. »

Edison si aspettava il progetto per la realizzazione di qualche nuova macchina ma Tesla voleva soltanto riparlare della sua ossessione.

« Ancora con quella storia, Tesla? » chiese l'industriale rabbuiato. « La corrente alternata, con il suo maggiore voltaggio, è più pericolosa e più dispendiosa da produrre... »

« Sì, ma mi permetta... ha dei cali minimi lungo il percorso di distribuzione, al contrario di quella continua. Anche sulla pericolosità ho i miei dubbi... »

« Lei ha i suoi dubbi, Tesla, e io ho i miei. Dato che sono io il datore di lavoro, i miei dubbi valgono più dei suoi. Forse lei non si rende conto che noi stiamo erogando dei servizi nello sconfinato territorio americano. Si immagina che cosa significherebbe buttare tutto all'aria per convertire tutti gli impianti da continua ad alternata? »

« I vantaggi sarebbero in grado di ammortizzare in breve tempo i costi della modifica degli impianti », disse Tesla indicando dei conti economici sui suoi fogli.

« Lei è cocciuto, Tesla. Ma non mi convincerà mai. Continui a occuparsi delle sue mansioni, senza pensare ad altre novità: i suoi consigli potrebbero ridurre la Edison sul lastrico nel giro di poche settimane. Altro che costi ammortizzati in breve tempo! »

Quel nuovo e acceso scambio di vedute si era concluso nell'arco di una manciata di minuti. Dietro di sé aveva però lasciato un rapporto che sarebbe stato difficile rinsaldare.

Malgrado il gelo che era calato tra Edison e Tesla, tecnici e dirigenti stimavano l'ingegnere serbo e le sue responsabilità andarono aumentando di mese in mese in seno alla società. Tesla si mostrò sempre più in grado di superare gli ostacoli dove gli altri si arenavano. Il suo direttore era talmente meravigliato delle sue intuizioni che gli promise un premio stratosferico se fosse riuscito ad aggiornare un'intera linea di produzione. Lavorando senza sosta, Tesla riuscì a modificare, rinnovandole sostanzialmente, tutte e ventiquattro le macchine interessate. Ma il giorno in cui andò a richiedere garbatamente quanto promesso, il direttore proruppe in una gran risata. « Davvero pensavi che ti avrei riconosciuto cinquantamila dollari di premio? Non ti sei accorto che stavo scherzando? »

Nikola non fece una piega e rassegnò le sue dimissioni immediate. Quella mancanza di rispetto era troppo per una persona attenta e coscienziosa come lui. Neppure l'intervento di Edison – che si limitò a proporgli un modesto aumento della paga settimanale – riuscì a farlo desistere dal suo proposito.

Ancora una volta Nikola Tesla si trovò da solo, in una città vertiginosa come New York e con le tasche piene della sua sola esperienza.

L'inverno del 1886 si rivelò particolarmente piovoso. La municipalità fu costretta ad assumere alcune squadre di cantonieri per mantenere in sicurezza i fossi a lato delle strade. Non c'era molto da scegliere e Tesla non indugiò: per due dollari al giorno, inforcò pala e stivali e si assicurò almeno un pasto quotidiano spaccandosi la schiena come manovale.

Tim Cimino, come faceva a ogni sua sosta in porto, amava trascorrere parte del suo tempo con l'amico Tesla. La traversata oceanica che avevano fatto assieme aveva dato inizio a un solido rapporto.

L'aspetto dimesso dell'ingegnere rivelava il suo stato d'indigenza.

« Perché ti sei licenziato, Nikola? » Tim, appena sbarcato, aveva insistito per cenare con lui.

« Perché non potevo più rimanere alla Edison. Perdonami, amico mio, ma non ho voglia di parlarne. I problemi, per me, adesso sono altri », gli aveva risposto, lasciando intendere che le sue parole non ammettevano replica.

« Problemi economici, immagino », aggiunse Tim. « Questa città è come un gorgo che t'inghiotte. Però te lo devo dire, Nikola: tu sei uno studioso, un uomo di scienza. A New York vanno avanti gli sciacalli, quelli capaci di spingere gli altri in quel gorgo. Ascoltami bene. Durante il mio ultimo viaggio avevo a bordo dei passeggeri di origine italiana, come la mia famiglia. Forse sono anche dei mezzi parenti. Comunque sono degli investitori pronti a finanziare operazioni legate all'elettricità. Non posso mettere la mano sul fuoco sulla loro onestà e per questo avevo deciso di non parlartene. Ma, visto che sei senza lavoro, potresti provare a incontrarli. »

Tim aveva ragione. I due erano singolari individui che impiegavano il tempo a bere giocandosi fortune seduti al tavolo del poker. Di elettricità ne sapevano meno di nulla, ma sembravano invaghiti dell'idea di poter fabbricare lampadine a bulbo. E una persona esperta come Nikola faceva proprio al caso loro. I due ci avrebbero messo i soldi. E, in quel campo, sembravano non avere limiti.

In breve tempo, tra finanziatori e inventore nacque un sodalizio societario.

Portato velocemente a termine l'impegno di progettazione e realizzazione delle lampadine, Nikola tornò alla carica con quello che gli stava davvero a cuore: sviluppare le potenzialità della corrente alternata. Nel frattempo Tesla aveva costituito una propria società, poco più che un indirizzo postale nella Quinta Avenue, in una stanza al quarto piano, grande a malapena per contenere progetti, disegni e qualche prototipo.

Il fumo dei sigari a mezz'aria aleggiava come una nube azzurrognola sul tavolo da gioco ricoperto da un panno verde. Posata su quel tavolo, tra banconote e monete, si poteva contare la somma ragguardevole di ventimila dollari. Una fortuna. Il momento era di massima tensione. I due finanziatori, insieme a due altri giocatori incalliti, erano concentrati sul gioco quando Tesla li raggiunse. L'accoglienza che gli riservarono fu brusca: era chiaro che erano in altre faccende affaccendati, e poco importava loro dei motivi per i quali l'ingegnere serbo era stato convocato. Nikola, dal canto suo, aveva accettato volentieri il colloquio, convinto di non poter trascorrere tutta la sua esistenza a progettare bolle di vetro solcate dalle incandescenze. E comunque, si aspettava un diverso benvenuto, dal momento che ora e data per un chiarimento societario erano stati concordati.

« Allora, Nikola. Di che cosa dovevamo parlare? » chiese senza convinzione Tom Sava, il socio che si era appena aggiudicato il piatto, mischiando le carte.

« Forse non è il momento per discutere il futuro della nostra società », disse Nikola senza nascondere il suo imbarazzo, mentre i giocatori piazzavano le loro puntate.

« Quale futuro, Nikola? » aggiunse Santo Gavino.

« Lo sfruttamento delle mie invenzioni », rispose il serbo con entusiasmo.

« Full di regine! » gli fece eco Sava, lasciando cadere le cinque carte sul tavolo. « E quindi », aggiunse ancora, mentre rastrellava la vincita con l'avambraccio piegato a gancio sul banco, « di che cosa vuoi parlarci, Tesla? »

« Reputo l'argomento importante », disse Nikola. « Se preferite possiamo farlo un'altra volta... »

« Avanti, Tesla », disse Gavino spazientito. « Arriviamo al dunque. Non abbiamo tempo da perdere, noi. »

« Invece io sì. Ho un sacco di tempo, oltre alle diciotto o venti ore che ogni giorno dedico alla realizzazione del progetto. »

« Bene, allora sentiamo! » disse Sava, alzandosi dal tavolo

da gioco. L'uomo indicò il salottino in un angolo della stanza. « Un quarto d'ora di pausa farà bene a tutti. Fai in fretta, Tesla. »

Nikola respirò a fondo e cercò di domare il suo orgoglio.

« Il Sistema Mondiale », disse Tesla appena furono seduti. « L'ho definito così. Si tratta dello sfruttamento a fini economici di alcune delle invenzioni che ho realizzato o progettato nel corso degli ultimi anni. Elencherò di seguito i punti fermi della filosofia industriale che ho elaborato e che consentiranno alla nostra società di maturare utili impensabili. »

« Vai avanti, Tesla! » ordinò Sava, smanioso di tornare al tavolo da gioco.

« Cinque sono i punti essenziali per anticipare i nostri concorrenti. Li troverete anche in questa relazione tecnica », disse Tesla porgendo alcuni fogli ai suoi partner. « 1) Il trasformatore che da me prende il nome per generare correnti di smisurata potenza, sino a un milione di volt. Questa macchina sarà collegata a 2) Il trasformatore d'amplificazione, che sarà in grado di attivare impianti elettrici complessi con il solo sfruttamento dell'energia presente in determinate fasce dell'atmosfera. 3) L'attivazione avverrà per mezzo di un sistema di distribuzione di corrente senza fili al quale sto lavorando. 4) Utilizzando il sistema senza fili sarà anche possibile recapitare messaggi in un codice segreto, indecifrabile da orecchie indesiderate. E, infine, 5) L'intero Sistema Mondiale basa i suoi presupposti sulle Onde Stazionarie Terrestri, una riserva inesauribile di energia elettrica presente ovunque e facilmente utilizzabile, che nessuno, però, ha mai pensato di sfruttare. »

Gavino era seduto a gambe larghe. Il suo ventre prominente sembrava una collina tondeggiante che aveva origine tra le sue cosce. Accese un altro sigaro, mosse la mano per spegnere il fiammifero e rise di gusto.

« Stai scherzando, Nikola, non è vero? Corrente elettrica alla portata di tutti, presente nell'etere, centrali capaci di produrre milioni di volt e messaggi che viaggiano nell'aria privi di fili... siamo al principio del 1895, Tesla, e il futuro ancora non è iniziato », disse Gavino con un tono sempre più scettico.

« Non è iniziato perché nessuno ha avuto il coraggio di farlo iniziare », gli fece eco l'inventore. « Si tratta, comunque, di un futuro prossimo: una decina di mesi saranno più che sufficienti per rendere operativa la prima centrale elettrica del 'Sistema'. Contestualmente sarà possibile rendere disponibili, subito o a stretto giro, una rete telegrafica globale, un interscambio di messaggi segreti a uso esclusivo dei servizi di intelligence, l'uniformazione a livello mondiale dell'ora esatta, la domiciliazione in ogni luogo di immagini fotografiche... »

Sava approfittò della pausa di Tesla per riprendere fiato e s'interpose brusco: « Ingegner Tesla, la modesta produzione di lampadine che abbiamo appena impiantato stenta a decollare e tu ci proponi nuovi colossali investimenti. Anche noi abbiamo degli investitori cui rispondere del nostro operato e scelte campate in aria come quelle che ci stai proponendo metterebbero a repentaglio la loro fiducia... »

« Non si tratta di scelte campate in aria, ma di... » Tesla stava perdendo la pazienza. Si sentiva, ancora una volta, oltraggiato.

« Fammi un piacere, Tesla », disse ancora Sava. « Adesso noi torniamo a giocare e faremo finta che questo incontro non sia mai avvenuto. Concentrati, piuttosto, sulle lampadine a bulbo... »

Tesla si alzò. Sovrastava in altezza i due corpulenti italoamericani.

« Non sono un ragazzino », Nikola scandiva le sillabe, « da zittire facendo finta che nulla sia successo. Io sono uno scienziato e parlo con cognizione di causa. Se ci sono menti che non sono in grado di comprendere quello che dico, stiano lontane da me. Per quanto riguarda lo studio delle lampadine a bulbo, signor Sava, da domani potrai fartelo da solo: la nostra società è sciolta a partire da questo momento. »

In un crocevia della penisola di Manhattan convergono cinque direttrici. Quel sito prende il nome di Five Points. All'epoca era un quartiere degradato, popolato di bische e di bordelli, insicuro e preda della criminalità sin dal primo ventennio dell'Ottocento. I forti flussi migratori provenienti dall'Europa nella seconda metà del diciannovesimo secolo – in particolare irlandesi, italiani ed ebrei – contribuirono a rendere ancor più precarie le condizioni di vita e a rinsaldare i legami tra le etnie.

Inutile dire che, presto, quei legami si tradussero in sodalizi criminali. Le bande, tra di loro rivali, si fronteggiavano apertamente in scontri all'ultimo sangue. In ballo c'erano i proventi derivanti dalle attività illecite di una metropoli in via d'espansione, ma già tentacolare e ricca.

Alla fine, furono gli italiani a ottenere la supremazia sulle altre bande criminali. Il loro sodalizio si distinse soprattutto perché aveva alla guida un uomo spietato, ma intelligente e lungimirante, colto e poliglotta, capace di sfoggiare modi impeccabili e abiti eleganti, pronto a corrompere politici e forze dell'ordine sino ai massimi livelli, aperto per accogliere nel suo locale a Great Jones Street, il New Brighton Athletic Club, l'alta società cittadina.

L'organizzazione si chiamava Italian Five Points Gang. La sua gerarchia era ferrea e non erano ammessi errori. Alcuni « colletti bianchi », seguendo le direttive del capo, si preoccupavano di reinvestire in attività lecite i proventi di quelle criminali. Tutti gli affiliati alla gang avevano giurato fedeltà assoluta al capo indiscusso della malavita cittadina, un uomo esile, il naso da pugile e i capelli impomatati: Paul Kelly.

La famiglia di Paul Kelly, all'anagrafe Paolo Antonio Vaccarelli, era originaria di Potenza. Paul non era alto: non arrivava al metro e sessanta. Da giovane aveva intrapreso la carriera di pugile nei pesi gallo. Poi aveva scoperto il crimine.

Il New Brighton Athletic Club era un caffè come tanti altri: ambiente elegante, tovaglie candide, personale gentile. In breve, grazie alla capacità di intrattenere relazioni a ogni livello del suo proprietario, Paul Kelly, il club si popolò dei personaggi più in vista della città. Kelly faceva gli onori di casa: si muoveva tra i tavoli come un oste navigato, elargiva sorrisi e strette di mano. Per lui era sempre disponibile un tavolo in fondo alla sala, leggermente rialzato in modo che potesse dominare i suoi ospiti. Quando invece si trattava di esaminare affari più riservati, come allungare una tangente o minacciare un integerrimo servitore della legge, allora Kelly invitava l'ospite nel suo ufficio e sedeva dietro una massiccia scrivania di mogano.

Il gangster più temuto d'America era seduto proprio lì quando Tom Sava e Santo Gavino – i due ex soci di Nikola Tesla – entrarono nell'ufficio. Kelly indicò loro le due poltrone davanti alla scrivania e prese a scorrere dei registri di contabilità redatti con ordine.

« Devo ammettere », disse Kelly « che gli investimenti in attività lecite stanno garantendo buoni risultati... »

Davanti a Paul Kelly, Sava e Gavino erano ammutoliti e avevano perso tutta la loro baldanza.

« Ci siamo impegnati, Paul », disse finalmente Gavino.

« Lo vedo e sono soddisfatto. Ho detto al contabile di riconoscervi un premio. »

« Grazie, Paul », aggiunse Sava.

« Come vanno, a proposito, le lampadine? Sapete che investire nell'elettricità era un mio chiodo fisso... »

« Be', Paul, il nostro ex socio ha appena abbandonato la società », disse Sava.

« Vuoi dire che quel... quel... »

« Tesla, Nikola Tesla », gli venne in aiuto Sava. « Un fanatico, capace di prosciugare in pochi mesi ogni centesimo investito... »

« Ahahahah! Denari che sono costati sangue e fatica ai Five Points », Kelly alludeva all'origine degli introiti illeciti, riciclati dai suoi scagnozzi in attività legali. « Poco male, di ingegneri senza grilli per la testa ne troviamo a bizzeffe. »

Kelly congedò i suoi « procacciatori d'affari ». Si versò un dito di whisky pregiato e uscì dal suo ufficio. Il New Brighton Athletic Club straripava di gente. Alzando il bicchiere Kelly prese a salutare alcuni dei potenti seduti ai tavoli. L'orchestra suonava in sottofondo e accompagnava il vociare nel locale. Nei suoi brindisi a distanza, Kelly visualizzava i dati di ogni avventore: la maggior parte di loro era iscritta sul suo libro paga. Il gangster si muoveva nel locale con un passo agile. Indossava come sempre abiti eleganti e sfoggiava modi impeccabili. Kelly era una persona di buone maniere, colta, capace di esprimersi in cinque lingue, ma spietato e senza scrupoli. Spesso si attardava a scambiare pochi convenevoli con i presenti. Poteva sembrare incongruo che il riconosciuto capo della più pericolosa associazione criminale americana conoscesse e salutasse cordialmente ufficiali di polizia, politici e amministratori pubblici. Ancor più strano che tutti si ritrovassero nel suo locale.

Ma il boss era convinto che omicidi, guerre tra bande e attività illecite avrebbero potuto proseguire impuniti se a coprirli ci fosse stata una patina di legalità. Una verginità spesso discussa e criticata, ma corruzione e violenza erano capaci di spazzare via ogni critica.

Kelly riconobbe dapprima il colonnello Campbell, capo dell'intelligence del National Bureau of Criminal Investigation. Campbell conversava con un altro uomo, Francis Cotelli. Cotelli era un ex detective della polizia di New York. Da quando era stato radiato per essersi macchiato di peculato e favoreggiamento, si era insediato alla Edison Electric, come direttore del tentacolare servizio di sicurezza e informazioni che faceva capo alla multinazionale. Il gangster gli si fece vicino. Tra lui, Campbell e il suo sottoposto Thoreman, c'era un accordo di mutuo rispetto: Kelly forniva loro informazioni della massima riservatezza e i servizi segreti chiudevano entrambi gli occhi sull'altra faccia della sua attività.

« Buonasera, colonnello Campbell. Ciao Francis », disse Paul, prendendo posto al tavolo. « Che cosa posso offrirvi? »

Kelly sapeva che quell'incontro non era casuale. Il colonnello e Cotelli volevano qualcosa.

Campbell era stato un valido ufficiale dei servizi segreti unionisti durante la guerra civile. Il grado era rimasto appiccicato al nome anche dopo il congedo. Adesso era vicino alla sessantina, un fisico ancora gagliardo e un fiuto unico per lavorare nell'ombra.

« Paul, conosci un certo Tesla, Nikola Tesla? » chiese il colonnello dopo poche battute.

Quel nome suonò come un campanello d'allarme nella mente di Kelly: nell'arco di pochi minuti s'imbatteva di nuovo nell'ingegnere serbo. Prudenza. Probabilmente i suoi interlocutori sapevano già quello che era successo nella società per produrre lampadine.

« Questo nome non mi è nuovo... » rispose cauto il gangster.

« Credo che sia o sia stato socio di persone che conosci bene, Paul. »

« Su due piedi non mi viene in mente. Mi informerò », rispose Kelly. « Che cosa vi interessa? »

« Vorremmo capire meglio che tipo è », disse Campbell. « Tesla si sta dando un gran daffare con l'energia elettrica: è una specie di genio. L'ufficio brevetti è subissato delle sue richieste per la tutela di nuove invenzioni. »

Impercettibilmente Kelly strinse il pugno, nervoso: i suoi scagnozzi nel corso della loro relazione avevano omesso particolari importanti sulle capacità del socio. Li avrebbe puniti per questo.

5

Autunno 2023

« Questo lavoro, dottor Breil », disse Toba Oshman scuotendo il capo, « mi ha insegnato a non fidarmi di nessuno. Non avrei mai pensato che mio cognato Richard avesse lavorato a dei progetti riservati. A quanto ne so, Richard era dirigente in una fabbrica di aspirapolvere... »

« Pare invece che non sia così, signorina Oshman. » A parlare fu Yossi Leivi, capo del Mossad sino a pochi mesi prima. « Secondo lei, sua sorella era al corrente dell'incarico del marito? »

« Non credo, ma mi ripeto: la prima a sorprendersi in questa vicenda sono io. »

« La ringrazio, signorina Oshman », disse Leivi congedandola.

Rimasti soli nella sala da pranzo della casa agricola padronale, Yossi si strinse nelle spalle e chiese: « Che ne dici, comandante? »

« Non ho dubbi sulla sincerità di Toba, la conosco da molto tempo », rispose Oswald. « Ma Richard Goldberg deve essere un ottimo attore: per una decina d'anni ha fatto credere a tutti, compresa la famiglia, che si occupava di circuiti elettrici per aspirapolvere... »

« Invece stava sviluppando un'arma segreta preconizzata

da Nikola Tesla e mai realizzata. Spero solo che ti sbagli almeno su due punti, Breil. »

« Quali? »

« Che i terroristi di Hamas abbiano seguito una mappa nei loro sequestri, una sorta di lista di proscrizione precompilata. »

« Io sono convinto che abbiano preso chi volevano, inserendo qualche cittadino comune per confondere le acque. C'è dell'altro, Yossi? »

« Sì, speriamo che Goldberg abbia gli attributi per resistere agli interrogatori dei Nukhba palestinesi... »

« Ripeti, Yossi. »

« Che spero tu ti sia sbagliato due volte... »

« No, dopo. I Nukhba. E noi sappiamo chi li comanda, non è vero? » Lo sguardo di Breil si era illuminato. Sembrava un satiro pronto a suggerire la prossima mossa al demone di turno.

Adel Issawi si era fatto militarmente le ossa in Siria. Lì aveva partecipato alla strenua difesa da parte dei ribelli nella zona nordoccidentale siriana della provincia di Aleppo. Con i suoi miliziani aveva preso parte all'assalto di un commando di militari russi e governativi di Bashar Assad in una villetta a Darat Azza. Tra le macerie, nell'intercapedine di un muro, avevano rinvenuto alcuni documenti nascosti. L'unico ancora leggibile era un quaderno nero pieno di appunti, dal quale mancavano le pagine centrali. Issawi lo aveva tenuto per sé, cercando di capire, giorno dopo giorno, i segreti che si celavano in quelle pagine.

Nei mesi seguenti, il terrorista aveva vissuto negli Stati Uniti sotto falso nome per qualche tempo. I servizi americani e quelli israeliani lo avevano messo sotto sorveglianza, senza avere informazioni certe sulla sua reale identità e che ruolo ricoprisse in seno ad Hamas. Quando ormai lo avevano identificato era troppo tardi e Issawi era tornato all'ovile nella striscia a comandare i suoi terroristi.

Si era lasciato dietro lo stizzoso disappunto dei servizi occidentali che se lo erano fatto scappare. Di positivo c'era che adesso, l'uomo senza volto Adel Issawi, aveva lasciato nelle mani degli inquirenti i suoi connotati fisici, una foto abbastanza nitida e l'informazione che fosse un appassionato di tecnologie, utilizzate anche in rete per tenere vivi i suoi contatti.

« Abbiamo un indirizzo IP in roaming usato da Issawi negli USA », disse Bernstein che si affrettò a spiegare la sua affermazione con un linguaggio più comprensibile. « Significa che l'indirizzo può essere condiviso tra più utenti. Diversamente, l'indirizzo IP statico è fisso in una posizione scelta in precedenza. L'IP roaming è meno facile da intercettare. Ma non disperiamo. Soprattutto se il capo della Nukhba Force ha mantenuto in vita quel contatto. Mi lasci lavorare, maggiore Breil. Ci rivediamo qui tra un paio d'ore », disse Bernstein abbandonando la sala da pranzo della casa.

Bernstein, per quella missione, aveva eletto a residenza la centrale operativa del centro di spionaggio. Lì era possibile proiettare le immagini registrate da ognuna delle trecento telecamere dissimulate nell'area di pertinenza della stazione del Mossad. Sulle scrivanie aveva disposto alcune delle sue apparecchiature e si era messo al lavoro.

Breil, Sara e Leivi si erano ritrovati puntuali. Bernstein li aveva preceduti di pochi secondi.

« Un indirizzo IP non può fornire informazioni personali. L'Internet Service Provider, che gestisce il collegamento, deve custodire gelosamente le generalità dell'abbonato. Però, può rivelare alle persone autorizzate – generalmente dietro richiesta di un tribunale – le informazioni per risalire alle utenze collegate... » Pausa alla Bernstein che precede il *coup de théâtre*. « Nel periodo in cui Issawi si trovava a New York, l'IP è collegato a questa utenza telefonica », Bernstein mostrò un foglietto recante un numero. « Con il sistema di localizzazione ho individuato dove si trova adesso l'apparecchio... »

Era una serata calda, percorsa da una brezza piacevole che portava i profumi agri del Mediterraneo verso il Negev. Bernstein indicò in direzione del mare, poco fuori da Gaza City.

« Lì », disse risoluto.

Nadir Rashed, l'ingegnere, era considerato un maestro d'armi ed esplosivi dai suoi stessi colleghi della Nukhba Force. In realtà, alla facoltà tedesca che aveva frequentato, aveva studiato ingegneria elettronica. Grazie alla sua cieca devozione alla Jihād, si era ritrovato a costruire ordigni capaci di ridurre in poltiglia decine dei nemici della sua terra.

Dopo quei tre giorni trascorsi con il prigioniero americano, Rashed si considerava soddisfatto. Poco importava se aveva lasciato Richard Goldberg ridotto a una maschera di sangue e con le giunture delle braccia slogate: Rashed conosceva i modi per convincere un prigioniero a parlare. E Goldberg aveva parlato. Ma Rashed sapeva che l'americano si era tenuto per sé i segreti che potevano garantirgli la sopravvivenza. Anche quello faceva parte del gioco: ancora un paio di « sedute » e avrebbe vuotato il sacco.

Nel frattempo Hamas avrebbe potuto portarsi avanti con il programma: se le intuizioni di Tesla e gli studi compiuti da Goldberg erano corretti, in pochi mesi avrebbero potuto realizzare un prototipo dell'arma che lo stesso ingegnere serbo aveva denominato Teleforce o anche « Il raggio della morte ».

Doveva subito mettere al corrente Issawi dei suoi progressi. Insieme avrebbero deciso il da farsi. « Dio è grande! » mormorò tra sé Rashed. Tra poco anche gli infedeli, nemici della Palestina, avrebbero conosciuto tutta la sua grandezza.

La reazione sistematica delle forze armate israeliane era iniziata tre giorni dopo l'attacco. Prima c'erano state ripetute incursioni aeree che gli esperti definivano « chirurgiche ». Poi, ogni giorno, l'aviazione israeliana aveva neutralizzato dai due ai trecento obiettivi sensibili con il lancio di ordigni ad alta precisione. Nel contempo, le truppe di terra avanzavano compatte: l'ordine era quello di scardinare anche l'ultima resistenza di Hamas. La difficoltà maggiore per gli israeliani era individuare il dedalo di tunnel che correvano sottoterra e formavano vere e proprie città sotterranee.

Rashed uscì dal retrobottega della macelleria dopo aver controllato da uno spioncino che lo spazio fosse deserto: Israele aveva orecchie e occhi ovunque. Quello che gli ebrei stavano cercando – senza troppo successo, a dire la verità – erano gli accessi ai tunnel.

Rashed infilò i verbali degli interrogatori e un antico quaderno nero scritto con calligrafia ordinata dentro a un sacchetto di plastica celeste. Li coprì con qualche verdura e si confuse tra gli avventori del mercato.

Deir el-Balah, nel settore meridionale della striscia di Ga za, era un villaggio di poche case. Lì la sete di vendetta degli israeliani non si era ancora fatta sentire, ma presto sarebbe arrivata: nel campo profughi si rifugiavano numerosi miliziani e la sistematica ricerca dei nemici di Israele procedeva senza alcun ripensamento. Sembrava anzi che, nella loro controffensiva, gli israeliani fossero animati dalla stessa convinzione che spronava i primi cacciatori di nazisti alla fine del secondo conflitto mondiale: quella convinzione d'immunità di chi è convinto di agire nel nome della giustizia assoluta. Peccato che, nei raid via cielo e via mare delle IDF, le vittime innocenti fossero già migliaia.

Rashed abbandonò l'utilitaria sul ciglio di una strada sterrata, poco distante dall'ingresso di una villa bianca contornata da palme, a pochi passi dal mare.

Come convenuto con Issawi, chiamò un numero « sicuro » per tre volte di seguito, riattaccando al primo squillo.

Poi si avviò verso il cancello d'ingresso.

Oswald Breil posò entrambe le mani sulle cuffie ai lati della testa. Si concentrò, pronto a raccogliere ogni sillaba del dialogo che si apprestava a intercettare. Invece chi aveva composto il numero dell'utenza utilizzata da Adel Issawi riattaccò senza parlare. E lo fece per tre volte.

« Un segnale! » esclamò Breil. « Ma a noi poco importa: ormai abbiamo localizzato l'apparecchio. Dobbiamo agire in fretta, prima che Issawi sparisca di nuovo. »

« Credo sia il momento giusto », disse Leivi « di valutare la disponibilità promessa dal premier Aserovich. Come hai intenzione di muoverti, comandante? »

« Farei verificare che chi possiede quella utenza sia veramente Issawi e che proprio lui si trovi nella villa sulla costa di Deir el-Balah. Poi farei intervenire una squadra speciale per catturare il capo dei Nukhba. Non credo riusciremo a sapere molto da lui, ma uno scambio di prigionieri, alla malaparata, può essere la via più indolore per liberare degli ostaggi israeliani. »

Solo la strada costiera al-Rashid separava la villa bianca dal Mediterraneo. Il gommone con a bordo i cinque incursori israeliani della Shayetet 13 avanzava verso riva sospinto da poderosi colpi di pagaia. Il mare era calmo e la notte senza luna imperscrutabile. Anche il sommergibile che aveva appena scaricato il commando era invisibile nel buio più assoluto. Con gesti esperti gli incursori trascinarono il gommone in secca sulla spiaggia. Poi, armi alla mano, oltrepassarono via al-Rashid, superarono il muretto di cinta e si appostarono nel palmeto antistante la villa. La casa era sorvegliata da un paio di sentinelle che stazionavano nei pressi dell'ingresso, all'interno brillava una luce.

Trascorsa mezz'ora di osservazione, il capopattuglia avvicinò alla bocca il microfono dell'apparecchio radio: « Qui capo spedizione a comando. Confermo identificazione. Chiedo autorizzazione al prelievo dei due bersagli presenti. Ripeto, due bersagli presenti e chiedo autorizzazione al prelievo ».

« Qui comando. Autorizzazione non concessa. Ripeto, autorizzazione non concessa. Rimanete in attesa di ulteriori istruzioni. »

Nadir Rashed estrasse le verdure dal sacchetto, mentre Issawi lo guardava con una punta d'ammirazione: nel mondo in cui avevano deciso di vivere, la prudenza era la sola cosa che poteva salvarti la vita.

Poi l'ingegnere afferrò il registratore digitale, i suoi appunti e il quaderno nero di Tesla.

« Allora? » chiese Issawi impaziente.

« Se la metà di quello che mi ha detto Goldberg corrisponde a verità, la causa palestinese diventerà padrona del mondo, comandante. » Così dicendo Rashed prese a disporre con ordine i fogli sul tavolo del salottino della villa.

« Credi ti abbia detto tutto? »

« Non sono così ingenuo, Adel. Dall'ebreo ho saputo solo quanto bastava perché non facessi saltare le cervella ai suoi figli. Da questo quaderno, appartenuto a Nikola Tesla, ricaverò altre informazioni. Sono convinto che Goldberg abbia tenuto per sé la soluzione. » Lo sguardo di Rashed si fece pericoloso. « Sarà quello che mi dirà appena rientro nel tunnel. »

Spesso, durante l'esposizione, Issawi interrompeva l'interlocutore per chiedere chiarimenti e delucidazioni. Stavano parlando da quasi un'ora, quando il comandante dei Nukhba si alzò in piedi.

« Quanto tempo credi sia necessario per rendere operativo il progetto? » chiese Issawi, rinfilando quaderno, verbali d'interrogatorio e registrazioni nel sacchetto di plastica celeste.

« Pochi mesi se Goldberg sarà docile nel fornire i tasselli mancanti. Qualche cosa di più se dobbiamo colmare quelle lacune senza la sua collaborazione. Sempre con la speranza che tutti i presupposti del progetto originario di Nikola Tesla siano corretti », rispose Rashed.

« Penso sia inutile », disse Issawi « sottolineare l'importanza di questo lavoro per tutti i fedeli, non solo per la Palestina. A che punto sei con le strutture? »

« Ho replicato per filo e per segno quanto descritto da Tesla: la torre, i collegamenti, i generatori. Mancano solo pochi dettagli. »

« Devi riuscire a rendere operativo il raggio della morte il prima possibile e nella massima segretezza, Rashed. Continuerò a fornirti i finanziamenti e il personale che richiedi. Faremo fare dei bei botti all'Occidente. »

Nadir Rashed si alzò. Salutò fraternamente il comandante dei Nukhba e si avviò all'ingresso della villetta. A quel punto scoppiò l'inferno.

Il comandante della pattuglia d'incursori della Shayetet 13 era addestrato per fronteggiare qualunque imprevisto. Quella pausa senza ragione si stava protraendo troppo. E, con lo scorrere del tempo, aumentava il rischio che i suoi fossero individuati durante uno dei giri di ronda delle sentinelle attorno alla villa. Al comando avrebbero fatto meglio ad autorizzare la missione o ad abortirla. Rimanere immobili per ore era rischioso.

Il sibilo, lacerante e doloroso, ruppe con violenza il silenzio della notte. Durò una frazione di secondo, abbastanza per dare la percezione della velocità alla quale viaggiava il missile di precisione. Il fragore non si era ancora spento, quando il boato lo sovrastò, accompagnato dal bagliore della villa che veniva avvolta in una palla di fuoco. Poi l'edificio si sollevò in aria, deformato dall'enorme pressione, dopo di che la casa, prima di ricadere a terra, esplose avvolta dalle fiamme.

« Capo spedizione da comando, capo spedizione da comando. Potete rientrare alla base. Missione annullata », gracchiò la radio, mentre quello che rimaneva del rifugio dei terroristi ardeva a poca distanza dalla pattuglia di incursori.

« Un attacco aereo? » ruggì Oswald incredulo.

« Sì, Oswald. Il premier Aserovich mi ha detto che i Nukhba stavano per scoprire l'agguato. Sono dovuti intervenire in emergenza, uccidendo, quasi certamente, con un missile tutti gli occupanti della casa, Issawi, il suo ospite e le sentinelle. »

« Non ti vedo convinto, Yossi. »

« Ho parlato con il comandante della pattuglia della Shayetet 13 che doveva catturare Issawi. Mi ha riferito che tutto procedeva senza sorprese e che li hanno fatti aspettare quasi due ore senza intervenire. Poi c'è stato il bombardamento. Subito dopo loro hanno fatto ugualmente irruzione nella villa, Issawi era morto. Il comandante ha chiesto di parlarmi. Lo accontenterò appena possibile. C'è qualche cosa che non mi quadra, Oswald », rispose Leivi.

« Scommetto che l'ordine di ridurre tutto in briciole con un missile intelligente è venuto dal generale Tal, lo stesso del trasferimento in Cisgiordania delle truppe di stanza a Gaza », disse Breil.

« Mi informerò, ma è facile che tu abbia ragione: un ordine come quello deve passare dal capo supremo delle forze armate. Questo stravolge ogni nostro piano, Breil. »

« Soprattutto sottolinea il fatto che, se vogliamo ottenere risultati, dobbiamo procedere da soli. »

« Bisogna essere dotati di una buona dose di follia per marciare da soli contro Hamas. »

Richard Goldberg sedette dolorante sulla branda. Dopo l'interrogatorio lo avevano separato dai suoi figli e rinchiuso in una cella d'isolamento. Aveva il volto tumefatto, e i legamenti delle spalle e delle anche gli dolevano per le torture cui lo avevano sottoposto. Si distese lentamente, sul viso una smorfia di dolore. Di fronte alla paura non aveva saputo resistere. Ma chi avrebbe mantenuto il segreto dinanzi al dolore fisico e alla paura per la vita dei propri figli? Aver parlato pesava sulla sua coscienza come un macigno. L'unica cosa che riusciva a sollevarlo era il fatto di aver rivelato a Issawi solo una parte di quanto sapeva. E senza possedere le informazioni che aveva taciuto, Hamas non sarebbe arrivata da nessuna parte. Ne erano consapevoli anche loro, Issawi e il suo tirapiedi Rashed. E sarebbero tornati, ancora più agguerriti e determinati. Quasi certamente avrebbero concretizzato le loro minacce. Richard non sopportava il pensiero di dover vedere uno dei suoi bambini sotto la minaccia della pistola di quegli aguzzini. Tremava all'idea di ritrovarsi con le corde che gli slogavano anche e spalle, mentre loro costringevano i due figli maggiori a guardare il loro padre impazzire per il dolore e crollare come un vigliacco. Sì, forse era stato soltanto un vigliacco a cedere. Ma ancora non era finita. E dinanzi a nuove e più incisive minacce, sapeva che non avrebbe resistito e avrebbe parlato. Lo sapevano anche loro, maledetti. Giocavano come il gatto con il topo, padroni della sua vita e di quella dei suoi cari. Richard scoppiò a piangere. Il pensiero di poter arrivare a consegnare a quegli assassini il segreto per diventare padroni del mondo lo angustiava. Eppure era consapevole che alla fine sarebbero riusciti a sapere da lui quello che volevano. Era solo questione di tempo.

Richard Goldberg si sfilò i pantaloni insanguinati. Aiutandosi con i denti ne tagliò una striscia sottile e se la legò al collo dopo avere assicurato l'altra estremità a un gancio nel muro della cella. Pregò dio di aver cura della sua famiglia e della sua anima. Non sarebbe morto come un traditore.

Roxie Oshman si alzò in silenzio, e annuì mentre i carcerieri chiamavano il suo nome. Il fascio di luce che la investì all'improvviso le abbagliò la vista. I terroristi la condussero fuori dalla cella comune e le ordinarono di seguirli. Percorsero i lunghi corridoi sotterranei in silenzio, accompagnati solo dal rumore dei loro passi sul pavimento in terra battuta dei tunnel. Poi i miliziani si fermarono davanti a una porta, l'aprirono e la spinsero dentro, nel buio più assoluto. Roxie era impaurita. Rimase per qualche minuto in silenzio, raggomitolata a terra. Temeva che fosse finita, che quella fosse l'anticamera della sua esecuzione. Dopo pochi istanti percepì un rumore in un angolo, un altro ancora.

« Chi c'è là? » chiese rivolgendo lo sguardo verso il nulla. « Sono Roxanne Goldberg, di Nir Oz. »

« Mamma! » esclamò una voce acerba e piena di paura.

« Eitan?! » disse lei incredula.

« Ci sono anche Simon e William, mamma. Hanno portato via papà ieri e non è più tornato. »

Nel buio la donna aprì le braccia e le strinse con tutta la sua forza solo quando sentì i corpicini dei suoi figli aderirle al petto.

6

Stati Uniti d'America, sul finire del XIX secolo

La crisi che attanagliava gli Stati Uniti sul finire del secolo era profonda. Lunghe file di persone si snodavano per tutto il giorno nei pressi degli enti caritatevoli che distribuivano pasti ai meno abbienti. Sembrava quasi impossibile che il Paese potesse risollevarsi dalla depressione. Per fortuna Nikola Tesla, grazie all'impiego come manovale, era riuscito almeno a sopravvivere.

Nel frattempo il tecnico serbo non aveva mai smesso di presentare le sue nuove invenzioni presso l'ufficio brevetti. E questa sua attività non era passata inosservata all'industria americana in cerca di nuove opportunità, soprattutto in tempo di crisi.

L'invito a tenere una conferenza presso l'autorevole American Institute of Electrical Engineers fu accolto da Nikola come il segnale della fine di un incubo. Sapeva che da quella esposizione, davanti a una platea titolata, dipendeva il suo futuro.

Quando salì sul palco nella sala gremita scese il silenzio.

«... permettetemi un distinguo rispetto a quanto teorizzato dai professori Lodge e Hertz», azzardò durante il suo intervento contraddicendo le teorie di due mostri sacri della fisica elettronica. Indicò il disegno di un modello e proseguì. «Questo apparecchio sarà in grado, attraverso onde elettromagnetiche, di portare l'elettricità ovunque nella vita di tutti i giorni. »

Quando ebbe concluso, dalla platea si levò un'ovazione.

Fu a quel punto che Tesla temette di essersi lasciato trascinare dall'enfasi e aver osato troppo. Il deposito degli oltre quaranta brevetti aveva prosciugato le sue già magre finanze. Ogni sua invenzione, seppure avesse raggiunto lo stadio di progetto avanzato, sarebbe rimasta mera teoria senza i fondi per costruire i prototipi. Se qualcuno dei molti industriali presenti gli avesse chiesto delle prove pratiche, oltre alla bella esposizione, lo avrebbe trovato a mani vuote. Ma la stampa elogiò il suo eloquio e, supportato dai molti attestati di stima, Tesla vide ancora una volta brillare l'astro della sua fortuna.

Il giorno dopo la conferenza, era ancora eccitato dai riscontri entusiastici ottenuti. Quella mattina si recò presto in laboratorio. Stava perfezionando alcuni suoi progetti quando alla porta si presentò un gentiluomo elegante.

« Mi chiamo George Westinghouse », disse lo sconosciuto tendendogli la mano. « Mi piacerebbe se lei mi raggiungesse a Pittsburgh nei prossimi giorni. Ho alcune proposte da sottoporle per una eventuale collaborazione. »

Tra le tante manie di Tesla c'era anche quella dell'igiene. Rimase a guardare atterrito la mano dell'industriale e pensò a quali germi la popolassero in quell'istante. Si esibì in un inchino impeccabile, senza stringere la mano, e rispose: « Accetto volentieri il suo invito, signor Westinghouse ».

L'industriale pensò che l'inchino facesse parte della tradizione asburgica del tecnico europeo e non si offese, pensando invece che, forse, aveva trovato l'uomo che cercava.

Pittsburgh, nel corso del diciannovesimo secolo, aveva visto un incremento esponenziale della popolazione. Motore trainante del fenomeno era stata l'industrializzazione del territorio, diventato un importante polo siderurgico per l'onnivoro continente americano che stava crescendo vertiginosamente.

L'aria era ferma, neppure un refolo di vento attraversava la coltre di nebbia che gravava sulla città. Tesla, dal finestrino della sua carrozza, osservava le ciminiere alte sino al cielo che scaricavano nell'etere nuvole di fumo biancastro. Il cocchiere aprì lo sportello davanti alla sede della compagnia e una segretaria si prese cura di lui sino ai piani alti dell'azienda.

George Westinghouse era stato un patriota: si era arruolato molto giovane, dopo lo scoppio della guerra civile. Aveva un aspetto bonario, con due grossi baffi spioventi che gli conferivano un'aria da pacifico tricheco. Ma la sua mente era un vulcano di attività. Westinghouse doveva la sua fortuna all'invenzione del sistema frenante ferroviario ad aria compressa che, in breve tempo, aveva trovato applicazione sulla maggior parte dei convogli negli Stati Uniti e, in seguito, nel mondo intero. Non pago, Westinghouse aveva deciso di reinvestire i colossali margini dei brevetti ferroviari in campo elettrico. Aveva così convocato Tesla per legarlo alla sua compagnia.

L'incontro fu di poche parole. I due si capirono alla prima occhiata. Condividevano la convinzione che l'uso della corrente alternata al posto di quella continua potesse essere un'intuizione rivoluzionaria. La loro rivoluzione avrebbe espugnato la solida fortezza economica di Thomas Alva Edison.

Nikola Tesla si sforzò per leggere con attenzione il contratto. Ma non riusciva a trovare la necessaria concentrazione per comprendere a fondo tutte le clausole: la sua lucidità maniacale vacillava di fronte a qualsiasi cosa che riguardasse i risvolti economici delle sue invenzioni. Forse nutriva una considerazione troppo grande per il suo lavoro per ridurlo a una questione di vile denaro.

Westinghouse, a differenza di Edison, sembrava avere un maggiore rispetto per chi lavorava per lui e dimostrò di voler riconoscere l'opera di chi si impegnava a far guadagnare le sue imprese.

Alla fine Nikola ripose i fogli sulla scrivania dell'industriale. Per quanto aveva avuto modo di capire, il contratto prevedeva un compenso in azioni, uno in contanti e un altro in royalty sugli introiti derivanti dalle sue invenzioni. Se il sodalizio avesse avuto il successo sperato, Tesla sarebbe uscito economicamente soddisfatto.

« Mi fido di lei, signor Westinghouse », disse il serbo apponendo la propria firma. « Quando incominciamo? »

Francis Cotelli teneva a evidenziare con ogni suo interlocutore le sue origini emiliane, una zona non ancora contaminata dalla criminalità come avveniva nel Sud della natia Italia. Poi si dilungava sul suo periodo di servizio nella polizia di New York, omettendo naturalmente i motivi della sua radiazione. Si sforzava di parlare un inglese corretto, senza intercalarlo – come molti dei suoi connazionali – con termini rivisitati, propri dei dialetti italiani. Cotelli si era rivelato un ottimo poliziotto e, se non fosse stato per il suo attaccamento al denaro e per la sua scarsa propensione alla legalità, avrebbe fatto carriera nel dipartimento. Conosceva già Thomas Edison quando aveva iniziato a lavorare per lui, anche se, all'epoca, la Edison Electric era ancora in fase embrionale e pochi potevano pensare all'incremento iperbolico che avrebbe contraddistinto la sua crescita.

Quando Edison in persona lo mandò a chiamare, Francis Cotelli immaginò che si trattasse di una questione delicata.

« Westinghouse e il nostro Tesla hanno deciso di farci la guerra », esordì il magnate sottolineando con tono acido la parola « nostro ».

« Abbiamo poco da temere, signore », rispose il responsabile del servizio di sicurezza. Avevano a disposizione soldi e conoscenze per far desistere chiunque dall'intraprendere azioni ostili.

« Non sono soggetti da sottovalutare. Le lascio carta bianca, non ci devono dare fastidio. »

Cotelli comprese il messaggio. Era già successo altre volte. « Renda inoffensivi Westinghouse e Tesla con tutti i mezzi leciti. E anche con quelli illeciti... Basta che il mio nome o quello della compagnia non vengano mai fuori », questo era il messaggio sottinteso di Edison.

Uscito dall'ufficio, l'ex poliziotto non perse tempo. Da quando gli era stato chiesto di tenere sotto controllo Tesla, si era imbattuto in un alleato potentissimo e sopra la legge: i servizi segreti degli Stati Uniti. Avrebbe contattato immediatamente il colonnello Campbell del National Bureau of Criminal Investigation e, insieme, avrebbero messo in atto un piano per ridurre Westinghouse e Tesla all'impotenza.

I media non ebbero esitazione a definirla la « Guerra della corrente » e, sull'argomento, versarono tonnellate d'inchiostro. Il fronte del conflitto si poteva collocare nel livello di sicurezza per gli utenti dell'energia elettrica domiciliare. I « continuisti » di Edison e gli « alternati » di Westinghouse-Tesla si scambiavano a vicenda accuse sulla pericolosità per la salute.

« Credo sia tempo di passare dalle parole ai fatti », disse Campbell, con un'aria sorniona.

« Westinghouse è una persona in vista. Qualsiasi minaccia... » rispose Cotelli.

« Basta trovare un modo indiretto... Francis. »

« E quale sarebbe, colonnello? »

« La reputazione. Si vive in funzione di quello che gli altri pensano di noi. Basta dimostrare che la corrente alternata è pericolosa e siamo già a buon punto. »

« Non capisco, Campbell, per quale ragione vuole dare battaglia a Tesla e Westinghouse. La Edison è spinta da una ragione di sopravvivenza economica. Ma i servizi segreti federali...? »

« Tesla possiede uno spirito troppo libero per considerarlo compatibile con la nostra nazione », disse il colonnello. « Quel serbo deve essere fermato, prima che le sue invenzioni vadano a finire nel portafoglio di una delle tante nazioni che non amano gli Stati Uniti. Meglio intervenire prima. »

Cotelli era affascinato dal modo subdolo che intendeva utilizzare il colonnello nell'aggredire quelle due figure di rilievo. Ma un'altra cosa stupiva l'ex poliziotto: nelle rare occasioni in cui si era trovato a riferire a Edison dei piani condivisi con Campbell, aveva avuto la netta impressione che l'industriale fosse già al corrente di ogni loro mossa.

« Pare che Tesla abbia deciso di trasferirsi a Pittsburgh per qualche tempo », disse Cotelli durante un incontro.

« Lo immaginavo », rispose serafico Edison. « In questo modo lavorerà gomito a gomito con Westinghouse », aggiunse, poi, con una punta di impercettibile preoccupazione nella voce.

La Guerra della corrente procedeva in equilibrio e senza scontri rilevanti. Almeno sino a quando la coppia Westinghouse-Tesla non cominciò ad aggiudicarsi dei grossi appalti di fornitura. Il primo che scelse per la sua Gold King Mine la fornitura di corrente alternata fu il proprietario di alcune miniere.

L'approvvigionamento era in grado di comprovare la resa dell'energia trasportata a grande distanza. Vennero, quindi, altri successi commerciali, ai quali Edison rispondeva con dimostrazioni pubbliche eclatanti. Per constatare la pericolosità dell'energia elettrica a corrente alternata, Edison aveva escogitato di fulminare, su palchi simili a sedie elettriche, un certo numero di animali domestici. Il pubblico accorreva numeroso a quegli spettacoli indecorosi durante i quali venivano soppressi in maniera orribile cani e gatti. A proposito dello strumento di morte più in voga negli Stati Uniti, proprio per avvalorare la tesi della pericolosità della corrente alternata, una società affiliata alla Edison Electric fece dono allo Stato di New York di una sedia elettrica con quella tipologia di alimentazione, sulla quale fu fatto agonizzare per oltre venti minuti il femminicida William Kemmler. L'insuccesso della macabra propaganda fu tale che Edison fu costretto a correre ai ripari con un'azione ancor più eclatante.

Topsy era un'elefantessa indiana che si era esibita a lungo nel circo di Coney Island. Diventata anziana aveva iniziato a dare segni di squilibrio, culminati con l'uccisione del suo stesso guardiano, motivo per cui fu deciso l'abbattimento dell'animale. Era quello che Edison cercava. Fatta salire la povera Topsy su una piattaforma isolante, le venne collegato alle zampe un generatore di corrente alternata da 6.600 volt. Inaudite furono le pene che patì l'elefantessa prima di spirare. Ma Edison volle filmare personalmente l'esecuzione e farne un documentario, a ulteriore monito della pericolosità di quel sistema elettrico.

Tesla rispose con una conferenza stampa ma, invece di

fulminare animali innocenti, fece attraversare il proprio corpo dalla corrente alternata, riuscendo a illuminare una lampadina a bulbo con il semplice contatto di una mano.

La Guerra della corrente stava per finire: di lì a poco la Westinghouse si aggiudicò l'appalto per lo sfruttamento idroelettrico delle cascate del Niagara, costringendo il rivale Edison a riconvertire gran parte dei propri impianti.

Francis Cotelli era seduto davanti alla scrivania. Teneva le braccia conserte e lo sguardo basso. Edison, dinanzi a lui, non nascondeva il suo disappunto.

« Non ce l'abbiamo fatta. Sembra che il definitivo indirizzo dell'energia elettrica vada verso la corrente alternata. Riconvertire i vecchi impianti e acquisirne di nuovi mi costerà un pozzo di denari... »

C'era un tono di rimprovero nelle parole di Edison: Cotelli aveva garantito il successo di ogni iniziativa ed era quindi corresponsabile del fallimento.

« Adesso », proseguì Edison, « sarò troppo impegnato a tenere in piedi la compagnia e non finire in bancarotta. Ma Tesla non va perso di vista: conoscere ogni sua mossa è importante. Ne va della nostra stessa sopravvivenza. »

Cotelli sorrise. Aveva già in mente a chi rivolgersi per ottenere aiuto.

Paul Kelly si alzò in piedi e indicò a Cotelli le sedie. All'interno del New Brighton Athletic Club stavano facendo le pulizie del mattino dopo l'ennesima serata affollata.

« Caro Francis, è un piacere vederti. Prendi un buon caffè fatto con la cuccumella, all'italiana? Che cosa posso fare per te? » disse il gangster sfoggiando un sorriso amichevole.

« Dovresti aiutarmi a tenere d'occhio quel Tesla. L'ingegnere di cui ti aveva parlato il colonnello, ricordi? Con le sue teorie ha già combinato dei bei guai alla Edison», disse Cotelli sorseggiando la bevanda scura.

«Dimmi di più.»

«Nikola Tesla resterà a Pittsburgh per qualche tempo. La struttura che dirigo non è abbastanza organizzata per fare un buon lavoro in Pennsylvania. Tu, invece, hai uomini in tutti gli States.»

«E che me ne viene in tasca, Francis?» chiese Kelly. Il gangster sapeva già del sodalizio tra Westinghouse e Tesla, dell'intenzione di quest'ultimo di trasferirsi per seguire i suoi progetti operativi: non aveva mai smesso di farlo tenere sotto controllo. Aiutare Cotelli significava disporre di maggiori fondi, ma anche dover rispondere a lui per le questioni riguardanti tutta la faccenda Tesla.

«Siamo amici da tempo...» disse a mezza voce Cotelli. Quella frase suonava come un blando ricatto. La sua carriera di poliziotto era finita proprio per un malloppo di alcune banconote che un'ispezione aveva trovato tra la sua biancheria. Ma il poliziotto d'origine italiana non aveva mai rivelato chi fosse il corruttore, e così era stato radiato. Quei denari erano il prezzo che l'organizzazione dei Five Points di Kelly pagava ogni mese per i suoi favori da quando era ancora un agente.

Poco male, pensò il gangster. Meglio avere una multinazionale come alleata che come avversaria. «Accetto, Francis. Ci penseremo noi a tenere Tesla sotto controllo.»

Il sodalizio tra Westinghouse e Tesla non tardò a dare i suoi frutti: presto le industrie del magnate della Pennsylvania iniziarono a fabbricare apparecchiature innovative, basate sui brevetti di Tesla, e a esportarle in tutto il mondo. La finanza americana riconobbe subito la colossale opportunità d'investimento nella politica di espansione di Westinghouse e non fece mai mancare i fondi necessari. E, nel contempo, rese le massime compagnie elettriche del Paese dipendenti dalle banche.

Intanto, anche Edison con un impiego finanziario colossale si dovette uniformare al predominio della corrente alternata predicato da Tesla.

I meccanismi che intervengono nel mondo della finanza sono disciplinati da un cinico galateo, contrario spesso alle umane virtù. Così i più importanti banchieri statunitensi, che finanziavano sia Edison sia Westinghouse, temendo che la crescita esponenziale del settore elettrico li avrebbe presto privati di clienti di primordine, corsero ai ripari.

A Westinghouse venne inspiegabilmente richiesto un rientro dai fidi concessi alla sua attività. Fu lo stresso banchiere J.P. Morgan a suggerire all'industriale che, per ottemperare alla richiesta della sua banca, sarebbe stato sufficiente rivedere il contratto con il maggior creditore nei confronti della compagnia. In quel preciso momento, con un credito certo ed esigibile di una dozzina di milioni, il debito più grande di Westinghouse era quello maturato nei confronti di Nikola Tesla.

Le invenzioni di Tesla, diventando d'uso comune, perdevano la necessità di riservatezza che richiedevano in fase progettuale. Pur tuttavia, i servizi segreti e la concorrenza, soprattutto, non smisero mai di guardare con interesse, direttamente o indirettamente, a un personaggio così fuori dal comune. Erano convinti che la mente di Tesla riservasse ancora molte sorprese e che l'unico modo per carpirle fosse quello di stargli alle costole.

Sospinto anche dalle invenzioni del tecnico serbo, il mondo correva verso il nuovo secolo. Lo faceva però alla cieca, inconsapevole che le rivalità tra i popoli maturate negli anni non si erano mai sopite: l'Europa di inizio Novecento era una polveriera pronta a esplodere, lacerata da guerre che scoppiavano nei singoli Stati, da antiche rivendicazioni di confini o mire espansionistiche. Non era difficile capire, alla luce di quelle tensioni, che il mondo stesse muovendo i suoi passi verso un conflitto di grandi proporzioni.

7

Autunno 2023

« L'assassinio del capo dei Nukhba, Adel Issawi, ci ha spiazzato », disse Oswald. Davanti a lui, nella sala da pranzo della fattoria, erano seduti Sara, Toba e Bernstein. « Volevamo catturarlo e trattare uno scambio di prigionieri. Con la sua morte abbiamo perso la possibilità di ottenere un potere contrattuale con i terroristi. Dobbiamo pensare a un nuovo piano. Domani ci raggiungerà Yossi da Tel Aviv. Speriamo porti nuove idee. »

Le indiscrezioni sul rilascio di una cinquantina di ostaggi israeliani si susseguivano da qualche tempo, contro la liberazione di centocinquanta detenuti di Hamas nelle carceri israeliane. Il giorno fissato per lo scambio dei prigionieri, Toba aveva trascorso tutto il tempo con il telefono a portata di mano, ma inutilmente. La chiamata che annunciava la liberazione dei suoi famigliari non era mai arrivata. Yossi Leivi, invece, aveva raggiunto il centro di osservazione utilizzato dal Mossad lungo il confine con Gaza. Oswald Breil riunì immediatamente il gruppo per elaborare un nuovo piano.

« Le foto del satellite sono incredibilmente nitide », disse Yossi disponendo sul tavolo una serie di immagini riprese dall'alto. « Un contatto ci ha fornito un numero di telefono che viene probabilmente utilizzato da un ufficiale di Hamas. I satelliti spia, collegati alle cellule telefoniche, sono ormai in grado di localizzare un'utenza con pochi centimetri di tolleranza. Ecco quello che hanno ripreso.»

L'uomo oggetto del loro interesse si trovava sempre al centro delle inquadrature. Calzava una kefiah bianconera sul capo e una sahariana color sabbia. Era riconoscibile anche per uno zaino con il marchio della Nike stampigliato sulla tasca superiore. L'ufficiale di Hamas, nelle prime foto, camminava in mezzo ad altra gente in una strada affollata.

Dopo che tutti ebbero visionato le istantanee, Yossi riprese: «Il campo di Nuseirat accoglie più di trentamila rifugiati. L'intera municipalità conta un totale di cinquantamila abitanti. Si trova a meno di venti minuti d'auto dal rifugio nel quale è stato ucciso Issawi. Le foto satellitari ritraggono la via principale del centro abitato, quella in cui si tiene il mercato, prevalentemente all'aperto».

Leivi dispose altre foto sul tavolo. «Questo è il nostro uomo mentre si allontana dal mercato», fu il suo unico commento. L'ufficiale era al centro di ogni immagine, sempre contornato da un fiume di persone.

«Ma...» esclamò Oswald osservando l'angolo in basso a destra, dove erano impresse coordinate geografiche, ora e data della ripresa, «tra la prima e la seconda immagine sono passate sette ore!»

«Esatto, comandante», si complimentò Leivi. «Sette ore e diciotto minuti, per l'esattezza. Un tempo un po' lungo per fare la spesa. Nel corso delle sette ore il segnale telefonico è cessato del tutto. Tenete presente che il virus trojan con cui abbiamo infettato quell'apparecchio permette di localizzare l'utenza anche a telefono spento.»

«Il terrorista si è infilato da qualche parte dove il cellulare non aggancia alcun segnale», disse Bernstein.

«Un tunnel!» esclamò Sara.

« Esatto », confermò Leivi. « Dalle nostre foto, però, non riusciamo a capire dove si trovi. L'unico modo per saperlo, sarebbe quello di recarci sul posto. Posso chiedere ai militari se mandano qualche loro spia... »

« No, Yossi. Dobbiamo cavarcela da soli », disse Breil.

« E come, comandante? » rispose Leivi. « Vuoi che andiamo noi due per il campo di Nuseirat a cercare il tunnel? Posso sbagliarmi, ma penso che ogni uomo di Hamas sappia bene come sono fatti i due ex direttori del Mossad. »

« Andremo noi! » esclamò Sara. « Due donne che indossano il velo non sono riconoscibili ed è più difficile che destino sospetti. Sei d'accordo, Toba? »

« Non sono d'accordo io. Infilarvi nella tana del lupo », disse Breil, « è troppo pericoloso. »

« Staremo attente, Oswald », rispose Sara risoluta. « Non vedo altra soluzione. »

Il mercato di Nuseirat provvedeva ai fabbisogni di uno dei campi profughi più popolosi. I teli colorati, stesi sopra i banchi, formavano un tappeto variopinto per tutto il tratto dell'arteria a quattro corsie nella quale si teneva il mercato. Sotto alla copertura, una fiumana di avventori si aggirava tra i banchi. Il clima che si respirava era sottotono, le grida dei venditori meno acute e, soprattutto, le mercanzie meno abbondanti: la guerra in corso con Israele rischiava di far pagare ogni suo prezzo alla popolazione civile, ormai prossima a patire una carestia.

Tra le tante persone per strada le due donne passarono inosservate. Indossavano entrambe un'abaya grigia, semplice. Sul capo delle sciarpe hijab in raso dai colori pastello, rimboccate in modo che coprissero la bocca. Sara aveva « rinforzato » la sua silhouette slanciata e troppo occidentale con delle imbottiture su ventre, natiche e cosce. Le due si fermavano ai banchi, valutavano la merce esposta e, avendo entrambe un'ottima padronanza dell'arabo, contrattavano con gli ambulanti.

Sara stringeva nella destra un sacchetto dal quale uscivano dei ciuffi di verdure. Tra questi era nascosta una microcamera.

In quello stesso istante, a qualche chilometro di distanza, Oswald Breil osservava sul monitor le immagini che sua moglie stava trasmettendo dal mercato di Nuseirat.

Sara finse di aggiustarsi l'hijab. Premette con le dita sull'auricolare nascosto nell'orecchio. La voce di Oswald le giunse chiara.

« Tieni d'occhio quei due davanti a te. Non hanno l'aspetto di chi fa la spesa », comunicò Oswald.

In effetti i due uomini che avanzavano tra la folla a distanza di una dozzina di metri sembravano non curarsi della merce esposta. Camminavano con passo sicuro al centro delle due file di banchi di vendita. Ogni tanto uno dei due, quello più massiccio, si voltava come se volesse accertarsi di non essere seguito.

Toba e Sara, quando temevano di essere scoperte, si fermavano e fingevano di guardare la mercanzia. Avevano raggiunto il punto in cui l'arteria, sede del mercato, s'inoltrava nel centro abitato. Alcuni palazzi di fattura moderna avevano preso il posto degli ampi spazi aperti.

« Fate attenzione! » le ammonì via radio Oswald, poco prima che il corpulento palestinese si voltasse. Stavolta Sara e Toba si mossero con qualche istante di ritardo, ma l'arabo non si scompose. Si fermò anzi nei pressi di un banco di spezie colorate contenute in grosse ceste da esposizione. Confabulò con il mercante, salutandolo come se i due fossero grandi amici. Poi si affiancò nuovamente al compagno e ripresero a camminare.

Il banco delle spezie confinava con la macelleria halal del supermercato Abu Dallal, che occupava gran parte del piano commerciale del palazzo. Nei giorni di mercato, l'esercizio collocava dei banchi refrigerati in strada sotto alle tende. La macellazione islamica doveva sottostare a precise regole religiose. L'animale era destinato a morire senza preventivo stordimento e tramite iugulazione con conseguente dissanguamento.

Sembrava che anche l'esposizione delle carni risentisse della penuria di generi alimentari dovuta alla guerra.

Sara e Toba ripresero il cammino. Stavano transitando accanto al venditore di spezie, quando quest'ultimo, maneggiando maldestramente un vassoio di polvere di curcuma, lo rovesciò addosso a Sara.

« Ti chiedo scusa, sorella! » esclamò l'ambulante, chiamando al contempo la moglie perché provvedesse a spazzolare l'abaya della donna, ricoperta in più punti di polvere gialla. Quando l'operazione terminò – e durò una manciata di secondi – Sara alzò gli occhi, accorgendosi che dei due sospetti non c'era più traccia.

« Li abbiamo persi », disse Sara nel microfono celato nel velo.

« Date un'occhiata in giro », rispose Oswald. « Ma non perdeteci troppo tempo. Fate una breve perlustrazione e rientrate. Quell'incidente non mi è piaciuto. »

La traversa senza via d'uscita, sulla sinistra della strada del mercato, confinava con il palazzo in cui si trovava la macelleria. Nella striscia d'asfalto regnava una pace improvvisa, impensabile se paragonata al caos del mercato distante pochi metri. Sara e Toba s'inoltrarono nella via, girarono a destra in una galleria commerciale che attraversava tutta la lunghezza del palazzo, nel retro della macelleria.

Il terrorista di Hamas sbucò da dietro l'angolo e afferrò Sara alle spalle, immobilizzandola.

« Allora non mi sbagliavo », disse l'energumeno. « Ci stavate seguendo. Adesso voglio proprio vedere che faccia hai! »

L'uomo afferrò un bordo dell'hijab e lo strattonò, scoprendo il viso di Sara. Il miliziano ebbe un moto d'incertezza: quel viso gli era familiare.

« Ora verrete con noi e ci direte chi vi manda! » sogghignò, mentre il suo compagno era comparso con una pistola in pugno.

« Alza le mani! » disse il nuovo venuto puntando l'arma verso Toba. La donna obbedì.

Sara era immobilizzata, il braccio curvato dietro la schiena le doleva. Il terrorista la strattonò, sospingendola verso una porta che si apriva sul retro della macelleria. L'altro fece cenno a Toba di precederlo lungo lo stesso percorso.

Non appena Toba sentì la canna della pistola premerle contro la schiena si mosse fulminea. Spostò il busto a destra, togliendolo dalla linea di tiro, e colpì con il taglio della mano quella armata del suo carceriere. Nel frattempo, la pistola esplodeva un colpo a vuoto.

Toba mosse con agilità i pochi passi che la separavano dall'altro carceriere e gli si avventò alla schiena. Il palestinese, il collo stretto in una morsa ferrea, cercò di liberarsi dalla presa, lasciando andare Sara.

« Via di qua! » le gridò Toba ancora avvinghiata al collo dell'energumeno.

Sara fece qualche passo e, appena si sentì al sicuro, si girò verso la scena della lotta: non avrebbe mai abbandonato Toba nelle mani dei terroristi.

Lui, nel frattempo, si era liberato della presa al collo e fronteggiava come poteva gli attacchi di Toba. Il corpulento arabo sembrava quasi non risentire dei colpi che la donna gli faceva piovere addosso con grande precisione. Ogni calcio o pugno che lo percuoteva, aumentava la smorfia del suo beffardo sorriso.

Intanto, l'altro palestinese aveva raccolto la sua pistola da terra. Con la mano dolorante aveva preso la mira: Sara non distava che qualche metro, era impossibile mancarla. Stava per premere il grilletto, quando un ronzio si fece più persistente all'interno della galleria commerciale sotto al palazzo.

Il drone, simile a un ragno a otto braccia, avanzava veloce. I due palestinesi, stupiti, si distrassero per un istante a guardare l'Unmanned Aerial Vehicle. Toba fu lesta nell'abbandonare il ring improvvisato e a raggiungere Sara.

Quando il drone ebbe raggiunto i due uomini esplose, seminando la morte in un raggio di una quindicina di metri attorno a sé.

La violenta deflagrazione gettò il panico tra gli avventori che affollavano il mercato. Le persone incominciarono a fuggire in ogni direzione, mentre scoppiava l'inferno: i jet supersonici militari con la stella di David effettuarono un primo sorvolo della zona. Quasi un avvertimento ai civili, alla velocità del suono, per mettersi in salvo. Poi attaccarono con i loro missili « intelligenti ». Furono sufficienti pochi secondi per ridurre il supermercato, la macelleria e l'intero palazzo a un ammasso di macerie.

Quando Sara era stata catturata, aveva abbandonato a terra il sacchetto della spesa che conteneva la microcamera nascosta. L'apparecchio aveva così continuato a riprendere la scena da una buona angolazione, informando in tempo reale Oswald su quello che stava accadendo, almeno sino al momento dell'esplosione provocata dal drone.

Di fronte al pericolo che stavano correndo, Oswald e Bernstein rimasero muti, disperandosi per non aver impedito a Sara e Toba di proporsi per quell'impresa.

Oswald alzò il telefono: avrebbe chiamato il premier israeliano Daniel Aserovich e concordato con lui un'azione immediata. Aveva iniziato a comporre il numero, quando l'apparecchio radio prese a gracchiare.

Lo spostamento d'aria dovuto all'esplosione aveva scaraventato Sara e Toba a terra. Si erano prontamente rialzate, avevano le orecchie che dolevano e qualche escoriazione sul corpo, ma erano salve. Diverso destino era toccato invece ai loro assalitori: lo scoppio aveva ridotto in brandelli i loro corpi.

« Presto, andiamo via da qui! » disse Sara. Le due si inoltrarono nel fumo denso dell'esplosione che aleggiava nella galleria.

Uscirono alla luce del sole appena in tempo per vedere un caccia della Heyl Ha'Avir, l'aviazione militare israeliana, sfrecciare sopra il mercato e virare per gettarsi all'attacco. Sara e Toba erano già lontane quando il primo missile colpì il palazzo del supermercato. Fu a quel punto che Sara recuperò il lembo dell'hijab che conteneva il microfono e disse con voce affannata: « Oswald, sono io. Mi ricevi? Siamo salve. Qui stanno bombardando. Raggiungiamo l'auto e rientriamo. Avverti i militari al varco di confine ».

A qualche chilometro di distanza Breil, seduto alla sua postazione nella sala comunicazioni, portò il microfono ad archetto vicino alla bocca e rispose: « Ricevuto forte e chiaro. Grazie a dio. Non vedo l'ora di riabbracciarti ».

Oswald era in attesa di vedere l'auto sgangherata con targhe palestinesi che sua moglie aveva usato per quella missione, quando Bernstein lo raggiunse.

« C'è una porta 'cinese' attiva nel nostro sistema di comunicazione », disse Bernstein.

Oswald sapeva che cosa voleva dire: il nome veniva da un provider cinese di telecamere di sicurezza che si era tenuto una « porta » attraverso la quale poteva tenere sotto controllo i servizi a circuito chiuso degli abbonati. Così, ogni comunicazione da loro effettuata, riprese video, conversazioni, potevano essere intercettate e registrate. Dal momento che la porta era attiva, qualcuno aveva potuto conoscere ogni loro mossa.

La cella era piombata nel buio da qualche minuto. Succedeva spesso che il rombo persistente dei generatori si spegnesse all'improvviso e, poco dopo, arrivasse l'oscurità nelle gallerie sotterranee. Eitan, il più grande dei suoi ragazzi, era in un angolo della cella. Simon poco distante da lei. Roxie teneva il piccolo William stretto al petto e cercava di tranquillizzarlo.

« Dov'è papà, mamma? » ripeteva il bambino.

La donna stava per rispondergli, quando la prima esplosione fece tremare il terreno. Dalle paratie contenitive del soffitto prese a filtrare della polvere. Dopo qualche minuto iniziò il bombardamento dell'aviazione israeliana. Il bersaglio era la macelleria halal del supermercato sovrastante, dove si trovava uno degli ingressi al tunnel. I ragazzi, terrorizzati, si strinsero attorno alla madre, mentre nei cunicoli, fuori dalla cella, scoppiava il caos.

Il bombardamento fu molto violento. Più volte Roxie temette che crollasse tutto. Per fortuna il sistema di gallerie costruito dagli uomini di Hamas resistette. Erano trascorsi pochi minuti dall'ultima esplosione, quando due uomini armati spalancarono la porta della cella. « Presto, fuori da qui! » disse un palestinese. « Seguiteci. Dobbiamo andarcene. I tuoi amici ebrei hanno individuato il tunnel. Potrebbero arrivare da un momento all'altro. E non si faranno scrupoli quando bombarderanno. Nessuno cercherà di salvare gli ostaggi. »

Scortati dai due, Roxie e i suoi ragazzi uscirono all'aria aperta utilizzando uno dei tanti varchi secondari: su quello nel retro del supermercato era crollato l'intero palazzo sovrastante.

Roxie respirò a pieni polmoni. Nell'aria aleggiava ancora l'odore forte, simile a gomma bruciata, del semtex. Eppure, per i prigionieri, trovarsi finalmente all'aperto dopo settimane trascorse sottoterra aveva il sapore di un'improvvisa felicità. Roxie e i ragazzi furono fatti salire su un'ambulanza che partì a sirene spiegate.

La segretaria del premier israeliano era abituata a venire contattata dai personaggi più in vista. Quando, però, il servizio di sorveglianza le comunicò che Oswald Breil voleva conferire con Aserovich urgentemente, senza un appuntamento, la donna sollevò il telefono interno e si mise in comunicazione con il premier.

« Me lo passi », rispose Aserovich.

« Mi scusi, signor primo ministro. Il dottor Breil è qui. Sta salendo nella mia stanza e vorrebbe parlare con lei. Che cosa gli devo dire? »

« Tra qualche minuto mi libero e lo ricevo. »

Il minuto si tradusse in più di mezz'ora di anticamera. Alla fine Oswald fu ammesso nell'ufficio del premier israeliano.

Breil saltò i convenevoli e venne subito al motivo della sua visita improvvisa.

« Mia moglie e una mia collaboratrice a momenti saltano in aria durante l'attacco con un drone al mercato di Nuseirat. »

« Mi dispiace », rispose il premier. « Non ne ero a conoscenza, Oswald... »

« Giochiamo a carte scoperte, primo ministro », disse Oswald corrucciato. « Qualcuno di voi, esattamente come il sottoscritto, ha sentito e visto quello che succedeva durante la missione di Sara: c'è una porta cinese nel nostro sistema di comunicazione. »

« Bene, Breil. Mi fa piacere non avere segreti. Visto come si stavano mettendo le cose, credo che tu debba al nostro intervento il piacere di aver riabbracciato tua moglie. »

« Stai scherzando, Aserovich! » Oswald stava perdendo la pazienza. « Sara e la signorina Oshman se la stavano cavando da sole. Se sono vive è per una pura fatalità. Ancora pochi metri e sarebbero state dilaniate dall'esplosione. »

« Devo ricordarti, Breil, che siamo in guerra e il sacrificio di uno... »

« Ascoltami bene, Aserovich. I tuoi deliranti comunicati di guerra mi ricordano il periodo più buio nella storia del nostro popolo. La tua intenzione di sterminare Hamas con qualsiasi mezzo indossa la stessa divisa dei nazisti. La tua repressione armata ha già fatto migliaia di vittime tra i civili palestinesi. Non ti sembra il caso di farla finita? »

« No, non mi sembra il caso. Siamo stati attaccati a tradimento... »

« Questo è per te motivo sufficiente per sterminare un intero popolo? Le tue parole avrebbe potuto pronunciarle un gerarca nazista », ribadì Oswald.

« La sopravvivenza di Israele dipende dall'esito di questa guerra. E non finisce qui, Breil. Mi auguro di riuscire a eliminare per sempre chi vuole la morte di tutti noi. »

« Sono sincero, Daniel: salvare la famiglia di Toba Oshman dalle grinfie di un manipolo di terroristi è l'unico motivo che mi trattiene qui. Non sono d'accordo con il tuo operato, con le tue convinzioni stragiste e, ancor meno, con i tuoi metodi », disse Oswald.

« Capirei se certe critiche me le rivolgesse un pacifista, ma tu, Breil, sei stato a capo dei servizi di sicurezza di questo Paese. Shin Bet e Mossad non sono certo istituti di beneficenza. »

« Ho sempre operato con coscienza e nella legalità. Compatibilmente con il mio incarico. »

« È proprio la compatibilità che vedo impossibile. Comunque, Breil, ti faccio una proposta: dato che i nostri punti di vista divergono, forse da sempre, non vedo modo per procedere di pari passo. Se vorrai, potrai contare sul nostro appoggio per liberare gli ostaggi, con l'augurio che tu ci riesca. Nel qual caso, sarà un servizio per il Paese. Per raggiungere lo scopo comune seguiremo strade diverse e, qualora l'una dovesse ostacolare l'altra, sarà la politica istituzionale ad avere la precedenza assoluta. »

8

Sul finire del XIX secolo

« Lei è un tipo singolare, signor Tesla », disse Westinghouse nascondendo l'espressione incredula sotto i baffoni. « Adesso che è il momento di raccogliere i frutti del suo lavoro, lei si tira indietro e non pretende che le sia riconosciuto quanto sancito contrattualmente... Purtroppo le banche mi stanno strozzando, altrimenti onorerei ogni mio impegno nei suoi confronti... »

« Signor Westinghouse, lei ha creduto in me quando nessuno lo faceva. Io la considero un amico e non si può rifiutare la richiesta d'aiuto di un amico. A me non interessa la ricchezza », rispose Nikola, « mi basta inventare macchine che possono aiutare l'umanità a crescere. »

« Lo capisco », ribatté l'industriale, « sono un inventore anche io. Ma il contratto in essere la farà diventare milionario... »

Tesla sorrise mentre estraeva dalla sua borsa di lavoro alcuni fogli spillati assieme. « Preferisco rinunciare al contratto, signor Westinghouse. Se le mie invenzioni saranno utili a qualcuno, mi daranno di che mantenermi », così dicendo Nikola Tesla stracciò il contratto riducendolo in pezzi minuti.

Il mese di marzo del 1895 si era presentato sulla città di New York con l'aspetto di un rigido colpo di coda dell'inverno agli sgoccioli. Mucchi di neve ormai inscurita dalle polveri giacevano a ogni crocevia, mentre le strade sterrate dei quartieri più poveri attorno a Five Points erano ghiacciate in più punti.

Era quasi l'alba, quando l'uomo entrò nel locale: era una delle sentinelle che Kelly disponeva all'esterno del club per preservare i suoi ospiti dai pericoli della delinquenza. Come se lui non fosse il maggiore esponente della malavita cittadina.

« C'è un grosso incendio dalle parti della Quinta Avenue », disse. « Si vedono le fiamme da East Village. »

Nikola Tesla stava dormendo nel suo appartamento. Alle prime luci del giorno fu destato da un fermo bussare alla porta. « Presto, ingegnere, venite! Il vostro laboratorio nella Quinta sta prendendo fuoco », gli disse il padrone di casa non appena Nikola gli aprì la porta.

Tesla si precipitò in strada e raggiunse il 33-35 della Quinta Avenue che rischiarava appena. Le fiamme si alzavano vorticando dal palazzo di sei piani dove, al quarto, aveva sede il laboratorio.

« Ci ho provato in tutti i modi, signor Tesla, ma non ho potuto fare nulla », disse desolato Mahoney, il portiere dello stabile che aveva scoperto per primo le fiamme e subito dato l'allarme.

Tesla alzò lo sguardo verso il laboratorio: il fuoco si era impadronito del quarto e dei due piani sottostanti, occupati da un'industria, la Gillis & Geoghegan, per la produzione di macchine a vapore. I macchinari a olio idraulico aiutavano l'incendio ad avanzare. Ci vollero tre ore per domarlo.

Per tutto quel tempo Tesla era rimasto in disparte: era seriamente preoccupato, ma non disperato. In quel laboratorio erano custoditi brevetti e progetti di tutte le sue invenzioni da una decina d'anni a quella parte. Avrebbe ricostruito tutto, pensava. Gli sarebbero state d'aiuto la sua eccezionale memoria e la sua indubbia conoscenza.

Appena Paul Kelly aveva saputo che il laboratorio di Tesla stava bruciando, era salito sulla sua carrozza e aveva chiesto al cocchiere di portarlo nella Quinta Avenue. Quando la raggiunse il sole era già sorto. Alle otto del mattino, i vigili del fuoco riaprirono le strade circostanti e dichiararono la fine del pericolo. Oltre le transenne erano assiepate centinaia di curiosi. Kelly non scese dalla carrozza, ma osservò la scena dopo aver scostato le tende ai vetri della vettura.

Tra il pubblico assiepato a contemplare lo spettacolo riconobbe il colonnello Campbell e l'addetto alla sicurezza della Edison, Cotelli. Paul Kelly sorrise sfoderando la sua espressione più fredda e pericolosa: il nome Nikola Tesla gli aveva attraversato la strada nelle più disparate occasioni e per i motivi più diversi. Se due avvoltoi come Campbell e Cotelli avevano preso di mira l'ingegnere serbo, lui avrebbe fatto bene a tenersi informato sulla faccenda.

Nella fiumana di curiosi il colonnello e l'ex poliziotto non davano nell'occhio. Guardavano quello che rimaneva del palazzo con un'aria soddisfatta. Il quarto piano era collassato travolgendo il terzo e il secondo. Tesla era seduto oltre le transenne, lo sguardo basso.

« Dovrà ricominciare tutto daccapo », disse Cotelli, indicando l'ingegnere.

« E noi non gli daremo una mano », gli fece eco Campbell, sarcastico.

Nikola Tesla non staccava gli occhi dal disastro. I curiosi gli apparivano come figure sfumate. Se si fosse guardato attorno con attenzione avrebbe riconosciuto, tra loro, il peggior gangster cittadino, il direttore di un servizio segreto federale e il responsabile per la soluzione degli affari scomodi del suo ex datore di lavoro, Thomas Edison.

Tutti erano lì per prevenire ogni sua mossa.

« Tesla è un tipo strano », disse il colonnello Campbell appoggiando i fogli dei rapporti sul tavolo. « Pare che abbia stracciato un contratto milionario con Westinghouse. »

« Se vuole divertirsi, colonnello, ho raccolto pagine e pagine sulle stravaganze di Tesla e sulle sue invenzioni », rispose Thoreman indicando il resto della pila di fogli. « Lì c'è scritto che l'inventore ha una vera e propria passione per i piccioni. Compra sementi molto costose per nutrirli. E poi va a sedersi su una panchina in Central Park, sempre la stessa. È lì che ha fatto amicizia con una colomba bianca – non sto scherzando, colonnello », il tono di Thoreman si fece canzonatorio. « Pare che l'amicizia sia corrisposta, dato che Tesla porta spesso la colomba nell'hotel dove risiede, e le parla come se fosse una donna. Abbiamo saputo anche che occupa solo stanze il cui numero sia uguale o multiplo di tre, è vegetariano, non ha vizi e, quando siede a tavola, pretende che accanto al suo posto siano impilati diciotto tovaglioli. Potremmo continuare. La lista delle stranezze è infinita. »

Thoreman fece una pausa, indicò i fogli e riprese: « Certo che, detto così, sembra un pazzo. Ma è un genio: ha brevettato un motore elettrico polifase, uno a campo magnetico corredato da una quarantina di brevetti e modelli d'utilità per il suo funzionamento. Dice di poter irradiare una decina di corpi umani messi in fila, facendo attraversare degli speciali tubi illuminanti da quelli che chiama raggi X. Dice che presto sarà in grado di fotografare, utilizzando quei raggi, le parti solide dello scheletro come le ossa. Sostiene anche di poter utilizzare l'etere per trasmettere suoni. In un Madison

Square Garden affollato ha dimostrato di poter governare una nave sommergibile in miniatura da remoto utilizzando uno speciale telecomando. Sta studiando le risposte delle onde telluriche agli stimoli esterni. Insomma, le sue invenzioni non si contano. Adesso sembra che sia interessato alla trasmissione delle onde radio con un sistema senza fili e sta chiedendo un grosso finanziamento a Morgan per costruire un complicato macchinario per i suoi esperimenti».

Thoreman scosse il capo e allargò le mani in un gesto sconsolato. Il colonnello Campbell, davanti a lui, non sembrava meno perplesso.

«Tesla ha la maledetta abitudine di brevettare ogni sua invenzione nel momento in cui finisce di progettarla. Tra i documenti che abbiamo trafugato dal suo laboratorio non ci sono disegni inediti o progetti in fase di studio. Mi dispiace dirle, colonnello, che di tutto quello che abbiamo recuperato esiste copia comodamente consultabile presso l'ufficio brevetti.»

«Vuoi dunque dirmi che quell'incendio è stato inutile?» chiese Campbell.

«Sì, se lo scopo era quello di appropriarci dei progetti futuri di Tesla. Questi sono i pochi appunti che ho rinvenuto prima di appiccare il fuoco», aggiunse Thoreman posando dei fogli sul tavolo.

Campbell prese a sfogliarli. C'erano schizzi appena abbozzati, particolari di macchinari, rare descrizioni, ma nulla di concreto: tutto doveva essere chiaro solo nella poderosa mente dell'inventore serbo.

Il colonnello continuò a scorrere gli appunti di Tesla, sino a che la sua attenzione fu richiamata da un foglietto di block notes sul quale erano tracciati dei disegni a matita che quasi coprivano delle parole. Campbell impiegò qualche secondo per decifrarle e, alla fine, esclamò: « Teleforce, il raggio della morte! Ecco che cosa dobbiamo cercare ».

L'occasione, una festa esclusiva nella villa di J.P. Morgan all'angolo tra la Madison e la Trentaseiesima, era riuscita a radunare sotto lo stesso tetto i personaggi più in vista della città.

Gli ospiti erano appena arrivati. Portavano abiti eleganti e le signore indossavano gioielli preziosi. Dalla grande sala della villa, illuminata da giganteschi lampadari a goccia con illuminazione a corrente elettrica, proveniva un vociare festoso. Il personale stava servendo gli aperitivi, prima che fosse portata la cena al buffet. Edison teneva il bicchiere nella mano sinistra, le destra era costantemente impegnata nello stringere quelle di una lunga fila di conoscenti e adulatori. L'industriale dell'elettricità Thomas Edison era uno dei più facoltosi tra gli invitati.

« Il tuo ex pupillo Tesla mi ha chiesto un sacco di soldi per finanziare una delle sue idee strampalate », disse Morgan facendosi vicino a Edison che non perse neppure in questa occasione il suo pragmatismo.

« Quanto? »

« Duecentomila. Ma penso gliene concederemo solo centocinquanta. »

« Per che cosa gli servono? » Edison si era fatto sempre più curioso.

« Vuole costruire una torre in Colorado per trasmettere onde radio senza fili », rispose Morgan.

« Pensi che ci riuscirà? »

« Mi sembra tutto molto confuso, a essere sincero. Anche l'uso che Tesla vuole fare di questa torre di Wardenclyffe, mi pare campato in aria. »

Edison sorrise sornione. Morgan teneva in pugno l'industria statunitense. Non si sarebbe mai lasciato andare a una simile confidenza se non avesse voluto far sapere a Thomas Edison le mosse del suo ex dipendente.

Wardenclyffe on Sound era una comunità-villaggio situata a Long Island, a una sessantina di chilometri da Manhattan. Il suo creatore, il banchiere James Warden, era convinto che le invenzioni di Tesla avrebbero dato un notevole impulso alla sua proprietà, candidandola a diventare la Città della radio. Così, aveva concesso all'inventore un appezzamento di terreno sul quale costruire il laboratorio e la torre che, nel progetto di Tesla, avrebbe dovuto garantire la comunicazione telefonica senza fili tra gli Stati Uniti e gli altri continenti.

Nella sede della banca J.P. Morgan & Co., anche impiegati e clienti parlavano a bassa voce. Quasi per non disturbare il riposo del dio denaro custodito nei capienti forzieri blindati dell'edificio. Tesla era seduto da qualche minuto nella sala d'attesa, quando la segretaria personale di Morgan lo invitò ad accomodarsi nell'ufficio del presidente.

« Come vanno le cose, Tesla? » chiese John Pierpont Morgan, un signore calvo con la bocca coperta da due grandi baffi e lo sguardo severo.

« Ho formalizzato il contratto con Warden. Riceverò un appezzamento di terreno piano ed edificabile di circa un chilometro quadrato per costruirvi il laboratorio e la torre. Lascerò il Colorado prossimamente. »

« Trasferirà le attrezzature del laboratorio di Colorado Springs a Long Island? » chiese Morgan, anche se pareva conoscere già la risposta.

« Ho già dei potenziali acquirenti. Ma non credo che, una volta soddisfatti i creditori, mi resterà molto. »

« Quando ha intenzione di iniziare i lavori a Wardenclyffe? »

« Appena mi sarà aperta la linea di credito da lei promessa, signor Morgan », rispose il serbo.

« Come sapete, la Morgan & Co. è di recente costituzione. Non vi nego che un finanziamento di duecentomila dollari, in questo momento, potrebbe risultare particolarmente gravoso... »

Tesla sapeva che le linee di credito della banca raggiungevano cifre milionarie in molti casi. La Edison Electric era uno di questi. La sua richiesta era ordinaria routine per la J.P. Morgan.

« Ormai non posso tornare indietro. Contavo sulla vostra disponibilità. Mi dica a quanto può arrivare e mi metterò a cercare altri finanziatori. Nel frattempo, avrò fondi a sufficienza per iniziare almeno i lavori », disse Tesla visibilmente irritato dall'improvvisa cautela del banchiere.

Il sospetto che dietro ci fosse un intervento di Edison si fece strada in lui.

« So a che cosa sta pensando, Tesla. Non le nego di aver ricevuto forti pressioni per non finanziare il suo progetto. Lei non ha grandi amici tra i suoi colleghi. Pur tuttavia, non voglio perdere questa occasione. La Morgan si impegnerà per ottantamila, altre banche sottoscriveranno il resto, sino a una concorrenza di centocinquantamila dollari. Questo è il massimo che sono riuscito a fare. »

« Lei sa bene che l'intero progetto richiede maggiori investimenti, Morgan. Quella cifra ci permette solo di iniziare. Spero di riuscire ad attrarre altri capitali in corso d'opera. »

Nei primi giorni del nuovo secolo Tesla abbandonò il laboratorio di Colorado Springs. Come aveva previsto, con la vendita dell'attrezzatura riuscì a malapena a soddisfare i creditori. Ma la nuova impresa catalizzava ogni suo pensiero: riuscire a consentire alle persone dell'intero globo di parlarsi al telefono senza cavi avrebbe rappresentato una vera e propria rivoluzione. Dentro di sé, tuttavia, covava un'aspirazione ancora più ambiziosa e segreta.

Il laboratorio aveva una pianta rettangolare, a un solo piano, con un fronte di circa diciotto metri. Sul retro si ergeva lo scheletro della torre. L'intero complesso scientifico della Wardenclyffe Tower era stato progettato dallo studio Stanford White. La struttura portante della torre, una volta ultimata, avrebbe raggiunto i cinquantasei metri. Su di essa sarebbe stata disposta una semisfera di barre d'acciaio del peso di cinquantacinque tonnellate e del diametro di venti metri. La sfera era collegata a un generatore – a corrente alternata, naturalmente – da duecento chilowatt.

Nell'inverno del 1902 Tesla trasferì nella nuova struttura tutte le attrezzature che si trovavano nel laboratorio di New York.

Mentre i curiosi che si assiepavano a ridosso della recinzione lungo la statale 25 si concentravano sulle impalcature che salivano verso il cielo, Tesla aveva fatto scavare segretamente un pozzo profondo trentasei metri. Da qui partiva una barra costituita da sedici tubi di ferro collegati tra loro. Il palo penetrava nel suolo sino a novanta metri di profondità.

« Una presa sulla Terra tale da far vibrare tutto il pianeta », così Tesla definiva con i suoi più stretti collaboratori la misteriosa escavazione.

Thoreman scrutò nel buio e, accertatosi che non ci fosse nessuno in vista, scavalcò la recinzione tra la statale 25 e Randall Road, alle spalle dell'impalcatura della torre. Il colonnello

Campbell teneva molto a conoscere lo stato dei lavori che stava eseguendo Tesla a Long Island e lui lo avrebbe accontentato.

Un secondo steccato proteggeva il basamento della torre da sguardi indiscreti. Thoreman afferrò con entrambe le mani il bordo superiore del pannello, fece forza, si sollevò e scavalcò con una gamba la protezione. Stava per lasciarsi cadere a terra da quello che pareva un dislivello minimo, quando un bagliore nel cielo illuminò i bordi del pozzo: una voragine che scendeva metri e metri verso il centro della Terra.

Thoreman si sporse oltre l'orlo del baratro senza riuscire a vedere la fine del pozzo. Poi si calò con grande prudenza. Distinse lungo le pareti degli accessi laterali. Un rumore proveniente dal laboratorio lo distolse dalla sua missione. Si voltò verso l'edificio e scorse il fascio della torcia. Thoreman aveva studiato il sito, sapeva che una guardia compiva dei periodici giri d'ispezione. Abbandonò la posizione e si nascose poco distante, giusto il tempo perché il guardiano terminasse il giro d'ispezione. Poi tornò alla carica diretto, questa volta, verso il laboratorio. Non ebbe difficoltà a entrare. Accese una torcia. L'interno dell'edificio era attraversato da un corridoio per tutta la sua lunghezza.

Sulle porte che si aprivano sulle stanze erano affissi i nomi degli occupanti. Trovò quella di Nikola Tesla ed entrò. Nello studio regnava l'ordine. Alcuni fogli erano impilati sulla scrivania. Thoreman li illuminò con la torcia mentre ne leggeva il contenuto. Cercò di imprimere nella sua memoria quello che era scritto su uno dei foglietti. Spense la torcia e uscì dal laboratorio, riguadagnando in pochi minuti la recinzione e la statale 25.

Il colonnello Campbell rilesse con attenzione il rapporto del suo agente di fiducia: l'ispezione al centro che Tesla stava costruendo era stata produttiva. Thoreman, un uomo massiccio con un passato e le sembianze da « sbirro », era seduto davanti al responsabile del National Bureau of Criminal Investigation. Non tradiva la sua soddisfazione, ma accompagnava la lettura ad alta voce del colonnello con ampi cenni d'assenso.

« 'Ho esteso', così lei dice di aver letto negli appunti di Tesla », declamò Campbell, « 'la potenziale ricettività della torre scavando un pozzo e dei tunnel sotto di essa. In questa maniera le onde elettriche ad alta frequenza possono viaggiare attraverso il terreno con attenuazioni minime. La Terra è il miglior conduttore dell'elettricità senza fili e alla portata di tutti.' Lei è certo di queste affermazioni, Thoreman? » Lo sguardo del colonnello si fece severo.

« Ho cercato di riportare parola per parola quanto ho letto negli appunti di Tesla. Magari la mia memoria mi ha tradito e non sono fedeli alla lettera, ma sono sicuro che quello era il senso, signore. »

« In questo scritto non si parla, però, di trasmissione telefonica o radiofonica... Lo scopo dichiarato del sito scientifico di Wardenclyffe, se non erro, doveva essere quello », disse Campbell.

« Sono convinto sia una copertura, signore », disse Thoreman. « Il vero scopo dell'installazione è quello di attingere corrente elettrica da fonti che solo Tesla conosce, per erogare elettricità gratuita – o comunque a basso costo – a chiunque. »

« La fornitura di elettricità gratuita rappresenterebbe una rivoluzione con dei contraccolpi incalcolabili sull'economia mondiale... dobbiamo parlarne a chi di dovere », rimuginò Campbell.

Nikola Tesla appoggiò il capo allo schienale. Il foglio dell'ingiunzione stava davanti a lui sulla scrivania. La Colorado

Springs Electrical Company gli ingiungeva di pagare una vecchia fornitura di energia consumata durante i suoi studi in Colorado per centottanta dollari. Nel caso fosse perdurata l'insolvenza, il fornitore lo avrebbe chiamato in giudizio. Una somma decisamente esigua per chi stava realizzando un progetto milionario. Ma da qualche tempo le finanze di Tesla erano agli sgoccioli e i pochi lavori ancora in piedi a Wardenclyffe procedevano a rilento. I centocinquantamila dollari erogati dai banchieri erano finiti in un baleno. E lo stesso capofila Morgan aveva risposto in maniera evasiva alle ripetute richieste di Tesla per nuovi finanziamenti. Motivo per cui l'inventore serbo decise di recarsi di persona nella tana del lupo a perorare la sua causa.

Nell'ufficio di J.P. Morgan, Cotelli era rimasto in piedi alle spalle di Edison. Il colonnello Campbell aveva appena terminato la sua esposizione.

«Elettricità gratuita?!» esclamò Edison incredulo.

«Sì, signore!» rispose il colonnello. «Non mi chieda come sia possibile, ma questo è quello che Tesla sta cercando di ottenere nel suo laboratorio di Long Island.»

«Infatti, non penso che sia possibile», disse Edison. «Per produrre energia elettrica sono necessari investimenti colossali. Tesla è un visionario sognatore!»

«Anche se fosse un pazzo», disse Morgan, «basterebbe che la notizia di questa opportunità cominciasse a circolare, che il valore delle aziende del campo elettrico crollerebbe.»

Morgan calcolò rapidamente a quanto ammontavano i prestiti erogati dalla sua banca alle imprese del settore: se qualche dettaglio fosse trapelato sarebbe stata una catastrofe.

Nikola Tesla era in grande anticipo. Svoltò l'angolo giusto in tempo per vedere la carrozza allontanarsi dalla sede della J.P. Morgan & Co. Gli parve che la vettura avesse qualcosa di familiare, ma aveva ben altro per la testa: un confronto con il banchiere più potente degli Stati Uniti non era un impegno da prendere sottogamba.

John Pierpont Morgan lo ricevette dopo un'ora di anticamera. Lo fece accomodare con aria distaccata e lo invitò a parlare senza perdersi in frasi di circostanza. Il banchiere conservò, invece, un'espressione severa con le sopracciglia aggrottate per tutta la durata dell'incontro.

«Come ci eravamo detti all'inizio di questa mia avventura, sono tornato, signor Morgan...» esordì Tesla.

«Non ricordo alcun appuntamento, Tesla. Mi aiuti a ricordare...»

«Al momento del primo finanziamento ci eravamo ripromessi di incontrarci ancora strada facendo...»

«Quanto percorso è stato fatto?» chiese Morgan.

«Assai poco, signor Morgan. Siamo solo riusciti a terminare la torre. Ma mancano i generatori e i collegamenti...»

«Quindi?»

«I centocinquantamila dollari del primo finanziamento sono finiti da qualche settimana. Le maestranze lavorano senza paga e procedono solo grazie alle mie rassicurazioni. Ma non so quanto potranno andare avanti.»

«Un altro finanziamento metterebbe in difficoltà la mia banca, signor Tesla.»

«Mi perdoni, signor Morgan, ma mi sembrava che foste ben disposti nei confronti di questa iniziativa.»

«Se non fossimo stati così ben disposti non avremmo contribuito con 'soli' centocinquantamila dollari al progetto originario. Anche se temo, e le parlo in tutta sincerità, che la strada maestra della sua intuizione sulla telefonia senza fili sia stata abbandonata. Se non sbaglio sta seguendo nuove piste inesplorate... » Morgan lasciò fluttuare i suoi dubbi nell'aria.

« Si tratta di un'idea rivoluzionaria, signore. Ne trarrebbe beneficio l'umanità intera. »

« Certo, tutti tranne gli investitori », si lasciò scappare, bisbigliando, Morgan.

L'udito eccezionale di Tesla non perse neppure una sillaba. Così Nikola capì improvvisamente di essere andato troppo oltre. Sino a quel momento il motivo della sua riservatezza risiedeva nella sensazionalità della sua idea. Ma le parole di Morgan gli fecero balenare nella mente una possibilità che per lui, uomo che non conosceva il valore del denaro, non era contemplata. La sua ambizione di erogare energia elettrica gratuita e contribuire così al progresso dell'umanità intera cozzava contro gli interessi di chi aveva investito miliardi di dollari negli impianti di fornitura elettrica. Fossero industriali o, come nel caso di J.P. Morgan, i loro finanziatori.

Uscito dalla banca, Tesla si sentì impotente. Lui che era capace di imbrigliare una forza ingovernabile come l'elettricità, sarebbe stato costretto a soccombere dinanzi agli spregiudicati interessi dell'alta finanza mondiale.

Appena Tesla ebbe abbandonato il suo ufficio, Morgan contattò uno a uno gli altri cofinanziatori. Per dissuaderli dal concedere ulteriore credito all'inventore serbo non ebbe scrupoli a ricorrere persino alla menzogna.

Francis Cotelli accorse alla sede della Morgan & Co. non appena Edison gli chiese di farlo. Il banchiere aveva in volto un'aria di trionfo. « Tranquillizzi il signor Edison, Cotelli », disse J.P. Morgan. « Come avevo promesso al suo capo, nessuno sarà più interessato a investire un centesimo nelle strampalate idee di Tesla. Il futuro dell'energia elettrica è salvo.»

Anche quello delle vostre banche, pensò Cotelli, ma non disse nulla. Ringraziò e corse a comunicare la lieta notizia al suo datore di lavoro.

Nikola Tesla rimuginava sul voltafaccia del banchiere. Morgan non poteva conoscere il suo vero obiettivo. Lui aveva tenuto il segreto con tutti. Persino i suoi più stretti collaboratori erano certi di lavorare alla costruzione di un polo radiofonico. Eppure era convinto che qualche cosa sulla reperibilità a basso costo dell'energia elettrica e sulla potenza distruttiva della stessa fosse trapelata. Trasalì. Nel suo meticoloso ordine Tesla usava, a fine lavoro, impilare i fogli sui quali aveva preso appunti e scritto formule sulla sua scrivania. Era un modo per non perdere tempo il mattino seguente, diceva. Il personale addetto alle pulizie era stato istruito a non spostare nulla sulla scrivania dell'inventore. Le conclusioni più importanti alle quali era giunto venivano sempre disposte al terzo posto tra i fogli impilati. Questa volta i suoi preziosi appunti sulla conduttività terrestre e sulla disponibilità a costo zero dell'energia elettrica stavano, invece, in fondo alla pila. Per fortuna che solo la sua straordinaria memoria era padrona del progetto che si celava dietro tutti i suoi sforzi.

J.P. Morgan sapeva. E sicuramente anche il principale cliente dei prestiti, Thomas Edison, era al corrente delle sue apparenti intenzioni. In lui si fece strada la certezza che ogni sua nuova richiesta di denaro si sarebbe trovata davanti muri insormontabili. La forza che lo teneva vivo – la sua capacità di creare – lo abbandonò all'improvviso, mentre un'ansia pressante s'impadroniva di ogni suo pensiero.

Tesla riuscì a fare qualche progresso con delle piccole richieste pubbliche di fondi. Nel contempo cercava di tenere quieti i creditori con vane promesse di pagamento, mentre il male oscuro di una forte depressione si faceva largo nella sua mente.

George Boldt discendeva da una famiglia di immigrati prussiani. Aveva iniziato come sguattero nella cucina di un ristorante di New York sino a diventare proprietario del più lussuoso hotel della città, il Waldorf Astoria. Come tutti gli uomini che si erano fatti da soli, oltre alle sue indubbie capacità, doveva molto alle banche che avevano creduto in lui e lo avevano finanziato. Perciò rispose all'istante alla chiamata di J.P. Morgan.

«Mi risulta che Nikola Tesla abbia risieduto a lungo al Waldorf, George», disse Morgan.

«Non me ne parli, signore. Sono mesi che aspetto il saldo del suo conto. Mi sta facendo penare, ma prima o poi rimetto tutto nelle mani di un giudice...» rispose Boldt.

«Quel momento è arrivato, George», disse lapidario il banchiere.

Nikola Tesla scorse i titoli del giornale. Nella vecchia Europa sembrava fossero impazziti. Le minacce di guerra e le rivolte popolari si susseguivano quotidianamente. Lui alternava momenti di normalità a profondi stati di depressione. Quella mattina sembrava che tutto procedesse per il meglio: grazie a dei provvidenziali finanziamenti erano riusciti a chiudere il pozzo e a collegare con dei cavi dotati d'isolamento i tunnel. Mancava poco alla fine dei lavori e alla prova generale. Da quel momento non avrebbe avuto più problemi di creditori all'uscio e richieste di pagamento.

Nikola si sentiva sollevato, quella cappa di oppressione si

era finalmente allontanata dalla sua mente. Forse sarebbe riuscito anche a cancellarla per sempre. Gli sarebbe stata sufficiente un po' di tranquillità. Ma tutto gli crollò addosso nell'arco di pochi minuti.

« Mi scusi, ingegnere », disse la segretaria. « L'ufficiale giudiziario deve notificarle personalmente un documento. »

Nell'ingiunzione il signor Boldt, proprietario del Waldorf Astoria, reclamava giudizialmente il pagamento del debito ammontante a ventimila dollari vantato dall'albergo. Il saldo doveva avvenire entro e non oltre sette giorni dalla notifica d'insolvenza.

Tesla si strinse il viso tra le mani e posò i gomiti sulla scrivania.

9

Autunno 2023 – Inverno 2024

Nel centro operativo delle forze armate israeliane l'attacco alla base sotterranea di Nuseirat era stato seguito in diretta, ripreso da diverse angolazioni dalle telecamere di alcuni droni. L'andirivieni di ambulanze, finito il bombardamento, era stato oggetto di particolare attenzione da parte dei militari: i mezzi di soccorso venivano spesso utilizzati dagli uomini di Hamas per i loro spostamenti clandestini nelle zone a rischio.

L'ambulanza procedette veloce lungo Salah al-Din, l'arteria d'asfalto che attraversa l'intera striscia di Gaza. Poi, anche l'urlo delle sirene poco o nulla poté per evitare il traffico di Gaza City. Superata la città, la lettiga riprese la corsa verso la sua destinazione: il rifugio sotterraneo di Beit Hanun, poco distante dal varco settentrionale della striscia a Erez.

Roxie era stata legata alla barella assieme al piccolo William. Anche gli altri due ragazzi erano impossibilitati a muoversi, complici le cinture di sicurezza dei sedili destinati ai paramedici. Il terrorista che li teneva in custodia era seduto a terra, la schiena appoggiata al portellone posteriore, il Kalashnikov tra le gambe divaricate. Aveva dipinta in faccia l'espressione di chi è pronto a risolvere la questione con una secca raffica di mitra. Rispondeva con agilità ai movimenti dell'ambulanza, quasi a voler dimostrare le sue capacità atletiche. Altri due miliziani erano seduti nel divanetto anteriore di guida, separato dal cassone attrezzato da un vetro smerigliato: il tratto di strada attraversava una zona disabitata e l'autista stava richiedendo al mezzo il meglio delle sue prestazioni.

L'elicottero, un Boeing AH 64 Apache, spuntò da dietro il picco dell'avvallamento nella strada. Il muso minacciosamente puntato verso terra. La stella di David dipinta sulla fusoliera scura s'intravvedeva appena. Il cannoniere chiese al comando ulteriore conferma dell'ordine d'attacco a un'ambulanza. Poi aprì il fuoco come da istruzioni ricevute.

L'autista si sentiva ormai al sicuro: pochi minuti ancora e avrebbero raggiunto il tunnel di Beit Hanun. Quando apparve l'elicottero a sbarrargli la strada, premette istintivamente sul pedale del freno. In quello stesso istante il missile anticarro esplodeva pochi metri davanti al muso del veicolo. L'ambulanza s'impennò priva di controllo e, dopo una piroetta, andò a sbattere contro il palo di cemento della linea elettrica che riforniva la periferia del quartiere di Jabalia. L'urto fu terribile, la parte anteriore del mezzo s'accartocciò attorno al pilone, sbalzando fuori dall'abitacolo i due occupanti dei sedili. Il terrorista di guardia fu invece proiettato in avanti e, colpendo un montante con il cranio, infranse il vetro di separazione.

L'elicottero israeliano era rimasto immobile poco sopra all'ambulanza incidentata. I miliziani giacevano in strada, morti o gravemente feriti.

« Erano armati », disse nell'interfono il cannoniere al pilota, a confermare la legittimità del loro attacco. « Aspetta un attimo », disse ancora, togliendo la sicura al comando del cannone automatico da 30 mm. « C'è qualcosa che si muove. »

Liberare Roxie e i ragazzi dalle cinture e dai legacci richiese un po' di tempo, ma essere immobilizzati li aveva salvati dalle conseguenze dell'urto frontale.

La donna uscì dalla lettiga ridotta a un rottame, William per mano e i due ragazzi dietro di lei. L'elicottero stazionava a una cinquantina di metri di distanza. Roxie mosse la mano in cenno di saluto. Il cannoniere mise nuovamente la sicura al comando del cannone M230 Chain Gun e premette sul tasto di comunicazione radio. « Aquila a nido », disse il militare nel microfono. « Dall'auto sono usciti dei civili. Indossano abiti occidentali. Si tratta di una donna e tre ragazzini. »

« Nido ad aquila... quale autonomia avete? Potete aspettare l'arrivo di un elicottero di soccorso per recuperare i civili? »

« Dobbiamo rientrare, siamo già oltre i livelli di sicurezza, nido. »

« Okay, rientrate. Intanto, facciamo partire i soccorsi. »

Il pilota dell'Apache fece un cenno di saluto alla donna, quasi a cercare di tranquillizzarla, prima di dirigersi verso il vicino territorio israeliano.

Roxie si guardò attorno.

La sirena dell'ambulanza risuonava sempre più debole dal mezzo semidistrutto. Nel giro di pochi minuti lo scontro a fuoco avrebbe richiamato dei curiosi e, quasi sicuramente, anche i miliziani. Era meglio allontanarsi da lì il prima possibile. La donna valutò le condizioni dei ragazzi. Avevano alcune escoriazioni in varie parti del corpo, ma erano ferite di poco conto. Abbandonò la Salah al-Din e prese ad avanzare, non senza fatica, sulla terra riarsa e costellata di sassi che si stendeva ai lati dell'arteria.

Non aveva fatto che qualche centinaio di metri, quando il rombo di un elicottero lacerò il silenzio della pianura.

Anche da quella distanza Roxie distinse la stella di David sulla fiancata del grande Sikorsky S-65. Accarezzò William che aveva appena incominciato a lamentarsi. Dopo di che si mise ad agitare le braccia sino a quando non fu certa che l'equipaggio li avesse scorti. Quindi prese in braccio il bambino e rimase a osservare le manovre del velivolo. Improvvisamente l'elicottero scartò di lato, dai lanciatori laterali partì una salva di *flares*, i dissuasori termici per ingannare i razzi nemici. Ma tutto fu inutile. Il razzo terra-aria colpì il velivolo di soccorso israeliano a metà coda, spezzandola in due. L'esplosione lanciò brandelli di fusoliera infiammati ovunque, poi, quello che restava dell'elicottero prese a vorticare precipitando sempre più velocemente, sino a che il velivolo si schiantò a terra trasformandosi in una palla di fuoco.

Roxie guardò l'espressione terrorizzata sul volto dei suoi figli. Ma non avevano tempo per abbandonarsi alla paura: i miliziani erano arrivati prima del previsto e adesso li stavano cercando.

La donna e i ragazzi presero nuovamente a correre e avanzarono lungo il fondo dissestato sino a che non furono esausti. La disperazione stava per impadronirsi di loro, quando dalla porta socchiusa di una catapecchia di pastori, un'anziana fece cenno di avvicinarsi.

La casupola dal soffitto basso e a un solo piano era priva di corrente elettrica. Le finestre erano piccole e situate poco sotto al tetto. La luce era fioca. Gli ambienti all'interno erano due: il locale adibito ad abitazione era separato dalla stalla da una porta cigolante sui cardini allentati dai calci delle capre e dalle testate dell'asino. L'odore di stallatico era forte, a malapena sopportabile. La donna indicò a Roxie la porta dello stabbio. « Entrate! Fate presto. »

L'israeliana e i tre ragazzi obbedirono senza controbattere. L'asino sbuffò dalle nari, mentre le capre, una dozzina in tutto, li accolsero con qualche belato. Quando i quattro si sdraiarono a terra sotto il ventre degli animali, quelli si chiusero attorno a loro, nascondendoli.

I miliziani raggiunsero la casa dopo qualche minuto. Bussarono con prepotenza alla porta.

« Un momento! Un momento! » brontolò la donna mentre si accingeva ad accogliere gli uomini armati.

« Hai visto una donna e tre ragazzini? » chiese il capopattuglia.

« No, ma ho sentito un gran trambusto qui fuori. Poi ho visto l'elicottero precipitare... »

Il capo fece un cenno ai suoi e due uomini aprirono la porta della stalla. Un'ondata di fetore li assalì. Le capre belarono impaurite.

I due miliziani diedero un'occhiata veloce alla stanza in penombra. Poi richiusero la porta e fecero un cenno di diniego al capo.

« Mi raccomando, donna. Se vedi qualcuno che scappa, trova un modo per trattenere quegli ebrei e avvertici », disse il capopattuglia prima di abbandonare la casa.

La donna aprì la stalla dopo qualche minuto, quando fu sicura che i miliziani fossero lontani.

« Mi dispiace per i vostri vestiti. Mi chiamo Zada », disse l'anziana con un sorriso.

« Ci hai salvato la vita, Zada. Ti saremo riconoscenti per sempre. Non preoccuparti per i vestiti, sono settimane che li abbiamo indosso. Piuttosto, hai corso un bel rischio aiutandoci. »

« Hamas ha distrutto la mia terra e la mia gente. Non potevo lasciare una donna e dei bambini in mano a quegli assassini. Avrete fame e sete. Sedetevi », disse la donna indicando delle stuoie attorno al fuoco che ardeva in un angolo adibito a cucina.

« Mio marito è morto là sotto », disse Zada indicando un punto verso il confine con Israele, « per costruire uno dei loro maledetti tunnel. Lui non era un miliziano. Era solo un muratore. Lo hanno fatto lavorare come uno schiavo, fino a quando la volta del tunnel non gli è crollata addosso e l'ha seppellito. Non lo hanno mai tirato fuori da lì sotto. È lì che Hamas ha fatto finire anche tutti i soldi che potevano aiutare la mia gente: in rifugi sotterranei e in armi. Maledetti! »

La donna fece una pausa. Poi si riscosse, da una pila di abiti ben piegati tirò fuori un caftano e una sciarpa e li porse a Roxie. « Indossa questi, sono puliti. Vestita in quella maniera, ti riacchiapperebbero in pochi minuti. Vedrai che troveremo qualche cosa per vestire anche i ragazzi. Siete ebrei, vero? Sono giorni che si parla soltanto dell'attacco e degli ostaggi. »

« Sì, siamo stati fatti prigionieri a Nir Oz. Ci stavano trasferendo dopo che la nostra precedente prigione a Nuseirat è stata bombardata. Non so neppure dove ci troviamo adesso. »

« Siamo poco fuori da Beit Hanun », Zada indicò un punto all'orizzonte, « là c'è Israele: Sderòt dista meno di tre chilometri. Per raggiungerla, però, bisogna attraversare Beit Hanun e varcare il confine a Erez. Adesso ci sarà metà dei miliziani che vi starà cercando. Anche qui non siete al sicuro. Gli uomini di Hamas torneranno. Dobbiamo trovare una soluzione al più presto per farvi uscire dal territorio palestinese. »

Oswald Breil chiuse la comunicazione e si rivolse ai suoi scuotendo il capo: « Non ci sono superstiti: i cinque uomini d'equipaggio nell'elicottero di soccorso sono morti nell'abbattimento del velivolo. Prima di lanciare l'allarme, il pilota ha comunicato alla base di aver individuato la donna e i tre ragazzi. Poi il Sikorsky è stato colpito da un razzo terra-aria lanciato dai pressi dell'ambulanza fuori strada».

«Questo significa che i miliziani erano in zona e potrebbero averli catturati tutti un'altra volta», disse Sara.

«La cosa è probabile. Non ci resta che verificare di persona. Domani notte, Toba, lei e io passeremo il confine», concluse Oswald.

Bernstein aveva ascoltato senza battere ciglio. Chiese la parola non appena Breil ebbe finito: «Chiedo scusa, maggiore. È vero che io continuo a chiamarla con il grado che rivestiva quando eravamo... ehm più giovani. Non me ne voglia, ma le ricordo che stiamo tutti diventando... ehm... meno giovani. Non è il caso di sentire i militari e fare intervenire qualche squadra speciale?»

«Capisco la sua preoccupazione, Bernstein. Ma, nonostante tutto, mi sento in forma. Per quanto riguarda invece un intervento delle IDF, sono convinto sia controproducente. Sino a oggi quando ci hanno messo mano hanno solo fatto danni. Quindi è meglio che si sappia il meno possibile della nostra missione.»

«Mi arrendo, maggiore. Ma mi permetta di inserire negli indumenti suoi e in quelli di Toba un localizzatore satellitare. Almeno sapremo sempre dove vi trovate.»

«Ho pensato a un modo per farvi fuggire da Gaza», disse Zada. «C'è qualche rischio, ma non vedo altra soluzione.»

«Se ci catturano non avranno pietà neppure dei miei figli. La sola cosa che temo è che facciano pagare la nostra fuga a mio marito: lui è ancora nelle mani di Hamas.»

« La salvezza dei ragazzi è più importante di ogni cosa. »

« Hai ragione Zada. Dimmi che cosa hai pensato. »

« So che c'è un tunnel usato per le sortite dei commando terroristici in Israele. L'ha scavato mio marito. Si trova a ovest di Beit Hanun. Vi accompagnerò lì. Una volta trovato il passaggio, dobbiamo sperare che la galleria sia ancora praticabile. Ma quel tunnel vi porterà direttamente in Israele passando sotto alla recinzione del confine. »

Così dicendo la donna tracciò una mappa su un foglio, evidenziando il valico di Erez, la zona franca e il reticolato che segna il confine. Nell'elaborazione del disegno profuse particolare impegno. « In questo modo », disse, « mi rischiaro la memoria. »

Dopo averlo prelevato dalla stalla, Zada aggiogò l'asino a un carretto. Fece salire due capre nel cassone e dispose alcuni sacchi di frumento ai lati, invitando i due ragazzi più grandi a infilarsi in altri due sacchi di iuta e a sdraiarsi al centro del carro.

Beit Hanun contava trentacinquemila abitanti. A differenza di Gaza, di cui ormai era un sobborgo, aveva un aspetto urbano meno caotico e più pulito. Il reddito della popolazione era in gran parte originato dall'agricoltura e dalla pastorizia. Hamas, che amministrava la municipalità come nel resto della striscia, non era popolare tra gli abitanti: nel novembre 2006 Beit Hanun era stata oggetto di una violenta repressione israeliana per un lancio di missili contro la vicina città di Sderòt.

Il carretto di Zada montava gli pneumatici di un'utilitaria. Aveva sponde basse da cui spuntavano i sacchi. Le due capre restavano in equilibrio sulle zampe, legate a una barra che correva sopra alle sponde. La palestinese e Roxie erano sedute sul bordo del cassone. Zada teneva le briglie, mentre l'israeliana accanto a lei stringeva al petto il piccolo William.

Avevano abbandonato la trafficata Salah al-Din per il timore di controlli e imboccato la parallela Al Karameh. La pattuglia di Hamas stazionava appena dopo una curva. Quando Zada li scorse era troppo tardi per invertire la rotta.

« Dove siete dirette, donne? » chiese uno dei miliziani armati.

« Andiamo in città a vendere le capre e alcuni sacchi di frumento », rispose Zada senza alcuna incertezza.

Il miliziano fece capolino oltre il bordo del cassone. Smosse i sacchi più vicini a lui e ne verificò il carico. Girò attorno al carro e, con uno specchietto montato su un'asta dotata di rotelle, si accertò che il pianale non nascondesse doppi fondi o altre sorprese.

« E tu », si rivolse a Roxie. « Sei muta? »

Roxie stringeva William in braccio. Cercò di mantenersi calma e rispose in un palestinese corretto indicando il bambino: « Sono sua sorella e, dopo la vendita, porterò mio figlio dal medico in città ».

« Chi è il medico? » chiese ancora il militare.

« Il dottor Bassam Abu Warda, all'ospedale », rispose Zada di getto.

Il militare assentì e fece cenno di proseguire.

« Per fortuna mi è venuto in mente il nome di un dottore che curò mio marito », disse Zada con un sospiro di sollievo mentre spronava l'asino ad allontanarsi dal pericolo.

Il carro attraversò i campi coltivati che separavano il centro abitato dal confine. Roxie continuava a sincerarsi dello stato di salute degli altri due ragazzi: erano rimasti chiusi nei sacchi, il pericolo di fare brutti incontri era sempre presente. Lo sguardo della donna si perdeva verso il mare.

« La vista del mare mi infonde un senso di libertà », disse Roxie.

« Da qui il Mediterraneo dista appena cinque chilometri, mentre il confine è a soli cinquecento metri », disse Zada.

Dopo i raccolti estivi, la terra brulla dei campi tratteneva il tepore del sole ancora caldo di ottobre. Ogni appezzamento era dotato di un casottino dove venivano riposti gli attrezzi e dove aveva sede la stazione di pompaggio per l'irrigazione. Quel campo era munito di alcuni *pivot*, gli erogatori d'irrigazione semoventi per i grandi spazi.

« Ci fermeremo qui e aspetteremo la notte », disse la palestinese. « Quando ci muoveremo dovremo fare attenzione anche alle pattuglie israeliane che potrebbero pensare a un attacco di terroristi. » Così dicendo Zada guidò il carro sotto un albero che si trovava nei pressi del casottino di servizio. Prima di scendere sollevò il coperchio della seduta. Da un involto estrasse un revolver e un'automatica, porgendo quest'ultima a Roxie. « Sai maneggiare un'arma? » chiese. Al cenno d'assenso dell'israeliana, riprese: « Attenta perché è carica e ha il colpo in canna ».

Il bulldozer e la squadra di genieri aprivano il convoglio composto da altri sei mezzi cingolati. Oswald Breil e Toba Oshman erano seduti all'interno del veicolo destinato al trasporto truppe che chiudeva la colonna. Appena divelta la recinzione del confine, il bulldozer si mosse in territorio palestinese, la benna alzata per proteggere il guidatore da una eventuale resistenza del nemico.

Per rendere più difficili le incursioni, i palestinesi avevano ammassato della sabbia lungo quella che veniva chiamata la linea dell'armistizio del 1950, una zona franca che comprendeva una fascia a centocinquanta metri dal confine. Il bulldozer non fece troppa fatica per aprire la strada agli altri cingolati. Arrivati sulla sommità della duna, i cinque carri armati si posizionarono in postazione di tiro, mentre il mezzo corazzato di trasporto si allontanava. Fatte poche centinaia di metri, Oswald e Toba calzarono i visori notturni, abbandonarono il cingolato e scomparvero nel buio della notte.

Il relitto dell'elicottero israeliano abbattuto distava solo pochi metri dal luogo dello sbarco. Oswald lo osservò con attenzione. I corpi dilaniati e carbonizzati dei membri dell'equipaggio si trovavano ancora a bordo.

Breil controllò una mappa sulla quale erano registrati i movimenti del velivolo prima dell'abbattimento. « L'elicottero andava in quella direzione, dopo aver avvistato la donna e i ragazzi in fuga. Ripercorriamo la rotta che stava seguendo. Magari troveremo qualche traccia. »

Il camion raggiunse il relitto appena Breil si fu allontanato. Il bulldozer sollevò quello che rimaneva dell'elicottero e lo caricò nel cassone del mezzo pesante. Arrivati in Israele avrebbero dato sepoltura all'equipaggio. I carri armati rimasero a presidiare il sito sino a che le operazioni di recupero non furono concluse.

Oswald e Toba avanzarono lungo l'ipotetica rotta del velivolo di soccorso sino a che non scorsero nei loro visori il profilo della casupola da pastori.

Si muovevano in perfetta sincronia. Indossavano le tute da combattimento della Shayetet 13 ed erano armati con delle leggerissime mitragliette Uzi IMI. Quando uno era allo scoperto, l'altra si appostava per coprirlo. Toba raggiunse l'uscio della casa. Rimase per qualche secondo in ascolto per verificare se provenissero rumori dall'interno. A quel punto affibbiò un calcio in corrispondenza della serratura e l'uscio si aprì. Oswald si precipitò all'interno, il braccio teso reggeva la mitraglietta spianata.

Non ci volle molto tempo per appurare che la casa era deserta. Oswald notò i giacigli e i cuscini disposti in cerchio, attorno a un tavolino basso, e un paio di scarpe nella stalla.

« C'erano quattro sedie intorno al tavolo. Un po' troppe per una casa come questa. Sono stati qui sino a poco fa. » Illuminando la scena con la torcia, Breil si mise a frugare tra i panni accatastati in un angolo. Poco più tardi alzò un indumento come un trofeo. Le bordature verde evidenziatore risaltavano sulla tuta da jogging nera.

« Questo non mi pare un capo tipico da pastore palestinese! » esclamò Oswald.

« Riconosco quella tuta! » disse Toba accarezzando il tessuto. « L'ho regalata io a mia sorella Roxanne. »

« Siamo sulla buona strada », disse Oswald, ma Toba non lo stava ascoltando. Sul pavimento accanto al camino stava raccogliendo i brandelli di un foglio. Appena li ebbe ricomposti, la donna riconobbe i profili della mappa, lesse il nome del varco settentrionale della striscia. Depose il foglio ricomposto sul tavolo e lo mostrò a Breil esclamando raggiante: « Sì, siamo sulla buona strada ».

I due estrassero dei caftani dagli zaini e li indossarono sopra alla tuta, prima di avviarsi verso alcune deboli luci poco distanti.

Nel buio della notte non si riusciva a distinguere quanto il sole del Mediterraneo avesse scolorito la vernice blu sul cofano e sul tetto dell'auto parcheggiata alla periferia di Beit Hanun.

Mentre Breil faceva da palo, Toba forzò la portiera. La donna impiegò qualche minuto per stabilire il contatto elettrico, controllò il livello di carburante e poi collegò il cavetto d'accensione. Il motore della Micra tossicchiò, prima di mettersi in moto. Oswald salì a bordo e, con Toba alla guida, si avviarono lungo il percorso tracciato sulla mappa trovata nella casa.

Si tennero alla larga dalle strade più trafficate. Quando incrociarono l'onnipresente Salah al-Din, Breil indicò il varco di Erez alla sua destra. Il transito era stato sospeso nei due sensi dall'inizio delle ostilità il 7 ottobre e il solo varco aperto, con molte restrizioni, era quello a Rafah, nel Nord della striscia.

« Adesso dobbiamo proseguire lungo la strada che costeggia la linea franca del 1950... » La voce gli morì in gola, mentre una « tecnica », così sono chiamati i pick up armati, li sorpassava. Il miliziano sul cassone puntava la mitragliera KPV 14,5 alla testa di Toba, mentre l'uomo accanto al guidatore faceva loro cenno di accostare.

Oswald si sentì perduto. I servizi israeliani li avevano muniti di documenti perfettamente falsificati da utilizzare in caso di bisogno. Ma la bassa statura e la notorietà avrebbero tradito Breil, se gli avessero chiesto di scendere dall'auto.

Toba si fermò sul ciglio della strada. La mano destra scese lentamente al suo fianco dove, tra sedile e cambio, era incastrata la sua pistola. Il mezzo con i tre terroristi a bordo si fermò dietro di loro. Il mitragliere era sempre in postazione, ma sembrava meno teso dopo la manovra della donna.

« Una donna alla guida?! » esclamò il miliziano scorrendo i documenti. In Palestina è una circostanza rara. Esistevano, è vero, delle autiste di taxi e altre ragazze emancipate, ma erano malviste dalla loro gente.

L'uomo, barba curata che correva lungo la mascella e Kalashnikov a tracolla, compì un mezzo giro dell'auto. Stava per riconsegnare i documenti, quando ci ripensò.

« Apri il bagagliaio! » ordinò il capopattuglia. « E voi scendete, tenendo le mani in vista. »

Anche Oswald strinse lentamente il calcio della mitraglietta. Con uno sguardo d'intesa si accertò che Toba fosse pronta a gettarsi fuori dall'auto e ad aprire il fuoco.

La loro reazione avrebbe avuto pochi margini di successo, ma non avevano altra scelta. Oswald afferrò la maniglia, Toba ripeteva ogni sua mossa. Stavano per spalancare le portiere, quando il conducente del pick up richiamò il capopattuglia.

« C'è una comunicazione radio urgente », disse l'uomo.

L'altro si avvicinò allo sportello, parlò nel microfono e tornò verso la Micra. « Andate pure, ci hanno richiamato in città », disse restituendo i documenti a Toba. « Che dio, grande e misericordioso, guidi le tue mani sul volante, donna! »

Toba ringraziò, Oswald Breil allentò l'impugnatura sulla mitraglietta.

« Stavolta l'abbiamo scampata bella », disse appena furono ripartiti.

« Mi perdoni, dottor Breil », disse Toba. « Ma al suo fianco mi è già capitato altre volte di correre qualche rischio. »

« Ricominciamo da dove eravamo rimasti », disse Oswald facendo aderire la mappa al cruscotto dell'auto. « Continuando lungo la strada sterrata che corre lungo la zona franca, dobbiamo girare al terzo tratturo a sinistra. Spenga le luci, Toba. Indossiamo i visori e vediamo se qualche cosa si muove nel buio. Qui ci dovrebbero essere dei tracciati usati dai mezzi agricoli. Hanno una forma circolare a spirale, come un'ammonite. Lì, l'autore della mappa ha segnato una croce. Probabilmente è il punto d'arrivo. »

Il riflesso verde fluorescente dei visori illuminava l'interno dell'utilitaria. I due israeliani sembravano esseri provenienti da mondi sconosciuti, con l'apparecchiatura sul capo e le lenti binoculari davanti agli occhi che scrutavano l'oscurità. L'auto sobbalzava e sembrava che, dopo ogni buca, fosse prossima a collassare.

« Ecco le stradine circolari », disse Oswald.

Il magazzino attrezzi e ricovero impianti d'irrigazione era al centro del campo.

Non era facile, per Roxie e i suoi ragazzi, mantenere l'equilibrio camminando al buio e sulla terra zollata. La donna, legando fra loro dei parei, aveva realizzato un marsupio dove aveva assicurato il piccolo William. Gli altri due, tra cadute, storte e scivolate, avanzavano impavidi e senza un lamento, compresi nella difficile situazione. Zada precedeva il gruppo.

Le ombre avanzavano incerte nella notte. Oswald e Toba, sdraiati a terra, osservarono i cinque raggiungere il casottino ed entrare nel deposito attrezzi.

Ritrovarsi tra quattro mura diede ai fuggitivi un barlume di tranquillità. Zada si muoveva con sicurezza, la lampadina che pendeva dal soffitto sembrava un sole allo zenith, dopo tutto il buio patito. La palestinese rimosse dei fermi sotto a un'apparecchiatura di pompaggio e la fece scivolare su dei cuscinetti a sfera che correvano lungo un binario. Il varco che si aprì sotto al macchinario era abbastanza ampio da fare passare un uomo. La scaletta di ferro scendeva ripida, alcune luci al neon illuminavano il tunnel sottostante.

Zada indicò il passaggio: « Il percorso ci porterà oltre il confine. Vi accompagnerò sino a che non sarete in salvo. Poi tornerò dalle mie capre ».

« Roxie! » Nella penombra la voce parve ancora più stentorea.

« Toba! » rispose la donna, riconoscendo all'istante la voce della sorella. Breil, soddisfatto, osservava la scena da un angolo. Zada, impaurita, estrasse invece il revolver da sotto il caftano. Il suo stato d'allarme durò un solo istante, placandosi appena le due donne si strinsero in un abbraccio commosso.

Una nuova voce, stavolta minacciosa, si levò all'interno della stanza: « Mi dispiace interrompere questa commovente scena familiare », disse il capopattuglia che aveva controllato poco prima l'auto di Toba e Breil. « Voi ebrei siete convinti che il resto del mondo sia fatto di sprovveduti. Vi teniamo d'occhio da quando siete sbarcati in territorio palestinese. Ho ricevuto l'ordine di lasciarvi andare al posto di blocco: ci interessava la donna con i ragazzi in fuga. Mentre eravate fermi abbiamo nascosto un trasmettitore satellitare nell'auto che avete rubato ed eccoci qui! Mi perdoni, Breil, ma in questa fase consideriamo più importante la signora Goldberg. Iddio grande e misericordioso ha ascoltato le nostre preghiere. Ai miei capi interessa la donna. A me spetterà il merito di aver catturato Oswald Breil, un nemico del mio popolo. Adesso alzate le mani e seguiteci. »

I quattro della pattuglia palestinese erano penetrati nella casupola e tenevano le armi spianate. Il loro comandante si fece di lato per lasciare libero il passo ai prigionieri. Fu a quel punto che il revolver nelle mani di Zada esplose un colpo, centrando in piena fronte uno dei miliziani. Toba colpì con un calcio il Kalashnikov di quello a lei più vicino, quindi scaraventò i due ragazzi nell'imboccatura del tunnel. L'altro uomo armato lasciò partire una raffica che si perse contro il tetto del deposito. Oswald, afferrata una pala, affibbiò un colpo sul volto al capopattuglia, poi spinse Roxie – con William nel marsupio – e Zada nel passaggio, attese che Toba lo precedesse e le seguì rapido, prima che i miliziani si riprendessero.

« Aspettate! » ordinò il capopattuglia ai suoi che stavano per infilarsi nel passaggio. « Conosco il percorso del tunnel e questi campi. Nella galleria si passa uno alla volta. Se Breil e i suoi trovano un riparo, noi diventiamo un facile bersaglio. Ho un modo per costringerli a tornare sui loro passi. »

« Chiama i rinforzi, comandante! » disse uno dei miliziani. « Breil è pericoloso come un serpente. »

« Sei pazzo? Così il merito di averli catturati spetterà a qualche ufficiale in cerca di promozioni. Noi abbiamo preso le donne, i ragazzi e Breil. Chiamerò i nostri solo quando staremo per consegnare i prigionieri. »

10

Stati Uniti d'America, agli inizi del XX secolo

Le tre ciminiere dell'impianto di Waterside si ergevano altissime nel cielo terso di Manhattan. La centrale elettrica si componeva di una serie di edifici dall'aspetto austero, con grandi arcate dotate di finestratura, il tutto protetto dal muro di cinta che correva lungo la First Avenue. All'interno di uno dei fabbricati, una piccola folla di esperti esaminava il macchinario. La bobina inventata da Nikola Tesla era priva di pale, caratteristica che le permetteva una maggiore resistenza alle sollecitazioni, migliori performance e minore usura.

« Il segreto di questa turbina », disse Tesla prendendo la parola, « sta nello sfruttamento dell'effetto viscoso del gas contenuto all'interno del cilindro d'acciaio. I due dischi lì racchiusi, grazie alle proprietà del gas, sono in condizione di ruotare a velocità impensabili per una normale bobina a pale. »

« Una meccanica », osservò un giornalista presente, « che ricorda il motore a induzione da lei inventato, Tesla. »

« In un certo senso sì, anche se la fluido-meccanica che fa ruotare la bobina trae origine dal gas e non dalla corrente alternata. Se vogliamo accomodarci nella sala riunioni, potremo fare un brindisi in segno di augurio... » disse Nikola.

Tesla si comportava con la sua usuale flemma. Dai suoi modi non trapelava lo stato d'angoscia in cui versava in quel periodo. O forse, dato lo scarso valore che lo scienziato attribuiva al denaro, non si era ancora reso conto delle sue reali condizioni economiche.

Nel 1904, Guglielmo Marconi aveva brevettato l'apparecchio radio. Tesla intraprese immediatamente una serie di azioni legali, denunciando lo scienziato italiano per aver utilizzato senza autorizzazione alcuna ben diciassette brevetti registrati da Tesla sulle trasmissioni delle onde radio.

Dopo l'emorragia economica a seguito della costruzione della Wardenclyffe Tower, le spese legali nelle cause intentate contro Marconi diedero il colpo di grazia alle già provate finanze dell'inventore serbo. La ricerca di nuovi finanziatori, inoltre, si stava rivelando inutile: il veto espresso dal banchiere Morgan nei suoi confronti gli aveva fatto il vuoto attorno.

Ma Nikola era persona dalle infinite risorse, almeno sino a che la sua poliedrica mente era in grado di fronteggiare gli eventi. Con l'invenzione del tachimetro per automobili e di applicazioni mediche nell'elettroterapia, Tesla riuscì a mantenersi decorosamente per qualche tempo, ignorando i debiti accumulati in passato.

Nel frattempo la vecchia Europa e il mondo intero vedevano ingigantirsi le tensioni tra le nazioni, le popolazioni stanche di patire in ristrettezza ribellarsi, gli antichi assolutismi vacillare.

Forse fu quel clima che indusse Tesla a concentrarsi sugli usi militari delle sue invenzioni. In particolare sosteneva che le onde elettriche a bassissima frequenza, denominate ELF, fossero in grado di sconvolgere l'attività bioelettrica del cervello umano.

Mentre brividi di guerra s'irradiavano nel mondo intero, la possibilità di realizzare un'arma così sconvolgente produsse un effetto enorme su tutti quelli che, negli anni, non avevano mai smesso di tenere l'attività di Tesla sotto stretta osservazione.

Donato *Johnny* Torrio era d'origine pugliese. Rimasto orfano di padre quando era ancora in fasce, era emigrato con la madre negli Stati Uniti. Il suo primo impiego era stato quello di garzone nella drogheria del suo patrigno a Little Italy. Crescendo, la sua indole violenta e priva di scrupoli l'aveva portato a diventare capo di una banda – la James Street Gang – che annoverava tra le sue fila giovani « talenti » che stavano emergendo nel mondo delle attività illecite. Sede della gang era una sala da biliardo con annesso bordello, di proprietà dello stesso Torrio, nel Lower East Side.

Johnny Torrio lasciò scivolare la stecca tra le dita d'appoggio sul tappeto verde del tavolo. La palla emise un piacevole rintocco nella bocciata. Il giovane gangster rimase a osservare la sua giocata con soddisfazione. Non si accorse dei quattro uomini che erano entrati nel locale e si erano disposti in modo da controllare gli avventori.

Uno dei quattro fece un segnale convenuto al quinto che era rimasto sulla porta: il locale era sotto controllo. L'uomo, elegante e di bassa statura, entrò subito dopo e si diresse al tavolo da biliardo occupato da Torrio.

« Johnny Torrio? » chiese il nuovo venuto. « Io sono... »

« Non ha bisogno di presentazioni, signor Kelly », rispose Torrio. « In città la conoscono tutti. »

« Abbiamo un posto dove possiamo stare tranquilli? » chiese Paul Kelly.

Torrio si sentiva lusingato: il capo riconosciuto della malavita cittadina si era scomodato per parlare con lui. Indicò il suo ufficio nel retro del locale.

« Da qualche tempo tengo d'occhio te e i tuoi James Street », disse Kelly appena furono soli. « Siete ragazzi in gamba, vi fate rispettare da tutti. Ma se restate isolati finirete per soccombere. Prima o poi darete fastidio a qualche gang più potente e sarete cancellati. »

Johnny Torrio aveva lo sguardo intelligente. Nulla nel suo aspetto fisico poteva far supporre che fosse un duro. Ma lui si era guadagnato la fama di picchiatore facendo il buttafuori nei più malfamati locali di New York. Indossava abiti vistosi, pacchiani e, al contrario del suo interlocutore, utilizzava modi e termini volgari per esprimersi.

« Se qualcuno prova a torcerci un capello », rispose Torrio gonfiando il petto, « non avrà vita facile! »

Kelly sorrise. Intercalava parole in italiano e un forte accento americano nel suo eloquio. Questo lo rendeva familiare ai tanti immigrati nel Nuovo Mondo.

« Ti do un consiglio, Johnny », disse Kelly. « Lascia perdere la posa da ragazzo di malavita. Non è così che guadagnerai potere e rispetto. Mettiti qualche bel vestito, non fare lo sbruffone. Avrai maggiore libertà per colpire i nemici. Perché arriveranno a frotte, appena metterai la testa fuori dal Lower East Side. Qui ti lasciano fare. Le tue puttane e i tuoi traffici non danno fastidio a nessuno. Ma, nonostante la tua boria, non ti lasceranno crescere. Se sei in difficoltà, vieni a trovarmi. Ho pensato a una soluzione buona per entrambi. »

New York era un gigantesco sportello bancario al quale la malavita attingeva più o meno liberamente nell'impotenza delle istituzioni. Sul finire del diciannovesimo secolo la polizia arrestò quasi novantamila cittadini in un anno. Un numero rilevante se si tiene conto che la popolazione totale si aggirava intorno al milione di anime. Malgrado questo, il malaffare continuava a prosperare. A contendersi la ricca torta c'era un numero imprecisato di gang di etnie diverse – prevalentemente immigrati ebrei, irlandesi e italiani – spesso in guerra tra di loro per il predominio sui traffici illeciti.

All'interno del New Brighton Athletic Club un pianista intonava una musica orecchiabile, spesso coperta dalle voci degli avventori che gremivano la sala. Col passare del tempo il New Brighton era diventato sempre più esclusivo e la selezione per potervi accedere era rigorosa.

Paul Kelly, sempre impeccabile nei suoi abiti di sartoria, discuteva amichevolmente al tavolo con il deputato Tom Foley, politico che non risultava a libro paga, ma lasciava vivere chi non gli pestava i piedi.

« Il locale è pieno, ragazzi », disse il buttafuori appena i giovani gli si pararono davanti. Quei tre avevano l'aria di chi cerca guai.

« Mi chiamo Johnny Torrio. Devo parlare con il signor Kelly. Sono un suo amico. »

Il buttafuori mormorò qualcosa all'orecchio a un altro scagnozzo, e questi si allontanò tra i tavoli del club. Tornò poco dopo, chiedendo a Torrio di seguirlo.

Kelly si era spostato nel suo ufficio per riceverlo e ora sedeva dietro un'imponente scrivania.

« Che ti è successo, guagliò? » chiese il padrone di casa nel suo italiano americanizzato.

Torrio aveva diverse cicatrici sul volto e un occhio pesto.

« Eastman », rispose il giovane gangster. « Sono venuti alla sala biliardo perché uno dei nostri ha conciato per le feste un irlandese. Hanno sfasciato tutto e mandato all'ospedale cinque dei miei. »

« Gli irlandesi non sono bella gente », commentò Kelly.

« So che anche tra te e Eastman non corre buon sangue. Mi voglio vendicare », disse Torrio, lo sguardo carico d'odio.

« Vacci piano, ragazzo. Le vendette si fanno con calma. Se reagisci subito nessuno ti leva qualche anno di carcere. La polizia non aspetta altro che trovare un colpevole. Ascolta me, invece: fai confluire i tuoi ragazzi nella mia gang. Abbiamo bisogno di giovani volenterosi. E tu, al mio fianco, farai una bella carriera. Ti do qualche giorno per pensarci. »

« Non ho bisogno di tempo. Speravo che questa fosse la tua offerta, Paul. Accetto », disse Torrio.

« Sei più sveglio di quanto pensassi, scaltro come una volpe. Ecco, il tuo soprannome sarà Johnny Fox. Il primo incarico che ti do è quello di passare dal mio sarto e farti vestire come si deve. E poi, dato che pochi conoscono la tua faccia, dovresti tenere d'occhio una testa matta d'inventore. Si chiama Nikola Tesla e interessa a tutti. Dicono che abbia per le mani un'arma potentissima e hanno paura che la ceda al nemico nel caso scoppi una guerra. »

« Fammi capire meglio, Paul: perché ci interessano le scoperte di Tesla? »

« Per avere una merce di scambio con tutti i ricchi industriali che se lo contendono e, soprattutto, con le istituzioni. »

Nikola Tesla, è vero, non conosceva il valore del denaro, ma si dovette rendere presto conto del disagio che causava essere assillato dai debiti.

La Wardenclyffe Tower, oggetto di vari pignoramenti, fu ufficialmente abbandonata dallo scienziato, secondo quanto da lui sostenuto, quando era a un passo dal raggiungere lo scopo del suo esperimento. In sostanza Tesla, utilizzando una sua bobina generatrice di elettricità, inviava forti emissioni di energia nel terreno e otteneva onde di risonanza – come la cassa di un violino, era solito affermare – provenienti dal centro del pianeta. Queste onde sarebbero poi state diffuse dalla torre Wardenclyffe appunto, in una fascia della ionosfera ad alta conduttività. Qui l'energia elettrica poteva essere fruita gratuitamente da chiunque fosse stato dotato di un'antenna ricevente non eccessivamente costosa. In pratica poteva coronare il suo sogno di fornire elettricità gratuita a tutta la popolazione mondiale.

L'errore più evidente fu che Tesla rilasciò queste dichiarazioni ben prima di effettuare esperimenti pubblici, alimentando i dubbi sulla sua salute mentale, e producendo insinuazioni spesso manipolate da quel mondo dell'alta finanza che, se lo scienziato avesse avuto ragione, avrebbe visto crollare l'intera economia basata sulla produzione di energia elettrica con metodi tradizionali e sull'utilizzo di idrocarburi per alimentare i motori.

Imparata la lezione, l'inventore si chiuse in una riservatezza assoluta, limitandosi a comunicare alla stampa i progressi delle sue invenzioni solo quando erano state realizzate e collaudate.

Il suo ermetico silenzio alimentò ancor più l'alone di mistero che circondava la sua persona e, soprattutto, le sue invenzioni.

Pur con fondi sempre più esigui a disposizione, Tesla continuava a eseguire esperimenti e studi sulla trasmissione dell'energia. In particolare, avendo riscontrato « l'interessato disinteresse » del mondo industriale e finanziario per le sue straordinarie intuizioni, si concentrò sull'utilizzo delle sue scoperte in campo militare. Aveva scoperto un modo per penetrare nei laboratori di Wardenclyffe – sotto sequestro per i debiti – senza dare troppo nell'occhio. E spesso, per verificare le sue supposizioni, si recava a Long Island e, da solo, rianimava le apparecchiature utili per effettuare gli esperimenti.

In quegli anni convulsi il colonnello Campbell era stato in altre faccende affaccendato: con le tensioni tra gli Stati europei che preannunciavano un conflitto di proporzioni inaudite, aveva altri impegni che tenere d'occhio le stravaganti teorie di Tesla. Eppure, non appena era trapelata la notizia che lo scienziato stava lavorando all'utilizzo bellico delle sue invenzioni, avevano rafforzato i controlli sulle attività dell'inventore serbo.

Anche Francis Cotelli, capo del servizio di sicurezza della Edison, aveva via via abbandonato la presa su Tesla. Ma, dopo che l'inventore era tornato alla ribalta con le indiscrezioni sulle armi di distruzione di massa, aveva ripreso i controlli e i pedinamenti.

Campbell e Cotelli, dopo alcuni giorni d'indagini, si incontrarono al Brighton per fare il punto della situazione.

« Tesla vaneggia », riferì Cotelli al capo dei servizi d'informazione. « Stare quotidianamente sull'orlo del fallimento gli ha ridotto la mente in poltiglia. Straparla di invenzioni capaci di stravolgere la vita dell'umanità, di armi in grado di annientare eserciti interi o, per il loro potere di deterrenza, di ricondurre gli Stati alla pace. Secondo me, colonnello, quell'uomo è impazzito. Gode di qualche credito perché, in passato, ha avuto intuizioni davvero geniali. Ma oggi è solo una persona debole di mente che rincorre le sue idee prive di riscontro nella realtà. »

« Ne sono convinto, Francis. Ne parli con il signor Edison e sentiamo che cosa ha da suggerire. »

« Li vedi, Fox? » disse Kelly indicando il tavolo che ospitava Campbell e Cotelli. « Secondo me stanno parlando di lui.

Devo andare a fare gli onori di casa, ma prima dimmi che cosa pensi di Nikola Tesla. »

Johnny Fox Torrio si aspettava quella domanda. Sorrise, rimirandosi i gemelli di madreperla sui polsini che spuntavano dalla giacca. Indossava una marsina scura, una camicia inamidata con il collo rigido e una cravatta nera. Era più elegante di molti degli avventori del locale.

« Tesla non è pazzo. Ha alcune manie: ad esempio, la sua ossessione per il numero tre, per cui deve fare tre volte il giro dell'isolato prima di entrare in un palazzo. Ha il terrore dei germi e di essere contagiato se tocca qualcuno. Ma è capace di dedicarsi ai suoi esperimenti per venti ore filate, senza accusare stanchezza. In questo momento non ha il becco di un quattrino, così cerca di tranquillizzare i creditori promettendo loro che presto, grazie a nuove straordinarie invenzioni, farà fronte a tutti i suoi debiti. »

« Continua a tenerlo d'occhio, Johnny », ordinò Kelly. « Sono convinto che ci riservi delle sorprese. »

« Conosco il giornalista che ha firmato alcuni articoli su Tesla. Si chiama Carl Milic. Sua madre è italiana, mentre il padre è di origine croata. È un mio coetaneo, frequentava l'emporio gestito dal mio patrigno. Lo contatterò per saperne di più », disse Torrio poco prima di salutare Paul.

« Non ci crederai, Paul, ma stavamo parlando come sempre della stessa persona. Ti siedi con noi? » disse il colonnello Campbell non appena il proprietario del Brighton Club raggiunse lui e Cotelli.

« Chi sarebbe questo personaggio così illustre? »

« Il solito Nikola Tesla », suggerì Cotelli.

« Il nome mi dice qualcosa, ma... » finse Kelly.

« L'inventore, quello che lavorava con il mio capo appena arrivato negli Stai Uniti », disse ancora Cotelli.

« Sì, certo! » esclamò il gangster. « Ne abbiamo parlato un po' di tempo fa, ma poi non ho più saputo nulla. »

« Peccato, volevamo chiederti se avevi notizie. Tesla sta di nuovo vaneggiando su nuove e potentissime scoperte. D'altronde è sempre stato un tipo strano. »

« Va bene, dirò ai miei di fare attenzione. Che cosa bevete? » disse Kelly, cambiando discorso.

Shoreham era immersa nel silenzio della notte. Dalla sua posizione, all'interno del laboratorio, Tesla poteva vedere le sponde del prospiciente Stato del Connecticut, sulla riva opposta del Long Island Sound. Sebbene ormai fosse il 30 giugno, l'aria notturna era ancora frizzante. Il 1908, climaticamente, era stato un anno strano nella East Coast.

Nikola era penetrato nel laboratorio alcune ore prima, da una porta secondaria. Tutto, a Wardenclyffe Tower, era rimasto come l'aveva lasciato e, fatta eccezione per un po' di polvere, le apparecchiature erano perfettamente funzionanti.

Il lavoro preparatorio per l'esperimento era stato lungo: Tesla aveva dovuto accertarsi di individuare una zona molto vasta e disabitata. La sua scelta, dopo aver consultato diverse pubblicazioni, era ricaduta su un'area sperduta della Siberia. Poi aveva calibrato i generatori e calcolato l'onda di energia di ritorno. Alla fine aveva posizionato quello che chiamava « cannone al plasma » e fatto posizionare il necessario « bersaglio ».

« È incredibile », si disse Tesla, « che un solo uomo possa essere padrone di una tale energia! »

Diede alimentazione al sistema e attese l'onda di ritorno proveniente dal centro della Terra, la cassa di risonanza del violino. E l'onda arrivò sotto forma di un lieve terremoto che fece tintinnare gli alambicchi disposti sui ripiani del laboratorio. Le poche luci accese nel villaggio di Shoreham si spensero per alcuni secondi, mentre i pali di sostegno della torre tremavano, mossi da una forza sconosciuta. Un lampo attraversò il cielo per una frazione di secondo.

Subito dopo, l'energia elettrica tornò nella zona e il tremito si spense, lasciando lo scienziato nell'incertezza del successo del suo esperimento.

Luglio aveva finalmente portato il clima caldo dell'estate tra le vie della città, New York sembrava attanagliata da una morsa d'afa. Il *New York Times* riprendeva la notizia nelle pagine interne: a Tunguska, una zona disabitata della Siberia, una inspiegabile esplosione d'inaudita potenza aveva investito un'area di oltre duemila chilometri quadrati, abbattendo ottanta milioni di alberi. Il bagliore era stato visibile a settecento chilometri dall'epicentro dell'esplosione, mentre il boato era stato udito a cinquecento. Le origini del disastro, avvenuto alle 7.14 del mattino del 30 giugno, erano ignote. Le ipotesi formulate erano le più disparate: la più accreditata era che un meteorite di origine gassosa – non c'erano tracce di un corpo precipitato sul terreno – fosse esploso a un'altezza tra i cinque e i dieci chilometri da terra. Altri propendevano per una piccola cometa. Altri ancora si rifugiavano nelle ipotesi più fantasiose: l'esplosione di una navicella spaziale extraterrestre o un misterioso contatto con sconosciute forze siderali. Fatto sta che nessuno era riuscito a spiegare scientificamente la devastante esplosione di Tunguska.

Carl Milic era entrato al *New York Sun* giovanissimo come collaboratore non retribuito e si era ritagliato un suo spazio proprio grazie a Nikola Tesla. Carl aveva infatti seguito le sue imprese sin dall'inizio del secolo. Da allora aveva sempre dato risalto a ogni notizia degna di nota che lo riguardasse. Grazie alla precisione con cui trattava l'argomento, si era guadagnato la stima e la disponibilità dell'inventore. Carl era stato tra i primi a scoprire che Tesla non aveva mai smesso di eseguire i suoi esperimenti al laboratorio di Wardenclyffe Tower, nonostante il pignoramento dovuto all'insolvenza. Una soffiata aveva anche rivelato al giornalista che la Westinghouse aveva recentemente consegnato una gran mole di apparecchiature a Wardenclyffe, allo stesso Tesla.

Quando il mistero sul disastro di Tunguska divenne di pubblico dominio, il fiuto giornalistico suggerì a Carl Milic di fare alcune indagini. Dopo di che concordò un appuntamento con Nikola Tesla.

Quello che il giornalista si trovò davanti, al caffè dell'albergo in cui l'inventore risiedeva, era un uomo diverso da quello che conosceva. Sembrava ossessionato dalle proprie paure, prigioniero delle sue manie. Si guardava continuamente attorno, indossava dei guanti bianchi di cotone per proteggersi dai germi, aveva la fronte imperlata di sudore.

« *Dobro jutro!* » salutò Milic in serbo indicando a Tesla la sedia vuota nell'elegante sala dell'hotel.

« Buongiorno! » rispose l'inventore accomodandosi.

« Le dispiace se prendo nota? » chiese il giornalista afferrando il taccuino e la penna dal tavolo. « Signor Tesla, la cittadinanza è preoccupata per alcuni fenomeni elettrici che hanno avuto luogo nei pressi del suo centro sperimentale. Lei utilizza ancora il laboratorio, vero? »

« Nessuno mi ha vietato di farlo », rispose Tesla.

« Lei ha effettuato esperimenti per la trasmissione a distanza di energia sin dalla fine del secolo scorso a Colorado Springs. Esperimenti che non ha mai abbandonato. Gli abitanti di Shoreham hanno dichiarato di aver assistito a preoccupanti bagliori notturni, una specie di fulmini globiformi che si dipartivano dalla torre da lei costruita... »

« Si tratta di scariche elettriche del tutto innocue... »

« Ma visibili sino a New York... ci sono centinaia di testimoni che affermano di aver visto un raggio luminoso della lunghezza di diverse miglia. »

Tesla rimase in silenzio.

« Conferma di aver effettuato esperimenti nella notte del 30 giugno 1908? »

« Il 30 giugno come in altri giorni, Milic. Perché proprio il 30 giugno? »

« Perché in quella data, in una zona disabitata della Siberia, si è verificato un fenomeno inspiegabile: un'esplosione capace di radere al suolo milioni di piante secolari... »

« Non vedo come possa io, da Long Island... » balbettò Tesla.

« Mi risulta », lo incalzò il giornalista, « che nei giorni precedenti, lei si sia frequentemente recato presso la biblioteca del Congresso per consultare atlanti, mappe e documenti relativi alla zona di Tunguska, in Siberia. Mi risulta inoltre che, proprio il 30 giugno, lei abbia sperimentato una trasmissione di energia senza fili diretta tra Wardenclyffe e il sito di Tunguska. Nella notte in questione il cielo di Shoreham è stato illuminato da un lampo. Così come è stata interessata da fenomeni elettrici inspiegabili la zona dell'esplosione nei giorni precedenti. Che cosa può dirmi di tutto questo, signor Tesla? »

« Le dico che lei sta vaneggiando, Milic. Nessun essere umano, allo stato attuale, ha il potere che lei vorrebbe attribuirmi. Ho accettato d'incontrarla perché ho sempre apprezzato il suo modo di riportare ai lettori gli sviluppi delle mie attività. Vedo invece che lei, come i suoi colleghi, rincorre notizie fantascientifiche al solo scopo di aumentare le tirature del *New York Sun*. La nostra intervista finisce qui, Milic. La saluto.»

Tesla calzò il cappello, si alzò e uscì dal locale.

Milic s'infilò la mano in tasca per tirare fuori il denaro e pagare il conto. Quando rialzò lo sguardo, Johnny Torrio era seduto sulla sedia occupata sino a un attimo prima da Tesla.

«Ciao Carl, ti ricordi di me?» chiese il gangster con un sorriso sinistro.

«Certo che mi ricordo, come stai, Donato? O preferisci che ti chiami Johnny?»

I caratteri di Milic e Torrio erano troppo simili per andare d'accordo: entrambi erano testardi e impavidi. Ma il secondo, a differenza del primo, seguiva sempre la via meno legale per raggiungere il suo scopo. Meglio se il percorso era costellato di violenza. Milic, invece, partiva lancia in resta ogni volta che sentiva odore di prevaricazione e disonestà. Tra i due, non era mai corso buon sangue.

«Di' la verità, non passavi di qui per caso...» disse il giornalista.

«Certo che no, amico mio. Ho visto che frequenti Nikola Tesla...»

«Sì, fin dalle sue prime scoperte.»

«E cosa pensi di lui?»

«È una persona fuori dal normale.»

«Anche i malati di mente reclusi a Blackwell's Island sono fuori dal normale.»

«Tesla non è pazzo. È solo avanti nel tempo.»

«Spiegati meglio.»

«Posso anche dirtelo, tanto domani verrà pubblicato sul *Sun*. Sono convinto che il disastro avvenuto in Siberia e i suoi esperimenti sulla trasmissione a distanza dell'energia siano collegati tra loro. »

« Che ti ha detto? »

« Ben poco, Torrio. Dopo le prime domande mi ha piantato in asso. Non mi pare che Tesla sia in gran forma. Mi è sembrato depresso. Ed è un uomo molto solo. »

« Vabbè, tu comunque tienimi informato su quello che fa. Conosco persone molto in vista interessate a queste notizie. »

« Sai, Johnny, i tempi di Lower East Side sono lontani. Allora mettere paura a una banda di ragazzini era semplice. Ormai siamo cresciuti. Io lavoro per un giornale e le mie inchieste vengono seguite da migliaia di lettori. Ora voglio dirti questo: se mi dovesse capitare qualcosa, le autorità con cui il mio quotidiano collabora saprebbero dove andare a cercare. Ti dico anche che quello che so o verrò a sapere è coperto dal segreto professionale. Per avere notizie su Nikola Tesla, basterà leggere i miei articoli o quelli dei miei colleghi. »

« Non sei cambiato, Carl. Però, dammi retta: certe minacce noi le sappiamo fare meglio. » Torrio estrasse un biglietto da visita dalla tasca interna della giacca. « Quando cambierai idea, mi trovi qui, al Brighton Club. »

Tesla salì nella sua stanza. Era molto agitato. Non era stato l'incontro con il giornalista a ridurlo in quello stato di prostrazione: non esisteva alcuna prova che il suo esperimento fosse la causa di quello che era successo. Ma lui ne era convinto. Aveva effettuato una serie di test su distanze minori. Aveva comprovato la trasmissione dell'energia nell'etere. Di qualsiasi tipo di energia, anche quella distruttiva che aveva raso al suolo una fetta di Siberia disabitata. Proprio dove lui aveva indirizzato il suo raggio. Coincidenza? Pura casualità? Magari fosse così, si disse. A quel punto, con il mondo sull'orlo di una crisi e pronto a far valere le armi, essere depositario di quel segreto sarebbe stato un peso troppo grande per chiunque. Anche per lui. Aprì la finestra. Sotto i suoi occhi la città scorreva frenetica. Un salto e tutto sarebbe finito. Avrebbe lasciato ogni sua responsabilità sull'asfalto. Gli amici piccioni si posarono sul davanzale. Tesla si riscosse: « Avete ragione », disse con voce preoccupata. « Non vi ho ancora dato da mangiare. »

Posò alcuni chicchi di granturco sul davanzale. I piccioni si lasciavano persino accarezzare dal loro amico. Tesla continuava a parlare ai volatili. La tensione di poco prima si stemperò. Più rilassato, chiuse la finestra e abbandonò i suoi sinistri propositi.

Ma i tarli del suo malessere continuarono ad albergare nella sua mente.

Nikola Tesla riusciva a ricavare dai brevetti ancora di sua proprietà quello di cui vivere, ma non oltre. Spesso, non ce la faceva neppure ad arrivare a fine mese. Nel contempo non era mai riuscito a ripianare le falle economiche pregresse.

La mente e il corpo sono strettamente connessi: la prima, quando vacilla, altera lo stato fisico. Così, spesso, Tesla era talmente prostrato da non riuscire a mettere un piede fuori dalla sua camera d'albergo. A quel punto, chiamava un fattorino dell'hotel. Gli consegnava qualche penny di mancia e un sacchetto pieno di chicchi da dare ai piccioni nel parco.

« Se non ricevono il cibo », ripeteva al valletto, « i piccioni mi vengono a cercare qui. E non mi piace che mi trovino così dimesso. »

Tutti lo trattavano con grande rispetto, anche se più d'uno vedeva le sue singolari abitudini come la palese evidenza del suo squilibrio mentale.

Dopo il disastro di Tunguska, Nikola Tesla scomparve dalle cronache per lungo tempo.

L'estate del 1909 volgeva al termine e l'aria settembrina invitava a soggiornare all'aperto. Quella mattina Nikola Tesla si sentiva meglio del solito. Indossò un abito di mezza stagione, un cappello di paglia e si mosse verso Central Park con il sacchetto di sementi per i piccioni in mano. Sedette sulla sua solita panchina e subito i piccioni gli si fecero attorno. In un primo istante non fece caso alla persona che aveva preso posto accanto a lui. Lo riconobbe quando incominciò a parlare.

« Sono davvero desolato per quanto accaduto durante il nostro ultimo incontro, signor Tesla », disse.

« Non è colpa sua, signor Milic. Lei fa il suo mestiere. Io non porto rancore. Se è qui per una nuova intervista... »

« No, signor Tesla. Sono qui per informarla che gira voce di una sua candidatura al Nobel per la fisica », disse il giornalista.

« Il Nobel a me? » disse stupito. « Si sono sicuramente sbagliati. E chi sarebbero gli altri candidati? »

« Molti illustri scienziati, tra gli altri Poincarè, Righi, i Wright, Poulsen, Hale, Marconi... »

« Marconi? » Tesla si rabbuiò. « Vedrà, caro Milic, che il mio nome scomparirà dai papabili e il premio sarà assegnato a Marconi. Ne sono certo. »

Tesla faceva coincidere l'inizio dei suoi guai con l'infinita guerra legale sulla paternità di radio e di altre invenzioni che lo aveva opposto all'inventore italiano.

« Allora scommettiamo un centesimo! » disse Milic per ristabilire un punto di contatto.

« Scommessa accettata! »

« Il solo fatto di essere annoverato tra questi nomi importanti dovrebbe essere lusinghiero. »

« In effetti è così. Ma quello che vogliono da me sono i miei segreti... »

« Ne ha molti, signor Tesla? »

« No di certo, ma ne ho uno che potrebbe far vacillare il mondo. Loro vogliono quello, un peso troppo gravoso per essere portato sulle mie sole spalle. »

« Ha voglia di parlarne, Nikola? Le prometto che non rivelerò a nessuno quello che lei mi dirà su questa panchina. »

« Forse ha ragione, Milic. In tutti questi anni lei ha sempre dimostrato di essere una persona seria e leale, l'unico di cui mi possa fidare. E io devo condividere con qualcuno questo fardello che mi porto appresso. Non prenda appunti, questa volta. Quello che le dirò non è di facile comprensione per chi non è addetto ai lavori. Ma il risultato, in questo mondo di pazzi che non vedono l'ora di farsi la guerra, fa gola a molti. » Così dicendo Nikola prese uno stecco di legno ed eseguì un disegno di un'apparecchiatura elettronica sul selciato del vialetto.

« Questo è il cuore di Teleforce, una mia invenzione che permette di trasferire enormi masse d'energia a distanza. Si tratta di un cannone al plasma. » Il macchinario che Tesla aveva disegnato era costituito da un'ellissi sovrastata da un cerchio. Lungo il tracciato comparivano delle interruzioni trasversali a distanze regolari. « Questi », disse l'inventore indicandoli, « sono gli acceleratori che servono a portare le particelle plasmatiche a velocità altissime. Il fascio di particelle è 'sparato' dal cannone a velocità prossime a quelle della luce. Sono impulsi brevissimi, ad alta concentrazione, capaci di un elevato potere distruttivo. »

« Se ho capito bene, quel macchinario spara particelle elettrostatiche a distanza. E lo fa ad altissima velocità... » intervenne Milic.

« Esattamente. Per attivare il processo sono necessari un generatore capace di raggiungere tensioni molto elevate, un sistema per rendere l'atmosfera altamente conduttiva, un metodo per creare potenziali elettrici fino a cinquanta milioni di volt e la circolazione delle particelle nel circuito del cannone, indispensabile per far loro raggiungere la velocità desiderata. Serve inoltre un'antenna ricevente, in grado di attrarre le particelle nel luogo voluto. Sono tutte condizioni che, oggi, sono creabili senza incontrare troppe difficoltà. »

« Potremmo definirlo un acceleratore di particelle elettrostatiche... » disse Milic.

« Esattamente », confermò Tesla. « Un acceleratore capace di annientare un esercito, distruggere una flotta o uno stormo a centinaia di chilometri di distanza. »

« Allora, adesso, le ripeto la domanda alla quale non ha risposto un anno fa: che cosa ha a che vedere il suo esperimento con il disastro siberiano? »

« Non sono in grado di darle una risposta certa. Le simulazioni che ho effettuato nei miei laboratori hanno dato esiti stupefacenti. Ma si trattava di distanze minime e campi limitati. In concomitanza con Tunguska stavo effettuando il primo esperimento su vasta scala. Potrebbe essere una coincidenza. Mi pare davvero eccessiva la potenza distruttiva che si è verificata. Adesso sono stanco, Carl. Sgravarmi di questo peso mi ha prostrato. Venga, mi accompagni in albergo. » Così dicendo Nikola prese sottobraccio il giornalista e si allontanarono.

Avevano quasi abbandonato i confini di Central Park, quando Tesla si rese conto di aver dimenticato il sacchetto con il mangime per i piccioni sulla panchina.

« Quegli animali ormai sono addestrati e sanno che, dopo la razione al parco, ci sarà quella sul davanzale della mia stanza. »

« Torno a prenderlo io, signor Tesla », si offrì Milic.

Il giornalista scorse l'uomo quando ancora si trovava a parecchi metri di distanza. Aveva un taccuino in mano e pareva stesse riproducendo qualche cosa che si trovava a terra. Quando l'uomo vide Milic che si avvicinava a passo veloce, mise il taccuino in tasca e si allontanò. Carl aveva subito messo a fuoco il suo viso scarno, gli abiti eleganti, l'aspetto di un giovane della City. Quel volto era impresso nella memoria sin da quando, bambino, si opponeva alle sue prepotenze. Più volte aveva visto quella faccia sul suo giornale. Eppure, il delinquente era sempre riuscito a farla franca.

Johnny Torrio si voltò non appena lo vide arrivare. Incassò la testa tra le spalle e si allontanò a passo veloce: sperava che Milic non lo avesse riconosciuto. E, anche se lo avesse visto, poco gli importava: era un modo come un altro per metterlo sotto pressione.

Carl Milic raccolse il sacchetto di sementi che Tesla aveva dimenticato sulla panchina, e con la coda dell'occhio guardò a terra: né lui né Tesla si erano premuniti di cancellare il disegno che l'inventore aveva tracciato. Milic fu percorso da un brivido. In quel momento decise che avrebbe dovuto lasciare un messaggio a una persona di sua fiducia, in caso gli fosse capitato qualche incidente.

11

Ottobre 2024

Oswald guidava il gruppo composto da Roxie, i suoi ragazzi e Zada. Toba, armi in pugno, copriva la retroguardia nel timore che i miliziani li assalissero alle spalle. Il tunnel procedeva in discesa. In alcuni tratti si restringeva sino a rendere difficile il passaggio. Il camminamento era coperto da tavole di legno disposte a terra. La precaria stabilità della galleria era garantita da puntelli di ferro a U, disposti a intervalli regolari. Le luci al neon baluginarono per qualche secondo, poi si spensero.

« Ero sicuro che i nostri inseguitori ci avrebbero reso più difficile il percorso », disse Oswald accendendo la torcia a led che aveva con sé.

« Presto! » disse il capopattuglia palestinese. « Voglio proprio vedere se i nostri topolini si decideranno a uscire dalla tana... » L'uomo diede alcuni ordini secchi, sapeva che cosa fare per raggiungere il suo scopo.

« E adesso? » chiese Roxie stringendo al petto William.

La lastra d'acciaio, spessa alcuni centimetri, era saldata alle putrelle che sostenevano la galleria. Il passaggio era ostruito da quell'invalicabile barriera di ferro. Oswald esaminò la lamina palmo a palmo, illuminandone i particolari con la torcia.

« I miliziani hanno fatto un bel lavoro: hanno sigillato il

tunnel per impedire che le IDF, scoprendo il passaggio, potessero usarlo contro i suoi stessi costruttori. Probabilmente Hamas lo riapre solo in caso di necessità.»

Toba aveva abbandonato la retroguardia e si era fatta vicina alla chiusura. «Potremmo provare con le granate che abbiamo in dotazione e cercare di far saltare la lastra», disse la giovane.

«Mi pare difficile che qualche bomba a mano riesca a scardinare questa stretta. E poi c'è il rischio di crolli nella galleria e la mancanza di un riparo per l'onda d'urto dell'esplosione.»

A meno di un centinaio di metri di distanza, all'imboccatura del tunnel, il capopattuglia di Hamas controllò che tutto fosse a posto e diede l'ordine ai suoi. Il rumore dei macchinari riempì la stanza.

Roxie, esausta, si era seduta a terra. I ragazzi le si strinsero addosso. Zada era poco lontano. L'aria era pesante. L'unica luce proveniva dalla torcia di Breil che ancora cercava un modo per scardinare lo sbarramento. Toba era rientrata nella sua posizione di retroguardia. Fu lei, per prima, ad accorgersi del rivolo d'acqua sotto ai piedi.

La stazione di pompaggio attingeva da un bacino collegato a un desalinizzatore lungo la costa. Le quattro pompe, da ottanta metri cubi l'ora ciascuna, lavoravano alla massima potenza. Le condotte d'irrigazione erano state dirottate all'imboccatura del tunnel e adesso pompavano una gran mole d'acqua nella galleria.

Breil indicò i suoi stivaletti da combattimento. «In pochi minuti l'acqua è già arrivata alle caviglie. Il percorso del tunnel era in discesa sino alla chiusura. Con questo ritmo di pompaggio i miliziani ci manderanno sott'acqua in poche ore.»

La frequenza delle riunioni, con la missione di Breil in corso, si era azzerata improvvisamente. Così Bernstein aveva finalmente potuto dedicarsi alle sue indagini. Era seduto da tempo davanti ai monitor che facevano da orizzonte artificiale a ogni suo panorama. Spesso si fermava, assumeva un'espressione ancor più seria e poi riprendeva di buona lena le ricerche.

L'arrivo di Yossi Leivi venne però a turbare l'apparente tranquillità della falsa fattoria a poca distanza dalla striscia di Gaza.

« È permesso, Bernstein? » chiese cortesemente Sara Terracini dopo aver bussato alla porta della sua stanza. « Il dottor Leivi è venuto a trovarci. La partenza di Oswald è stata così improvvisa che non abbiamo neppure fatto in tempo ad avvertirlo. »

« Peccato », disse Leivi. « Avevo delle novità importanti da comunicargli. Dove si trova adesso? »

« Esattamente qui », disse Bernstein indicando uno degli schermi sul quale appariva una mappa satellitare. Bernstein mosse il mouse in evidente stato d'apprensione. « ... Accidenti, era qui, sino a pochi secondi fa. Il segnale del trasmettitore in dotazione a lui e Toba è scomparso... »

« Sono dei campi coltivati, Bernstein », disse Leivi. « E due trasmettitori che si oscurano contemporaneamente non fanno pensare a un guasto. Continui a tenere la zona sotto controllo. Io, nel frattempo, metto in preallarme alcuni dei pochi amici che mi sono rimasti dopo il pensionamento. »

L'acqua era ormai alle ginocchia di Oswald. « Risaliamo verso l'ingresso », disse. « Impiegheranno più tempo a farci affogare. »

Simon era rimasto in silenzio fino a quel momento. I due ragazzi più grandi avevano raramente dato sfogo alle loro lamentele. Anzi, si erano comportati con maggior sangue freddo di quello che avrebbero mostrato molti adulti in quelle condizioni. « L'acqua è fredda, mamma », disse il ragazzino.

« Adesso ci spostiamo all'asciutto », rispose Roxie, seguendo Breil verso l'uscita del tunnel.

« Tutto bene, dottor Breil? Il bagno termale è di vostro gradimento? Tenga presente che lasciare affogare tre ragazzini non le renderebbe merito. Sarebbe meglio uscire con le mani alzate e consegnarvi ai miei uomini. » La voce del capopattuglia risuonò metallica, amplificata da un megafono, nella galleria.

Oswald fece cenno agli altri di muoversi verso l'ingresso. Sarebbe stato l'ultimo spostamento consentito, ormai avevano quasi raggiunto il limite: la scaletta metallica d'uscita era in vista e, alla sua sommità, potevano distinguere la luce che illuminava il locale pompe. Toba rivolse un gesto d'intesa a Breil e si avventurò al buio sino allo sbocco delle quattro condotte. I tubi di plastica semirigida ostruivano buona parte dell'apertura, mentre vomitavano nel tunnel la loro portata d'acqua ad altissima pressione. Avevano ciascuno un diametro di una decina di centimetri e, per mantenerli in quella posizione, i miliziani li avevano assicurati alla scaletta con una cinghia d'ancoraggio a cricchetto, di quelle usate per fissare i carichi sui mezzi di trasporto.

L'acqua continuava a salire. In breve superò il torace dei due ragazzi: ancora un passo e, dall'alto, gli uomini di Hamas avrebbero potuto scorgerli.

Toba, nascondendosi sotto il getto, riuscì a risalire alcuni scalini. Ultimata l'ispezione, si fece vicino a Breil nel buio più assoluto. Gli sussurrò qualcosa e poi tornò verso la cascata, prese fiato e s'infilò nel mezzo del getto.

I miliziani superstiti erano in agguato a poca distanza dall'ingresso del tunnel, le armi imbracciate e pronti a dare il benvenuto ai fuggiaschi: sapevano che Breil e i suoi non avevano scelta. Se non volevano affogare dovevano arrendersi.

I quattro tubi presero a danzare dentro al casottino di servizio come serpenti impazziti. Il coltello di Toba aveva reciso la cinghia di nylon e adesso la pressione dell'acqua aveva fatto schizzare le condotte verso l'alto, riversando i loro getti nello spazio angusto della stanza. La donna non perse tempo: doveva giocare sul fattore sorpresa se voleva avere ragione dei tre palestinesi rimasti. Salì la scaletta con la mitraglietta in pugno, la torcia fissata alla canna per illuminare la zona di fuoco.

Due militari palestinesi, spiazzati dall'imprevisto allagamento, si erano alzati in piedi cercando di afferrare i tubi impazziti. Il capopattuglia aveva, invece, mantenuto lucidità e si era subito diretto verso le valvole di controllo poste nel lato opposto della stanza. Lì aveva chiuso le manopole una dopo l'altra. I due miliziani erano al centro della stanza. Avevano gli abiti fradici. Il capopattuglia li squadrò furioso: «Siete due imbecil...» ma non finì la frase. Toba uscì dal passaggio come una divinità infernale. Esplose una raffica ad altezza uomo, compiendo un semicerchio, e falciò i due senza che riuscissero ad accennare una reazione. La mente allenata dell'israeliana aveva registrato l'eliminazione di due bersagli. Mancava la terza minaccia. La donna compì una piroetta cercando un riparo, pronta a freddare l'ultimo miliziano rimasto.

Oswald aveva seguito l'ex incursore ed era sbucato dal passaggio subito dopo di lei. Teneva la sua arma spianata.

Dal suo riparo buio, il capopattuglia inquadrò la testa di Breil nel mirino del suo Kalashnikov. I due israeliani stavano ispezionando ogni angolo della stanza. Toba girava le spalle alla minaccia. Il miliziano avrebbe abbattuto Breil per primo, poi avrebbe colpito anche Toba. Si alzò in piedi nel massimo silenzio, mirò con precisione e appoggiò il dito sul grilletto.

Il colpo risuonò nello spazio ristretto. Il capopattuglia si portò le mani al petto, stralunò gli occhi e cadde a faccia in avanti tra i volani delle valvole.

La torcia di Toba illuminò il volto della sorella, l'arma ancora puntata verso la minaccia.

Roxie aveva dipinta in faccia un'espressione d'incredulità. Non capiva se il colpo che aveva ucciso il palestinese fosse partito proprio dalla pistola che Zada le aveva consegnato.

« Prepariamoci a uscire », disse Oswald aiutando i ragazzi e Zada ad abbandonare il passaggio. Pochi minuti più tardi diede una rapida scorsa alla sua ciurma malconcia e mise la mano sulla maniglia dell'uscio. Stava per aprire, ma desistette subito. Breil fece cenno agli altri di restare in silenzio: nel campo, poco fuori del casottino, risuonavano degli ordini in arabo.

« Stanno arrivando i rinforzi della pattuglia. Vendiamo cara la pelle. »

I miliziani, una dozzina in tutto, avanzavano a semicerchio e senza particolari cautele. Erano convinti di trovare i compagni a presidiare il tunnel per sorvegliare i prigionieri.

Oswald si rivolse alle sue compagne: « Ho tre caricatori da venti colpi », disse preoccupato.

« Io qualche proiettile di meno. Credo chc loro », gli fece eco la giovane indicando sua sorella e Zada, « dispongano solo dei colpi delle pistole. »

« In ogni caso dobbiamo aprire il fuoco e provare a fermarli. Non c'è altra via d'uscita », disse Oswald aprendo la finestra e cercando, nel contempo, il riparo migliore per appostarsi. Toba lo seguì poco dopo.

I due avevano appena preso posizione, quando il rombo dell'elicottero a bassa quota violò il silenzio della notte.

L'elicottero, un AW 139 scuro senza alcun segno identificativo, comparve all'improvviso sul campo coltivato. Yossi Leivi era seduto a fianco del pilota. Nell'abitacolo, oltre a Sara e Bernstein, stavano otto uomini in tenuta da combattimento, armati fino ai denti, il mephisto calato sul volto. Due di questi, varcato il confine, aprirono gli sportelli laterali e spianarono i loro fucili automatici fuori dalla carlinga. Fecero fuoco all'unisono, appena i miliziani giunsero a tiro. I palestinesi si gettarono a terra, alcuni cercarono riparo fra i tralicci del *pivot*.

Il pilota, approfittando dello scompiglio tra gli avversari dovuto all'effetto sorpresa, fece atterrare il mezzo davanti alla porta del casotto agricolo. Gli uomini si divisero: un gruppo si schierò per fronteggiare l'eventuale avanzata dei rinforzi. L'altro si mosse verso l'edificio. Yossi mise mano all'altoparlante di bordo e disse: « Oswald, veniamo a prenderti! »

Ma non fece in tempo a finire la frase: Breil e i suoi compagni di sventura, riconosciuta la voce dell'ex capo del Mossad, uscirono all'aperto.

Scortati dagli uomini armati, i fuggiaschi raggiunsero il velivolo. Sara aiutò le donne e i ragazzi a salire a bordo, poi abbracciò il marito commossa, mentre l'AW 139 si staccava da terra.

« Sarete un po' stretti. Questo elicottero è omologato per quindici passeggeri... » disse Leivi girandosi verso la zona di carico.

« Grazie, Yossi. Ma come avete fatto a trovarci? » chiese Oswald.

« Non devi ringraziare me, comandante. Ma Bernstein e i suoi marchingegni. »

Oswald parve folgorato, batté il palmo sul taschino della sua tuta. « Il localizzatore satellitare! » disse. « Con tutto quel trambusto me ne ero dimenticato! »

« Il segnale dei localizzatori cuciti nei vostri abiti è scomparso per qualche tempo », disse Bernstein. « Abbiamo pensato che foste in pericolo e il dottor Leivi ha agito tempestivamente. »

« Come hai fatto, Yossi? » chiese Breil.

« Non so se te lo ricordi, ma ho diretto il Mossad per qualche tempo. Ho maturato delle solide amicizie. Da quando questa storia è iniziata, per paura che ti cacciassi nei guai, ho approntato una squadra di 'amici', per ogni eventualità. »

« Grazie, signori », disse Breil rivolto agli uomini.

Il più anziano degli otto fu il primo a sfilarsi il passamontagna. Oswald li riconobbe a uno a uno, nella luce tremula del velivolo: avevano tutti fatto parte delle squadre d'azione dell'Istituto quando lui ne era a capo.

Toba sedeva sulla panca accanto alla sorella. Sembrava che Roxie, messi al sicuro i figli, si fosse improvvisamente resa conto che Richard era ancora ostaggio dei palestinesi.

« Temo che si accaniscano su mio marito », disse Roxie.

« Penseremo anche a lui. Stai tranquilla », rispose Toba.

Rientrati alla fattoria, Oswald ebbe solo il tempo di fare una doccia: Bernstein aveva chiesto un incontro per mettere il gruppo al corrente dei risultati delle sue ricerche.

Breil e Toba si erano uniti a Sara, Bernstein e Leivi nella cucina della fattoria, diventata di fatto la sala riunioni. Tutti mostravano in volto i segni delle fatiche patite. « Nei momenti difficili, come durante una guerra », esordì Bernstein,

« la catena di comando delle forze armate israeliane diventa più semplice per le operazioni militari correnti. È sufficiente, per esempio, un capopattuglia per ordinare ai suoi di rispondere al fuoco. La cosa si complica per quelle più complesse, che possono coinvolgere civili o utilizzare armi di particolare potenza. Per garantire l'anonimato a chi ha ordinato le azioni militari 'scomode', viene utilizzato un codice che viene sostituito ogni settimana. Al posto dei telefoni rossi da guerra fredda, e voi che avete diretto l'Istituto lo sapete bene, esiste una serie di sbarramenti elettronici che vanno superati fornendo le password opportune per giungere all'ordine finale. Le password sono sempre accompagnate dal codice univoco personale. Non è stato facile risalire all'identità, ma sapete a chi era abbinato il codice di riconoscimento quando è stato impartito l'ordine di lanciare un missile sulla casa di Issawi, dopo che noi l'avevamo individuata? »

Bernstein fece silenzio – una delle sue pause a effetto –, scrutò le espressioni del gruppo e riprese: « Avraham Tal, il capo di Stato maggiore della Difesa ».

« Quello stesso che, per dare retta a una soffiata, ha trasferito le truppe schierate nella striscia Gaza in Cisgiordania? » chiese Oswald.

« Non solo », riprese Bernstein. « Sapete chi si cela dietro all'attacco all'ambulanza che trasportava Roxie e i suoi ragazzi e chi ha ordinato l'attacco con i droni al retro della macelleria di Beit Hanun? »

« Mi lasci indovinare, Bernstein », disse Oswald. « Avraham Tal! Io non lo conosco. Credo che ai miei tempi non rivestisse ancora cariche di rilievo. Tu, Yossi? »

« Anche io non ne so molto. È salito alla ribalta dopo l'inizio delle ostilità del 7 ottobre. È un militare tutto d'un pezzo con idee di estrema destra e con qualche macchia nel curriculum dovuta alle sue posizioni intransigenti. Ma, nonostante le note di demerito dei superiori, è stato 'ripescato': è una creatura del premier Aserovich. Lui lo ha voluto a capo dell'esercito, sbaragliando concorrenti ben più qualificati e dopo la beffa dell'attacco in massa di Hamas.»

«Non mi pare abbia molti meriti il nostro generale Tal», sentenziò Oswald.

«Tutta questa vicenda ha qualcosa di paradossale, Oswald. A partire dal comportamento delle IDF e dei nostri servizi d'intelligence», disse Sara.

«Intendi la nostra incursione nella striscia?» chiese Breil.

«Non solo. Un attacco in massa con ogni mezzo che proviene da una delle zone più sorvegliate del pianeta. E nessuno sa nulla. Neppure il Mossad. Il primo ministro Aserovich, che in politica è stato uno dei tuoi più violenti oppositori, viene a cercare proprio te per risolvere una questione talmente spinosa che pregiudica la pace nel mondo. Il premier tiene sotto controllo ogni nostra mossa, intercetta ogni parola e non si fa scrupoli a ridurre in macerie ogni nostro passo avanti nelle indagini. Vedi il bombardamento della casa di Issawi o i droni al mercato di Beit Hanun. Così facendo mette a rischio la nostra stessa incolumità, ma poco importa. Il militare che ha ordinato la smobilitazione delle truppe al confine giusto in tempo per l'attacco di Hamas viene promosso a comandante in capo. Tu e Toba arrivate in territorio nemico, vi aspettano con un comitato d'onore e usano le vostre doti investigative per catturare Roxie, perché sperano sia a conoscenza dei segreti custoditi dal marito... Insomma, mi sembra che ci siano sin troppe situazioni concomitanti per ringraziare Aserovich e togliere il disturbo, adesso che Roxie e i ragazzi sono salvi.»

«Senza contare», aggiunse Leivi, «che anche le trattative

di pace hanno una conduzione singolare. Abbiamo fior di diplomatici che si sono fatti le ossa nelle sedi estere più spinose per Israele. Un tavolo negoziale così difficile e incerto come quello con Hamas viene condotto da Andrei Biton, nostro successore alla guida del Mossad. Avresti mai fatto il negoziatore quando eri direttore dell'Istituto? »

Oswald fece un cenno di diniego col capo.

« Quello che non mi pare il caso di sottovalutare », aggiunse Bernstein, « sono i segreti custoditi da Richard Goldberg. Ho avuto modo di scambiare qualche battuta con la sorella di Toba, ma non mi sembra che sappia nulla dei reali compiti del marito. Mi riprometto di parlarle ancora quando lei sarà più tranquilla. Nel contempo ho continuato a sondare nei siti più protetti del governo per trovare un indizio. Nulla. Sembra che Richard Goldberg fosse un perfetto sconosciuto per il governo israeliano, mentre siamo certi del contrario. »

« Non penso che le due cose siano strettamente collegate. Almeno non all'origine », disse Breil.

« In che senso? » chiese Sara.

« I risvolti poco chiari dell'attacco sono un fatto indipendente dai segreti di Goldberg », proseguì il piccolo uomo. « I primi riguardano il nostro governo: sono convinto ci sia una talpa che passa informazioni di massima sicurezza ad Hamas. Gli esperimenti che Goldberg svolgeva in America sulle intuizioni di Tesla sono, invece, un altro capitolo della vicenda. Poi il destino ha riunito le due cose assieme. Nulla vieta di approfondire entrambi. Anche perché la nostra missione non è ancora finita: dobbiamo liberare anche Richard Goldberg. Solo così potremo saperne di più. »

« Ho paura », disse Sara, « che una talpa capace di mettere il becco in operazioni di questa portata sia di grandi dimensioni. Continuando a stare qui ci esponiamo alla sua curiosità, con tutto quello che ne consegue. Come già abbiamo sperimentato. »

« Da dove possiamo continuare a operare? » rifletté Breil a voce alta. « Fuori da questo avamposto dovremmo cercare un'altra base operativa e non è cosa facile. Soprattutto mantenere il segreto sul nuovo domicilio e sulle nostre operazioni. »

Leivi aveva ascoltato in silenzio. « Permettimi di non condividere il tuo ragionamento, comandante. Gli 'amici' che vi hanno appena portato in salvo, terminato il servizio attivo nel Mossad, si sono ritrovati e hanno costituito una piccola task force, nel massimo segreto, sempre pronta a correre in aiuto del Paese se serve. E questi sono tempi a grave rischio per la sopravvivenza di Israele. Uno dei punti d'appoggio si trova a Sderòt, a pochi chilometri dal confine orientale della striscia. Lì ci sono case sicure dove potete alloggiare. Certo, non avrete a disposizione i mezzi che offriva il Mossad. Ma, lo affermo con certezza, non sarete spiati da nessuno. Se volete posso interessarmi. »

« Non me la racconti giusta, Yossi », disse Oswald. « C'entri qualcosa tu con questo nucleo segreto? »

« Mi conosci, comandante. Non riuscivo a fare il nonno a tempo pieno. E poi la situazione politica del Paese non è tra le migliori. Per questo siamo disponibili a entrare in azione appena ci viene richiesto con la Cellula, come la chiamiamo, almeno fino a quando potremo farlo. »

Ci fu un silenzio compiaciuto. Poi Leivi riprese: « Ricordate l'attacco aereo che ha cancellato la villa in cui risiedeva Issawi, il capo delle forze speciali palestinesi? » Non attese neppure un cenno d'assenso e proseguì: « Ho finalmente incontrato il capo della Shayetet 13 che era appostato ad aspettare il segnale per rapire Issawi. Disubbidendo all'ordine di ritirata, lui e i suoi uomini hanno fatto irruzione nella casa bombardata. Non avevano molto tempo, prima che arrivassero i palestinesi. Hanno trovato questo e niente altro».

Leivi posò sul tavolo un quaderno bruciacchiato e alcuni fogli. Oswald li prese e li sfogliò, soffermandosi sui brandelli di carta ancora leggibili.

«Il raggio della morte di Nikola Tesla», mormorò Breil pensoso.

Il premier Aserovich si alzò in piedi e porse cordialmente la mano a Oswald Breil appena quest'ultimo entrò nel suo ufficio.

«Considero conclusa la nostra missione, signor primo ministro», disse Oswald. «Abbiamo riportato a casa la signora Roxanne Goldberg e i suoi ragazzi. Questo era quanto ci eravamo prefissi.»

«Sono rammaricato per questa tua decisione, Breil. Avrei preferito averti al mio fianco per cercare di fare luce su alcuni fatti non chiari all'interno del nostro stesso apparato. E poi il marito della signora Goldberg è ancora nelle mani dei terroristi. Neppure questa circostanza può indurti a ripensarci?»

«Credo che ormai sia impossibile individuare il suo nascondiglio. Sarebbe solo una perdita di tempo e di energie. Senza contare il rischio cui sottoporrei i miei collaboratori.»

«Avete intenzione di lasciare il Paese?»

«Sì. Rientriamo in Italia dove stanno eseguendo delle riparazioni sul *Williamsburg*.»

Aserovich alzò la cornetta del telefono mentre diceva: «Faccio subito approntare un volo privato, viaggerete meglio».

LIBRO SECONDO

« La teoria è come un mendicante vestito color porpora che la gente ignorante scambia per un re. »

Nikola Tesla

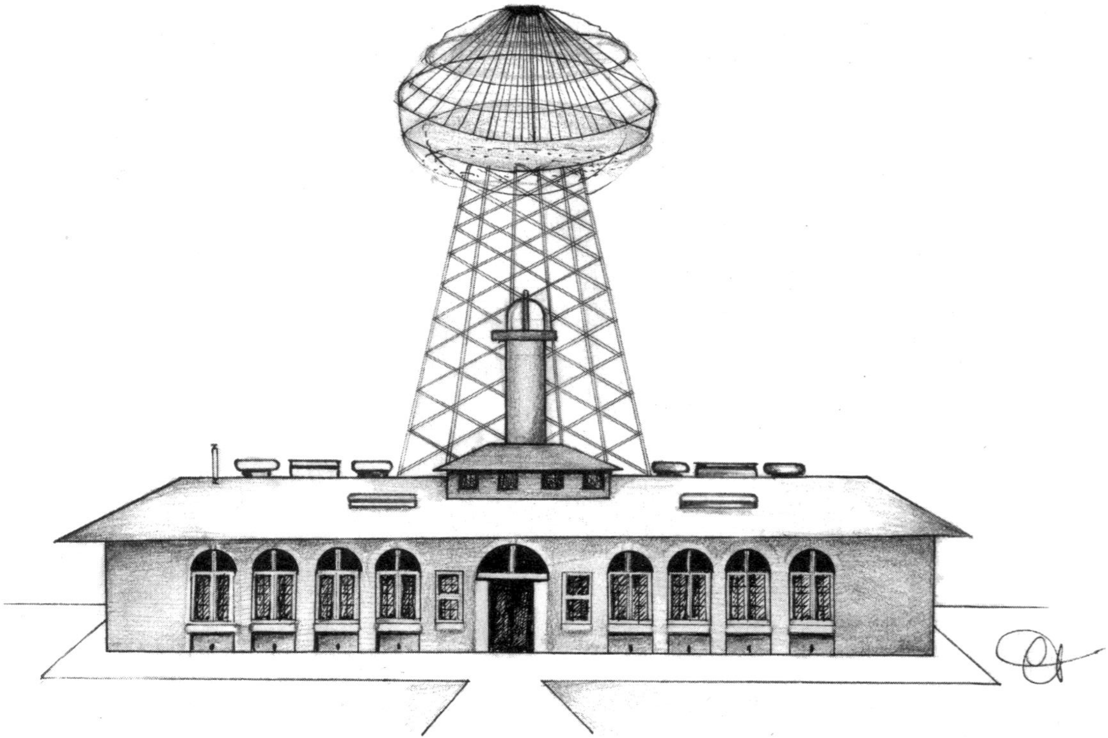

The Wardenclyffe Tower

12

Nei primi anni del XX secolo

Il rituale del mattino al Brighton Club era sempre uguale: il pavimento bagnato, le sedie posate sui tavoli e un andirivieni di personale con scope e ramazze. Era ora di pulizie. Nell'aria restava l'odore acre del fumo dei sigari e il profumo dolciastro delle bevande.

Johnny Torrio tirò fuori dalla tasca una banconota da un dollaro e la consegnò al ragazzo che era appena entrato.

« Tieni, Al. Ho visto che sei in gamba. Che cosa mi dici di quella persona? »

« Ho seguito il signor Tesla, ma non esce molto. Va solo al parco a dar da mangiare ai piccioni, non fa nient'altro. Anche quelli che lo frequentavano non si vedono più. Il signor Tesla mi sembra un po'... spaesato. »

Congedato il ragazzo, Torrio entrò nell'ufficio di Paul Kelly.

« Ti confermo che lo scienziato », disse Torrio al capo della gang di Five Points, « è ormai fuori combattimento. Gli ho messo alle calcagna un ragazzino. Mi sembrava inutile sprecare uomini per pedinarlo. »

« Buono a sapersi. Ne parlerò con il colonnello e con Cotelli. Loro mi sembravano molto più interessati di noi a Tesla. Quanto a te, Fox, che cosa hai deciso? Andrai nell'Illinois? »

«Anche il colonnello è sulla via del tramonto. Sento parlare da più parti di una riforma delle agenzie d'intelligence. Credo che presto lo metteranno a riposo. Io devo partire, Paul. I miei zii, a Chicago, hanno bisogno di me.»

«Ahaha. Se la metà di quello che ho sentito dire su tuo zio Big Jim Colosimo corrisponde a verità, non credo proprio. Quando torni?»

«Appena sistemate le faccende.»

«Fai in fretta, è qui che abbiamo bisogno di te.»

Paul Kelly non aveva torto: Big Jim Giacomo Colosimo, zio acquisito di Torrio, era il re della prostituzione nella metropoli affacciata sul lago Michigan ed era considerato un duro. Una banda di taglieggiatori lo aveva preso di mira e la moglie Vittoria Moresco – anche lei tenutaria di bordelli – aveva chiesto aiuto al nipote Torrio.

Big Jim era di stazza notevole. All'anulare portava un anello sul quale troneggiava un grosso diamante. Avanzava nei vapori della stazione come un mostro preistorico nella nebbia. Ad accompagnarlo quattro guardaspalle dalle facce poco raccomandabili. Salutò calorosamente il nipote: ammirava la determinazione con cui si era fatto strada nelle gerarchie della mafia di New York. La decisione di scomodare Torrio l'aveva presa, però, donna Vittoria, anche se lui non la condivideva completamente: Big Jim conosceva la sua piazza e i suoi polli e, anche senza l'aiuto del nipote di città, avrebbe sistemato tutto, prima o poi.

Ma il fattore che aveva scatenato i timori della moglie era la fonte da cui proveniva la richiesta di una grossa tangente: la Mano Nera. La Mano Nera era un'organizzazione di malavitosi italiani ed ebrei dedita al taglieggiamento delle attività commerciali a Chicago. Agivano senza scrupolo e in piena libertà. Dal 1895 al 1905 gli aderenti all'organizzazione avevano lasciato sul campo almeno quattrocento cadaveri di persone che si erano rifiutate di far fronte alle loro richieste.

Jim estrasse la lettera da un cassetto e la posò sul tavolo. « Ecco qui, Johnny », disse mostrando il foglio al nipote. « Quei figli di puttana mi hanno chiesto cinquemila dollari. »

In calce spiccava un timbro raffigurante una mano nera affiancata da due pugnali che sovrastavano una croce. Era la firma dell'organizzazione.

« E tu glieli hai dati, zio Jim? » chiese Torrio.

« Pensavo che si sarebbero fermati. Invece, me ne hanno subito chiesti cinquantamila! » si giustificò il gigante.

« Non bastano pochi spiccioli. Ci vuole altro. »

Johnny Torrio si presentò puntuale all'appuntamento con i tre taglieggiatori della Mano Nera. La sua destra sorreggeva una borsa di pelle.

« Tu chi sei? Dov'è Colosimo », chiese in italiano uno dei tre.

Torrio si finse intimorito e, a voce bassa, rispose: « Mio zio ha preferito mandare me all'appuntamento. Lui non se la sentiva. Non sta bene di salute, ogni tanto cade per terra. La zia ha preferito tenerlo a casa ».

« Ha paura, forse? » fece eco un altro. « Grande e grosso com'è. Spero che non sia caduto a peso morto. Hai i soldi? »

« Certo, sono qui », disse Torrio sollevando la borsa.

« Sono tutti? » chiese ancora il primo.

« Certo. Tutti i cinquantamila che avete chiesto », così dicendo Torrio infilò una mano dentro la borsa e si mise a frugare come se volesse mostrare il malloppo ai tre. E quelli allungarono lo sguardo, mentre le dita di Johnny armeggiavano tra le mazzette di banconote nell'apertura. Sul volto degli estortori comparve un'espressione più rilassata.

Il colpo partì dall'interno del borsone, leggermente attutito dall'involucro di pelle. Uno dei gangster della Mano Nera si premette le mani al petto e si ritrovò sul pavimento senza un lamento. Torrio fu rapido come un lampo. Estrasse il revolver che nascondeva nella borsa, mirò alla fronte del secondo, mentre questo cercava di portare la mano alla fondina ascellare. Il proiettile lo colpì tra gli occhi senza che fosse riuscito nemmeno a sfiorare il calcio della sua arma. Anche il terzo stava cercando di estrarre il suo revolver, quando si trovò quello di Torrio a poche dita dal naso.

« Sono indeciso, se non ti ammazzo, puoi andare a raccontare ai tuoi capi che cosa è successo. Se invece lo faccio... » La canna della Smith & Wesson danzava davanti al volto del malcapitato.

« Non mi ammazzare », disse l'altro inginocchiandosi, il viso pallido, la fronte imperlata di sudore.

« Ma no », sordo alla supplica, Torrio continuava a ragionare a voce alta, « ... avete esagerato, avete rotto le palle a mio zio Jim. I tuoi compari lo sapranno dai giornali domattina. » Torrio premette il grilletto a bruciapelo.

La tensione tra la Mano Nera e i traffici di Big Jim durò qualche mese, ma non di più. Alla fine fu sancita la pace, grazie anche all'intercessione delle potenti gang di New York di cui Torrio faceva parte.

L'azione di forza di Colosimo fece guadagnare alla sua organizzazione il triste primato su tutte le altre cittadine.

« Avevi ragione, Johnny », disse Big Jim al nipote. « Non ci siamo piegati al ricatto della Mano Nera e i miei affari sono cresciuti. »

Torrio rimase in silenzio ripensando a quanto aveva faticato per convincerlo a reagire duramente al ricatto.

« Ormai », proseguì Colosimo, « non ci fermerà più nessuno. I pochi sbirri che non abbiamo a libro paga non sanno più dove girarsi: hanno sequestrato una delle nostre case proprio quando volevo chiuderla. E, mentre loro mettevano i sigilli, ho riaperto una trentina di appartamenti in giro per la città. A che cosa stai pensando, Johnny? »

« Penso che la nostra clientela è infinita. Dobbiamo solo accontentarla. »

« Le mie puttane e le mie bische l'accontentano, eccome! »

« Non ci siamo capiti, zio Jim. Dobbiamo aprire una casa per tutte le tasche, dove possano andare l'operaio e il professionista, con una fascia di prezzi per ognuno. »

Colosimo era gretto e violento, ma aveva fiuto per gli affari, soprattutto quando a proporglieli era il nipote acquisito.

In men che non si dica, gli Outfit Chicago – come fu chiamata la banda – aprirono due case d'appuntamento su più piani, dotate di sale da gioco, bar, ristoranti e addirittura un servizio di pullman che, da Chicago, faceva arrivare i clienti e li riportava a casa. In ogni locale prestavano ogni giorno la loro preziosa opera un centinaio di ragazze.

Big Jim guardò tronfio Torrio: il bordello pullulava di clienti.

« Lo sapevo che dovevamo diversificare l'offerta! » disse ridendo Colosimo.

Torrio sorrise sornione, mentre Big Jim gli dava una sonora pacca sulla spalla.

« Ho bisogno di te, nipote mio. Da oggi siamo soci. »

« Ti ringrazio della fiducia, zio Jim. Ma, se vogliamo restare sulla breccia per molto tempo, dobbiamo specializzarci anche in altri campi che non siano le puttane o il gioco d'azzardo. »

«A che pensi, Johnny?» chiese curioso Big Jim.

«Ancora non lo so. Ma sono sicuro che dobbiamo seguire i venti di guerra che soffiano nell'aria.»

L'ufficio del caporedattore del *Sun* a New York era arredato in maniera spartana. Un vetro con le veneziane separava la stanza dal resto della redazione. Sulla scrivania regnava un gran disordine: fogli, articoli da visionare, dossier da studiare. La sottile parete trasparente non riusciva a isolare acusticamente l'ambiente.

Il caporedattore Pat Coastal assalì il giovane Carl Milic non appena mise piede nella stanza.

«A chi cazzo vuoi che interessi la notizia che Tesla ha rifiutato la nomina al Nobel?»

«Ormai è la terza volta, Pat. Mi pare una notizia singolare, per non dire di rilievo», rispose calmo Milic.

«Ti rendi conto Milic, che il mondo è sull'orlo di una guerra che rischia di cancellare l'umanità e tu mi scrivi un pezzo di quattro, dico quattro, cartelle per raccontare l'epopea di un elettricista?»

«Edison, uno dei candidati, è uno degli uomini più ricchi del mondo...»

«Mentre mi risulta che il tuo beniamino non cacci neppure più il naso fuori dall'albergo per paura dei creditori che gli fanno la posta. Anzi, a proposito di albergo, mi dicono che il signor Boldt del Waldorf, a compensazione dei suoi debiti, abbia ottenuto dal tribunale la proprietà del lotto di Wardenclyffe dove Tesla aveva impiantato il suo laboratorio. Ma ti pare giusto che una persona come questa si meriti il Nobel per la fisica? Vai a scrivere notizie serie, Carl. Indaga sulle tensioni internazionali, sul malaffare della politica, sulla malavita che sta divorando New York. Hai tanti calamai in cui intingere la penna... e lascia perdere Tesla. Ormai è un uomo finito.»

La tensione sociale che si respirava ovunque non aiutava Nikola Tesla a uscire dalla depressione di cui era vittima da anni. Se il panorama generale appariva incerto, quello dell'inventore era disastroso: i debiti si accumulavano senza prospettiva di solvenza. Il suo stato psicofisico era sempre più labile. L'età e la depressione avevano influito sulle sue condizioni, sebbene cercasse di mantenere un aspetto decoroso e un portamento elegante le rare volte che usciva per andare a passeggio o al parco a vezzeggiare i suoi amati piccioni.

Dall'albergo usciva perlopiù di soppiatto, specie quando era in attesa delle rimesse per lo sfruttamento economico dei pochi brevetti di cui ancora era titolare. Temeva che il direttore gli ricordasse le scadenze del suo conto.

Forse era stata proprio la depressione a indurlo alla rinuncia della candidatura al premio Nobel per la fisica. La prima volta, nel 1912, aveva declinato rispondendo bruscamente all'emissario dell'Accademia: «Tanto non me lo farete mai vincere. Vi servo solo per ampliare la rosa dei candidati, quelli 'senza portafoglio', presenti solo per fare nome e numero».

L'anno seguente, invece, si era mostrato più malleabile: forse, aveva pensato il proponente, il tempo è servito per fargli comprendere i propri errori.

«Mi permetta una confidenza, signor Tesla», fece per concludere l'accademico. «Credo che ormai sia cosa fatta. Non vedo rivali all'assegnazione di un premio ex-aequo a lei e al signor Thomas Edison...»

«Io dovrei condividere un'onorificenza con quel... quello sfruttatore?» disse Tesla infiammandosi. «Le ricordo che io sono un inventore che contribuisce al progresso. Edison è un uomo che si è arricchito con il lavoro degli altri. Non accetterò mai di condividere il premio con lui o con ogni altro usurpatore di risorse umane.»

«Perdoni, signor Tesla, ma la sua politica di veti e recriminazioni mal si concilia con lo spirito del premio: prima le proteste per l'assegnazione a Marconi, adesso questa incomprensibile sua presa di posizione...»

«Chiedo scusa, signore», disse Tesla indicando l'uscita dell'hotel in cui risiedeva. «Ho molte cose importanti da fare. Credo sia tempo di rimettermi al lavoro.»

Così l'Accademia, dopo la brusca reazione dello scienziato, arrivò alla conclusione di estromettere sia Tesla che Edison dalla candidatura, assegnando il premio al fisico olandese Onnes. Uno studioso, certo, i cui studi erano di gran lunga inferiori rispetto a quanto le invenzioni di Tesla e i brevetti di Edison avevano portato all'umanità.

Lo stato di perenne angoscia in cui viveva Tesla, comunque, non giovava al suo lavoro d'inventore. Nuove e preoccupanti notizie si accavallavano giorno dopo giorno, la tensione tra i Paesi europei era altissima. La scintilla che fece precipitare gli eventi scoccò proprio nel Paese d'origine dello scienziato, un altro macigno che andò a gravare sulla sua debole mente.

Gavrilo Princip apparteneva alla Giovane Bosnia sin da quando aveva abbandonato gli studi per abbracciare l'irredentismo nazionalista. Era poi trasmigrato nella frangia armata clandestina denominata Crna Ruka. Princip era di origine serbo-bosniaca e gli accadimenti che si susseguirono dopo la sua azione terroristica, il 28 giugno 1914, superarono anche ogni sua più rosea aspettativa di sovversivo. Princip, all'epoca diciannovenne, uccise a rivoltellate l'erede al trono austroungarico, Francesco Ferdinando, e sua moglie, Sofia di Hohenberg, a Sarajevo. Il terrorista esplose due soli colpi con la sua Browning 1910, mentre i reali avanzavano a bordo di una decappottabile Double Phaeton. Entrambi i colpi si rivelarono letali.

Il mondo, come se fosse stanco di un equilibrio che durava ormai da un secolo – praticamente da quando Napoleone era stato ridotto all'impotenza –, sembrava non vedesse l'ora di infilarsi in una guerra. Il conflitto, chiamato in principio Guerra d'Europa, esplose con grande tempestività a un solo mese dall'attentato all'arciduca, il 28 luglio del 1914.

Nella rincorsa agli armamenti, particolare importanza rivestivano coloro i quali erano in grado di fornire nuove macchine di sterminio. Così, i comandi militari ricominciarono a corteggiare Nikola Tesla, mentre i servizi segreti scavavano nella sua vita alla ricerca di connessioni tra l'inventore, ormai naturalizzato statunitense, e le frange terroristiche serbe.

Anche nell'hotel in cui risiedeva Tesla il clima era cambiato. Non più mezzi saluti e richieste di saldare i conti, ma sorrisi di benvenuto rivolti ogni giorno all'inventore e alla schiera di potenti che tornarono all'improvviso a fargli visita.

Nonostante il rinato interesse, Tesla finì in bancarotta nel 1916: i debiti pregressi erano ormai inaggredibili. La sua mente, che cercava di uscire dal buio, piombò di nuovo nel disordine che si manifestò con l'accentuarsi delle manie compulsive: oltre all'ossessione per il numero tre si accentuò in lui la fobia per i germi, per la luce diretta, per i rumori e le vibrazioni.

Il mondo accademico non aspettava altro: le sue debolezze psichiche furono usate per allontanare dallo scienziato chi ancora credeva in lui.

Le calunnie giungevano comunque all'orecchio di Tesla

che, per smentire chi lo voleva pazzo, elaborava continue invenzioni. Quasi sempre, però, le sue idee non venivano realizzate a causa della cronica mancanza di fondi e restavano semplici annotazioni nei suoi taccuini d'appunti.

Le ostilità fra le nazioni europee, allo stesso tempo, si andavano allargando a macchia d'olio tanto che, da Guerra d'Europa, si incominciò a chiamarlo Primo conflitto mondiale. L'America, pur essendo rimasta neutrale, temeva ritorsioni per la sua politica palesemente a favore degli alleati. La cosa che maggiormente terrorizzava i governanti statunitensi era un attacco a sorpresa degli austroungarici al suolo americano.

L'autista scese dall'auto davanti all'hotel e si affrettò ad aprire lo sportello all'alto ufficiale. Tesla era già seduto nella hall.

Il generale lo salutò, sedette davanti a lui e andò subito al punto.

« Temiamo i dirigibili tedeschi », lo informò. « In Europa hanno iniziato a bombardare i centri urbani », disse l'ufficiale. « Si immagina che cosa accadrebbe se, una bella notte, uno di quei sigari giganteschi bombardasse una città come New York? Riescono a compiere la traversata atlantica in tre giorni. E, di notte, sono completamente invisibili da terra. Non esiste un modo per avvistarli: quegli Zeppelin piombano sul bersaglio all'improvviso. Sarebbe un disastro. »

Nikola Tesla si era appena fatto portare le solite diciotto salviette impilate. Stava mescolando una tazza di tè e faceva anche questo con mosse rituali, quasi scaramantiche: tre giri del cucchiaino in senso orario e tre antiorario.

« Le onde sonore rimbalzano », disse l'inventore. Il generale lo guardò stupito.

« Se troviamo un'antenna ricevente in grado di catturare le onde di ritorno possiamo non solo individuare oggetti oltre il nostro campo visivo, ma anche conoscerne direzione, velocità e dimensioni... »

« Scommetto che adesso mi chiederà fondi per fare ricerche nel campo di questa sua nuova eccezionale scoperta, signor Tesla. » Il generale sembrava furibondo. « Mi pare che lei non si renda conto che è in corso un conflitto di proporzioni inaudite, che gli Stati Uniti sono sul punto di entrare in guerra. Con questa situazione generale lei mi viene a parlare di onde che rimbalzano e antenne riceventi. Non le basta pensare alla fine che ha fatto la sua stazione di Wardenclyffe? Sa quale voce circola negli ambienti della Difesa? Che la sua mente stia seriamente vacillando », così dicendo il generale indicò le salviette e aggiunse con scherno: « Il rimbalzo delle onde... arrivederci, Tesla. Si riguardi ».

Nell'aprile del 1917, gli Stati Uniti d'America entrarono in guerra.

« Siamo in guerra », disse Torrio allo zio, « ma non durerà ancora molto. »

« Lo credo anche io », rispose Colosimo. « E comunque, i nostri affari non ne hanno risentito. »

« Non voglio fare l'uccello del malaugurio, ma verranno tempi di magra, zio Jim. Sono sicuro che verranno. Dobbiamo farci trovare pronti. »

« Dimmi come. »

« Anzitutto, dobbiamo reclutare le persone adatte. C'è un giovane, lo conosco da quando aveva una decina d'anni, che ho mandato a farsi le ossa come buttafuori in un locale di New York. Mentre era in servizio ha preso una rasoiata in faccia che gli ha lasciato il segno. Lo chiamerei qui a Chicago. Non mi fido più del mio guardaspalle. Ho bisogno di un uomo come lui al mio fianco. »

«Certo, Johnny, non ci sono problemi. Come si chiama questo ragazzo?»

«Capone, Al Capone. Non ha ancora diciotto anni.»

«Fallo venire. Se tu dici che è in gamba lo sarà di sicuro. Per gli affari che cosa hai in mente?»

«La politica del governo porterà presto a una stretta del consumo di bevande alcoliche. Vedo quante persone vengono a bere nei nostri locali. E nessuna legge sarà capace di farli smettere. Diventeremo ricchi con il contrabbando: più sarà proibito e più alzeremo i prezzi. Dobbiamo stare appresso ai politici giorno per giorno e pagarli perché vietino il più possibile il consumo d'alcol. Nel frattempo, dobbiamo organizzare gli approvvigionamenti.»

«E come? Non vorrai per caso...» disse Colosimo, ma Torrio lo prevenne.

«... aprire distillerie clandestine e produrre ogni tipo di torcibudella, pronti a guadagnarci per primi il monopolio sul mercato clandestino.»

«Non va bene, Johnny: la politica è una brutta bestia. Più riusciamo a starne fuori e meglio è.» La risposta di Big Jim lo lasciò di sasso. «Senza contare che, se tolgono un po' di ubriaconi dalla strada, a noi fanno un favore. Non potendo più spendere per l'alcol, magari spendono per le nostre ragazze... quindi noi ci terremo le nostre puttane!» Colosimo terminò la sua riflessione con una fragorosa risata.

Johnny sorrise gelido: era la prima volta che lui e Colosimo avevano una divergenza di vedute sulla gestione dei loro traffici.

La stazione di Chicago era un cantiere a cielo aperto: le grandi società ferroviarie avevano deciso di ampliare il vecchio edificio risalente al 1881. I lavori erano iniziati nel 1913 ed erano stati sospesi a causa della guerra. Adesso, a conflitto finito, gli utenti speravano nella loro ripresa e nella fine dei disagi.

Alphonse Gabriel Capone guardò fuori dal finestrino, mentre il fumo candido della locomotiva si diradava mosso dal forte vento che spirava dalla superficie del lago. Il Michigan, increspato dalle onde, si stendeva a perdita d'occhio sulla destra del convoglio. Il vento era caldo e mitigava l'afa di quell'estate del 1919.

Il giovane, un ragazzo massiccio alto quasi un metro e ottanta e un'espressione da duro, si accarezzò la cicatrice sul volto. A provocarla era stato un colpo di rasoio sferrato da un certo Galluccio per un'offesa alla sorella minore di questi. La vicenda si era conclusa con le scuse di Capone e con la promessa solenne di non cercare vendetta.

Al era nato a Brooklyn venti anni prima da un barbiere e una sarta originari del napoletano. Sin da piccolo aveva mostrato un'indole da gangster e un'ammirazione cieca per Johnny Torrio. Da lui aveva imparato a indossare abiti eleganti e a non avere pietà per nessuno.

Scese dal treno e salutò con un sorriso i due scagnozzi che erano andati a prenderlo.

Accompagnato da questi, uscì dallo scalo ferroviario e raggiunse una Chandler 19 coupé parcheggiata poco distante dall'uscita.

Al si accorse dell'uomo seduto sul sedile posteriore solo quando fu a bordo.

«Signor Torrio», disse Capone meravigliato. «Non mi aspettavo che proprio lei...»

«Mi faceva piacere accoglierti dopo tutto questo tempo. Sei molto cambiato, Al», rispose il gangster.

«La prima volta che mi ha parlato, signor Torrio, mi chiese di tenere d'occhio Nikola Tesla. Lo sa che ho continuato a farlo? »

« E hai scoperto qualche cosa di nuovo? »

« Nulla. Solita vita, con poche eccezioni. Nel periodo della guerra si sono fatti vivi gli inglesi, con la speranza che fosse in grado di dotare il loro esercito di armi micidiali. Ma tutto si è concluso con un nulla di fatto. So per certo che i federali lo tengono ancora sotto osservazione. Non so per quale motivo. Da qualche tempo scrive articoli su una rivista scientifica. Una cosa per addetti ai lavori. »

« Hai fatto tutto questo di tua iniziativa? » chiese Torrio ammirato.

« Sì, signore. Non mi è costato molto: il concierge dell'hotel in cui alloggia Tesla è mio parente alla lontana. »

« Ricordi che cosa ti dissi anni fa, Al? »

« Certo, signor Torrio: che ero un ragazzo in gamba. »

« Vedo che hai anche buona memoria. Ho bisogno di gente come te al mio fianco. »

Chicago è una città dal clima rigido. I venti gelidi provenienti dal Canada spiravano già da qualche giorno quando, a inizio ottobre, Torrio e Big Jim si ritrovarono nell'elegante ufficio dello zio al Colosimo's Restaurant in South Wabash Avenue.

« Ho ricevuto indiscrezioni certe, a giorni tutte le bevande alcoliche saranno messe fuori legge. Dobbiamo muoverci senza esitazione, Jim », disse Torrio.

Le relazioni tra i due non erano più quelle di un tempo: Big Jim si curava sempre meno di bordelli e gioco d'azzardo per dedicare una parte delle sue energie al ristorante, diventato in breve il migliore di Chicago. Quello che rimaneva del suo tempo, Colosimo lo spendeva con Dale Winter, una cantante molto più giovane di lui ingaggiata per intrattenere i facoltosi avventori del locale. Iniziata la relazione con Dale, Big Jim sembrava un'altra persona, seppure pretendesse di essere sempre lui a dire l'ultima parola nelle attività illecite gestite da Torrio.

« Non sono d'accordo, Johnny. Il divieto di bere finirà presto, puttane e gioco non avranno mai fine. Ti ho fatto chiamare anche per un'altra cosa: sto per divorziare da tua zia Vittoria. Ma tu, per me, rimani sempre un parente, Johnny. »

« Scommetto che c'entra Dale Winter in questa storia », disse Torrio severo.

« Sì, ci sposeremo dopo il divorzio da Vittoria. »

« Quella donna ti porterà alla tomba! » disse Torrio.

« Magari. Sono innamorato di lei come un ragazzino. » Colosimo non sentì il brivido sinistro celato nelle parole del nipote.

Il 28 ottobre del 1919 fu ratificato, con il Volstead Act, il diciottesimo emendamento alla Costituzione statunitense. Il testo legislativo proibiva, in sintesi, la produzione, la vendita e il consumo di bevande alcoliche su tutto il territorio federale.

« Che cosa ti avevo detto, zio Jim? » disse Torrio.

« Che cosa ti avevo risposto, Johnny? Con questa faccenda i Chicago Outfit non avranno mai nulla a che fare. »

« Certo, Jim. Sino a quando comandi tu. Ma ricordati che, con il denaro che comincerà a circolare grazie a questa legge, prima o poi qualcuno ci farà le scarpe... »

« Ho detto che non ne voglio sapere. Sino a oggi prostituzione e gioco ci hanno resi ricchi. Voglio vedere il tuo 'qualcuno' quando, tra qualche mese, questa legge sarà abrogata. »

« No! Non lo faranno. E noi ci ritroveremo al palo perché... perché Big Jim Colosimo, il nostro capo, ha il cuore tenero e ha perso la testa per una cantante che lo vuole vedere in pantofole. Svegliati, zio Jim! »

« Che cazzo dici? » alzò la voce Colosimo. « Proprio a me, Johnny Torrio. Senza di me saresti rimasto a leccare il culo a Paul Kelly. Ti informo che hanno fissato la data dell'udienza per il divorzio da tua zia, il prossimo 4 febbraio. Fammi sapere se vuoi stare ancora con noi, Johnny. » Le ultime parole del boss andarono a vuoto. Torrio aveva ormai abbandonato l'ufficio nel retro del ristorante.

Per forza di cose, con i rigori dell'inverno, il boss e il suo sottoposto addivennero a più miti consigli. Eppure, qualche cosa nell'idillio che li aveva legati per quei lunghi anni si era rotto.

Chicago non amava spogliarsi dei vecchi abiti al cambio delle stagioni. Con l'arrivo della primavera rimaneva affezionata ai rigori dell'inverno e, viceversa, alle estati torride appena faceva capolino l'autunno. Così, in quella fine di maggio del 1920, i venti freddi ancora s'incuneavano nelle grandi strade costeggiate da palazzi di fattura moderna. Eppure l'estate era prossima a venire.

L'uomo arrivò al Colosimo's Restaurant a metà pomeriggio. La brigata delle pulizie aveva appena terminato il turno di lavoro. Un solo cameriere stava lucidando le stoviglie lavate, prima di riporle in un cassetto. Lo sconosciuto gli si rivolse in italiano.

« Buongiorno », disse. « Il signor Colosimo è già arrivato? »

« Non ancora, signore. Ha un appuntamento? » rispose il cameriere.

« Sì, ma come al solito sono arrivato in anticipo », disse l'altro guardando l'orologio. « Lo aspetterò fuori. »

« Ma no, signore. Si accomodi dove vuole. Intanto le servirò un buon gelato e una nostra specialità, un drink all'albicocca. Credo che il signor Colosimo sarà qui a minuti. »

Big Jim Colosimo aveva ricevuto una telefonata da Johnny Torrio, fuori città per un impegno. Sarebbe arrivato un carico di contrabbando al ristorante. Avrebbe dovuto riceverlo personalmente Big Jim: certa merce andava pagata alla consegna e in contanti.

L'uomo aveva appena finito di bere, quando Big Jim entrò nel locale. Era solo: il suo autista-guardaspalle era rimasto fuori accanto all'auto. Il cameriere era tornato in cambusa a occuparsi delle posate.

« Tu? » disse Big Jim quando riconobbe lo sconosciuto e si avvicinò per stringergli la mano. L'altro rispose al sorriso e allungò il braccio. Ma nella mano stringeva un revolver.

« Andiamo nel tuo ufficio e non fare scherzi, Jim. »

Avevano appena superato la seconda porta che si apriva una volta oltrepassato il guardaroba, quando lo sconosciuto avvicinò la canna della pistola dietro l'orecchio di Big Jim e gli fece saltare le cervella.

Il funerale del boss fu sontuoso: la bara di bronzo attraversò l'intera città accompagnata da migliaia di persone, tra cui spiccavano le più alte personalità cittadine.

Il nome del mandante era noto a tutti, ma nessuno aveva il coraggio di pronunciarlo: Johnny Torrio, esasperato dal comportamento del suo socio. Si diceva anche che la Mano Nera si fosse rifatta viva minacciando Dale Winter, sposata appena una settimana prima dell'omicidio, e che Jim, reso debole dalla passione, avesse ceduto al ricatto.

Per l'esecuzione materiale fu sospettato Frankie Yale, ex datore di lavoro di Al Capone, buttafuori a New York e soprannominato il Pistolero. Tra molti « non ricordo », il cameriere del Colosimo's lo aveva riconosciuto come l'avventore misterioso, alcuni testimoni lo avevano visto proprio quel giorno alla stazione di Chicago imbarcarsi su un treno diretto a New York. Si diceva inoltre che Torrio gli avesse promesso diecimila dollari per eliminare Big Jim.

Con la morte di Colosimo, Johnny Torrio divenne il padrone assoluto di tutti i traffici illeciti di Chicago.

Il prezzo della stanza all'hotel St. Regis, dove Nikola Tesla si era trasferito dopo le disavventure al Waldorf Astoria, era di quindici dollari al giorno. Una cifra considerevole. Dopo aver maturato un debito di tremila dollari per un soggiorno non pagato di circa sei mesi, la direzione del St. Regis aveva fatto pervenire un'ingiunzione all'inventore insolvente.

Tesla, inseguito da questo nuovo insoluto, era stato costretto a trasferirsi, nel maggio del 1924.

« Ciao Alfonso », disse in dialetto napoletano una voce al telefono. « Sono tuo cugino Michele. »

Capone ci mise qualche secondo per riconoscere il suo lontano parente impiegato alla concierge dell'hotel St. Regis.

« Sei sempre interessato a quella persona? » chiese Michele.

« Certo. Ma che notizie hai? »

« Ci ha bruciato tremila dollari! E lo abbiamo mandato fuori dalle scatole con un decreto dello sceriffo. »

« Niente di nuovo, Mike. Il nostro amico non ha perso il vizio. »

« Sì, ma aspetta. Adesso viene il bello. Il direttore mi ha chiesto di avvisare i colleghi: tra noi albergatori ci comunichiamo i nominativi dei clienti che non pagano. Dopo una breve ricerca ho saputo che si era trasferito al Marguery, un'altra lussuosa struttura in West Side Park Avenue. Nel contempo, però, il nostro ha preso la residenza all'hotel Pennsylvania, ma continua a tenere la stanza al Marguery. Ha detto a un mio collega che la stanza gli serve per gestire gli incontri più riservati. Pare che si sia visto con dei personaggi dell'Est Europa. »

13

Aprile 2024

Le *aliyah*, le ondate di immigrazione ebraica in Terra d'Israele, si erano susseguite a partire dalla fine del diciannovesimo secolo. Si verificavano solitamente in corrispondenza dei tristi eventi – dai pogrom alle persecuzioni naziste – che avevano come scopo la cancellazione della popolazione ebraica dalla faccia della Terra. Esuli e profughi avevano popolato paesi abbandonati e zone inabitate della Palestina, mentre il neonato Stato d'Israele aveva codificato le *aliyah* con una legge del 1950 che sanciva il diritto di ogni ebreo a tornare nella Terra promessa.

Sderòt era nata come centro urbano nel 1951. Prima era stato un campo d'accoglienza dei profughi ebrei, provenienti dal Marocco e, in parte minore, dalla Romania. La cittadina era fatta di case basse sorte sulla sabbia rossa del deserto e contava ventisettemila abitanti. Data la sua vicinanza con la striscia, era frequentemente bersagliata dal lancio di missili Qassam. Negli anni, la popolazione era andata riducendosi proprio per il rischio dovuto ai bombardamenti che, in periodi di massima tensione, raggiungevano i tre o quattro lanci di razzi al giorno.

Gli attacchi del 7 ottobre non avevano risparmiato la cittadina: Hamas aveva attaccato Sderòt e ingaggiato scontri con le forze israeliane in loco, seminando morte e paura.

L'esodo dei residenti che era seguito a quel giorno di follia aveva ridotto Sderòt a una città fantasma.

La Cellula, costituita dagli ex appartenenti al Mossad, aveva dunque scelto Sderòt come punto d'appoggio per la sua prossimità alla zona di pericolo ancor prima dell'attacco palestinese. Alcuni dei componenti della Cellula avevano contribuito a respingere l'assalto di Hamas con le armi in pugno.

La «casa sicura» si trovava nella periferia settentrionale della cittadina. Lì era stata edificata una schiera di palazzi a dieci piani di moderna fattura, unica eccezione tra le case basse di Sderòt. L'intero attico del terzo stabile era occupato dalla base della Cellula. La vista spaziava dalla spiaggia di Zikim affacciata sul Mediterraneo, e distante una dozzina di chilometri, alla linea di confine con la striscia di Gaza a sud-ovest, che era a poco meno di tre.

Sugli edifici, alcuni non ancora ultimati, erano presenti i segni dei violenti scontri a fuoco dell'autunno. Dopo quei tragici giorni, i palazzi erano stati abbandonati da quasi tutti gli inquilini. In quello occupato dalla base era rimasta a vivere solo una decina di famiglie.

Oswald, Sara, Toba e Bernstein, dopo una puntata di qualche settimana in Italia, avevano raggiunto clandestinamente la base, grazie all'aiuto di Yossi Leivi. Avevano speso qualche giorno per ambientarsi e sistemare le attrezzature nell'appartamento. La telefonata di Leivi raggiunse Breil mentre stava godendosi il primo giorno di riposo.

«Mi ero appena sdraiato sul letto», disse Oswald.

«Batti la fiacca, vecchio mio?» disse Yossi.

«Non è stato facile mettere in piedi una nuova base.»

«Ti contatterà una persona che è arrivata a me per vie traverse. Te l'ho dirottata. Vuole parlarti dell'argomento che sai. »

Due uomini esperti come loro avevano ben chiaro che non era mai prudente rivelare nomi o eccessivi particolari al telefono.

« Bene, l'aspetto », rispose Oswald.

Conclusa la comunicazione si rivolse a Sara: « Che ne dici di fare una perlustrazione qui attorno? Tanto per capire dove ci troviamo ».

I due scesero nella zona del parcheggio del palazzo. Gran parte degli stalli erano vuoti. Salirono sul Land Rover Discovery, l'auto che la Cellula aveva messo a loro disposizione, ed effettuarono la ricognizione valutando attentamente le vie d'accesso e di fuga in caso di pericolo. Si spinsero sino al reticolato del confine e lo seguirono per qualche chilometro.

Era trascorsa quasi un'ora quando decisero di fare ritorno alla base. Parcheggiarono l'auto e si avviarono verso l'ingresso del palazzo attraversando il giardino condominiale.

Oswald non notò l'anziano. Stava seduto all'ombra di un albero. Al guinzaglio teneva un cagnolino meticcio dall'aria intelligente, anche lui avanti con l'età. Si vedeva che tra i due esisteva una complicità maturata dopo anni di vita in comune.

Oswald cercò di sgattaiolare senza farsi riconoscere.

« Buongiorno, signori », disse lo sconosciuto con tono gentile.

« Buongiorno », rispose Sara mentre Oswald rispondeva con un monosillabo e infilava il portone.

« Vi ho visti andare via in auto, dottoressa Terracini. Stavo aspettando il vostro ritorno. »

A quelle parole Oswald fece un rapido dietro front tornando sui propri passi e tendendo la mano all'inquilino.

« Sono il generale Haim Haskil. Sono onorato di conoscerla, dottor Breil... signora Sara. Mi è stato detto di rivolgermi a voi. Vorrei mettervi al corrente di alcune mie ipotesi sui recenti fatti di sangue di Hamas. » Così dicendo l'anziano, dopo essersi alzato con buona agilità dalla seduta, chinò il capo.

« Vedo che sa chi siamo, generale Haskil. Ha parlato con Leivi? » disse Breil quasi a invitare lo sconosciuto a fornire maggiori dettagli su di sé.

« Sì, è stato il dottor Leivi a dirmi dove trovarvi. Ho combattuto nella guerra del Kippur nella settima brigata corazzata Saar mi-Golan a fianco di Shmuel Gonen. Allora ero un giovane colonnello. Sono nato nel 1934. Ho appena passato i novanta. »

Breil sembrava un po' più rilassato: si trattava della persona di cui gli aveva parlato Yossi e non di un curioso.

« So quello che sta pensando, dottor Breil. Immagino che la vostra missione qui non sia di dominio pubblico. Non temete. So mantenere un segreto. Volevo parlarvi per qualche minuto e stringervi la mano. Siete degli eroi. »

« Il generale Gonen e la gloriosa settima brigata sono stati eroi nella guerra del Kippur », lo corresse Oswald.

« Erano tempi diversi, dottore. Non c'erano bombe intelligenti, droni, operazioni chirurgiche e alta tecnologia. Eppure, la Guerra dei sei giorni provocò nelle fila nemiche circa ventimila caduti, per la maggior parte militari. Le IDF hanno assassinato, in un territorio minuscolo come quello », il generale indicò la striscia di Gaza, « almeno trentamila persone. Per la maggior parte civili. »

« In effetti, trovo la risposta israeliana sproporzionata. Sebbene capisca il rancore dopo un attacco vile come quello subito... » rispose Oswald, lievemente messo in imbarazzo dalla spontanea sincerità del novantenne ex militare.

« Ho combattuto sui fronti più difficili, a novant'anni non devo certo dimostrare a nessuno quanto valgo o rendere conto a qualcuno delle mie parole. Hamas non mi è simpatica e il loro è stato un atto terroristico che ha ucciso a sangue freddo centinaia di civili. Va punito. Ma noi sapevamo tutto, dottor Breil: conoscevamo i termini del loro attacco nei particolari. »

« Come fa a sostenere questo? »

« Sono vedovo da dodici anni e vivo da solo poco distante da qui. La mia famiglia fuggì dalla Romania durante la guerra. Arrivammo a Sderòt nel 1948. Considero questo angolo di terra la mia casa. Finito il servizio attivo mi sono ritirato qui con Gavril. » Sentendosi chiamare per nome il meticcio guaì scodinzolando. « La notizia dell'attacco era sulla bocca di molti cittadini di Sderòt da tempo: i palestinesi si preparavano da mesi. In certi ambienti avevano addirittura rivelato date e forze in campo. Noi ci sentivamo protetti dalle IDF, eravamo convinti che i rischi fossero minimi. Qui siamo abituati a sentire il sibilo dei Qassam che precede il botto. »

« Perché non avete denunciato quello che stava per succedere? »

« L'abbiamo fatto. Io stesso ho trasmesso con alcuni scritti le indiscrezioni sull'attacco a un mio vecchio sottoposto, un giovane ufficiale un po' sui generis, che ha però fatto una grande carriera militare. »

« Il generale Avraham Tal? » azzardò Oswald.

« Lo conosce? Non ho mai avuto un buon rapporto con lui. Gli ho addirittura segnato la carriera con delle note negative. Comunque, gli ho scritto diverse email, alle quali ha risposto in maniera evasiva, dandomi però conferma di avermi letto. Le assicuro che non si trattava di fantasie di un anziano militare: nei messaggi avevo elencato le fonti e tutte le indiscrezioni che avevamo ricevuto. Se vuole può venire a casa mia, così le mostro la corrispondenza intercorsa.»

«La seguo volentieri, generale», disse Oswald.

Quando, qualche tempo più tardi, i coniugi Breil raggiunsero l'attico, Bernstein era chino sul suo computer.

«Mi sa dire chi è il generale Haskil, Bernstein?»

«Aspetti un attimo, maggiore.» Le dita corsero rapide sulla tastiera. «Si tratta di un eroe della guerra del Kippur del '73, quando ancora era colonnello. In seguito ha comandato la gloriosa settima brigata corrazzata.»

«Riesce a incrociare i suoi dati con quelli di Avraham Tal per vedere se ci sono punti di contatto tra i due?» Bernstein annuì e riprese la sua ricerca.

«Tal è molto più giovane di Haskil, che lo ha avuto come sottoposto nel corso di due incarichi.»

«Le è possibile leggere le note disciplinari durante questi incarichi?»

«Mi dia qualche minuto», Bernstein continuò a digitare senza quasi alzare la testa. Fu rapido nel violare i registri personali delle forze armate. «Nulla di buono, maggiore. Il generale mette per iscritto un'opinione negativa sul suo ufficiale. Usa espressioni come 'non incline alla disciplina', 'violento' e 'con scarsa presa sulla truppa'. Di buono c'è che Haskil lo considera un abile doppiogiochista. Se posso, perché mi chiede queste informazioni?»

«Il generale Haskil mi è stato indirizzato da Leivi. Ha documentato i movimenti degli uomini di Hamas prima dell'attacco. Ha avuto accesso a informazioni riservate che ha meticolosamente raccolto. Così è venuto a sapere della colossale fornitura di deltaplani a motore, della superproduzione di missili Qassam, della mobilitazione e dell'addestramento di circa tremila miliziani. Ha fatto un bel pacchetto di queste notizie e le ha comunicate al suo ex sottoposto generale Tal. Questi ha minimizzato la documentazione ricevuta e, per tutta risposta, l'attuale capo di Stato maggiore ha spostato tutti i contingenti delle IDF a protezione della striscia di Gaza in Cisgiordania. »

Deir el Balah è una città situata a poca distanza dal mare, al centro della striscia. In passato era stata uno strenuo baluardo saraceno durante le crociate.

L'ospedale Shuhada al-Aqsa rappresentava un'eccellenza nel territorio palestinese: nel reparto di rianimazione e di terapia intensiva confluiva gran parte dei casi disperati dell'intera striscia. La mancanza di medicinali e approvvigionamenti dovuta alla guerra aveva drasticamente ridotto le potenzialità del reparto: ormai erano rimaste in funzione poche postazioni di ventilazione assistita.

Nella stanza risuonava il segnale ripetitivo del monitoraggio dinamico cardiaco. Un solo schermo antiquato indicava l'andamento del battito di un paziente. L'uomo era sdraiato con gli occhi chiusi. Due dita sotto al pomo d'Adamo, la cannula della tracheostomia seguiva il ritmo del macchinario per la respirazione.

Il coma durava ormai da settimane. Più volte i medici erano stati sul punto di interrompere la rianimazione ma, ogni volta, il paziente aveva mostrato dei segnali che davano qualche piccola speranza. Così, le apparecchiature erano rimaste in funzione.

L'uomo si era risvegliato dal coma da qualche ora. Il suo sguardo vagava sull'ambiente che lo circondava. Era smarrito. L'intubazione non gli avrebbe consentito di proferire parola, ma lui non ci aveva neppure provato. Quando era vigile continuava a guardarsi attorno, poi piombava nuovamente nel suo sonno confuso.

« Mi sente, ingegnere? » Era entrato un medico. Indossava i paramenti da sala operatoria. Si capiva dal suo aspetto quanto fosse provato dalle emergenze della guerra. Appena l'avevano avvertito che il paziente stava per riprendere conoscenza, si era precipitato al suo capezzale, una volta finito di operare. « Non si sforzi di parlare, ingegnere. Se mi capisce, faccia un cenno. »

Il degente mosse la mano adagiata sulla coperta. Le manette con cui era assicurato alle barre del letto tintinnarono.

« Le servirà ancora qualche tempo per riprendersi del tutto, ma presto ne sarà fuori. Si ricorda che cosa è successo? »

L'uomo mosse il capo in cenno di diniego.

« Lei ha tentato d'impiccarsi, ingegner Goldberg, utilizzando i suoi abiti ridotti in strisce. La sentinella ha sentito dei rumori sospetti provenire dalla sua cella ed è entrata appena in tempo per salvarle la vita. È stato in coma per più di due mesi. Non pare abbia patito danni cerebrali. Appena sarà in grado di parlare, gli uomini di Hamas vogliono interrogarla. In questi giorni la libereremo dei macchinari di rianimazione e del respiratore automatico. Ha capito tutto? »

Il giorno seguente, Richard chiese di poter scrivere un messaggio. Il medico gli fornì penna, un taccuino e gli liberò la mano destra. Con caratteri incerti, Goldberg scrisse: « Prima che Issawi mi torturi nuovamente, avete notizie di mia moglie e dei miei figli? »

Il medico rimase in silenzio. Era un ragazzo giovane. Aveva studiato in Europa grazie a una borsa comunitaria e, rientrato in Palestina, si era trovato a lavorare in quell'inferno.

« I miliziani mi hanno vietato di fornire certe notizie... », il sanitario guardò gli occhi disperati dell'uomo e sussurrò. « Issawi è morto. I suoi cari sono riusciti tutti a fuggire. Adesso saranno sani e salvi in Israele. »

L'espressione riconoscente di Richard diceva più di mille parole.

Il medico abbandonò la stanza richiamato con urgenza dall'altoparlante. L'ospedale era sempre più affollato: i raid israeliani sulla striscia proseguivano senza sosta seminando morti e feriti. Nel frattempo, alcuni dei nosocomi erano sotto attacco perché celavano ingressi ai tunnel o nascondevano dei terroristi. Era una prassi che il medico non condivideva: trovava vile utilizzare un luogo di cura a scopi militari.

Si aspettava una visita del capo locale dei miliziani: si era informato quotidianamente delle condizioni di Goldberg, da quando si era risvegliato dal coma.

« Sta facendo progressi giorno dopo giorno. È trascorsa una sola settimana da quando si è risvegliato », disse il medico all'uomo in divisa che aveva davanti.

« Noi dobbiamo interrogarlo al più presto », disse il responsabile della cellula di Hamas.

« Ancora non è pronto: ha iniziato solo ieri a respirare autonomamente. Anche riprendere a parlare richiederà qualche tempo. »

« Domani lo interrogheremo », disse perentorio il miliziano.

Quando Richard se li vide davanti, con le divise e i passamontagna sul capo, sprofondò nella paura. Quella stessa che lo aveva portato a tentare l'estremo gesto. C'era, però, una differenza di non poco conto rispetto a quel frangente diserto e i terroristi non sapevano che ne fosse a conoscenza.

« Bentornato tra noi, ingegner Goldberg! » esclamò il capo

dei tre incappucciati con un tono provocatorio. « Non capisco perché ci volesse lasciare. Non si trovava bene in nostra compagnia? Credo che lei sia un prigioniero molto importante, ingegnere. Pensi che si è scomodato per lei uno dei nostri capi. Le raccomando di essere arrendevole quando le farà qualche domanda. L'*ospite* non ha molta pazienza. »

Mohammed era nato in un campo profughi nel 1965. In lingua araba il suo nome di battaglia era appunto « L'ospite ». Era da tempo al comando delle brigate al-Qassam ed era sopravvissuto a innumerevoli attentati degli israeliani. Come per i peggiori latitanti, di lui esisteva una sola immagine fotografica di alcuni anni addietro. Di fatto Kahdir rivestiva il ruolo di capo di Stato maggiore dei miliziani di Hamas.

« Sono il comandante militare di Hamas, ingegnere », disse Kahdir, a volto scoperto, quando sedette davanti a Goldberg nella stanza d'ospedale. « Il comandante Issawi crede che le sue rivelazioni possano garantirci parecchi vantaggi nella nostra lotta contro gli infedeli. Ho pensato di tenere io stesso gli interrogatori al posto di Issawi. Quindi, ricominceremo daccapo. »

Grazie alla confidenza ricevuta dal medico, Goldberg sapeva che il miliziano stava bluffando. « Dirò tutto, generale. Chiedo solo di poter riabbracciare i miei figli per un attimo. Poi vi dirò quello che volete. »

« Mi aspettavo questa sua richiesta. Purtroppo, il rifugio dove i suoi figli e sua moglie erano detenuti ha subito un attacco. Sono stati trasferiti in un altro luogo sicuro, al momento non raggiungibile. Proverò a farli trasferire nei paraggi. Ma, intanto, lei incominci a parlare. Altrimenti non li vedrà mai più. »

Anche questa impossibilità di soddisfare il suo desiderio

coincideva con quello che gli aveva detto il medico. Richard era più sollevato. Adesso avrebbe potuto prendersi gioco di quegli assassini.

La moderna struttura della torre di Marganit svettava sul quartiere di HaKirya, nel centro di Tel Aviv. Il campo militare Rabin, sede delle IDF, occupava la parte nord, mentre in quella meridionale si trovavano edifici civili.

Bernstein camminava lungo il marciapiede all'altezza della Matcal Tower, sede dello Stato maggiore e dominata dal disco di cemento sul tetto per l'atterraggio degli elicotteri. Era confuso tra gli altri passanti. Si fermò per allacciarsi una scarpa. Si piegò lungo il vialetto erboso che costeggiava il marciapiede. Poi riprese a camminare ma, evidentemente, il nodo non aveva tenuto. Si fermò una seconda volta e ripeté l'operazione, quindi si allontanò. Circa un'ora e trenta minuti più tardi era di fronte a Breil nell'attico della Cellula alla periferia di Sderòt.

« Ho finto di allacciarmi le scarpe e sono riuscito a piazzare due microcamere all'uscita carrabile della base Rabin per controllare i movimenti del generale Tal », disse Bernstein. « Così avremo modo di vedere come si muove quando non è al sicuro nella base militare. »

Un paio d'ore più tardi, Bernstein invitò Oswald e Sara davanti al televisore e impartì i comandi per proiettare il filmato, commentandolo in diretta.

« Ecco il cancello che si apre e la prima auto blindata che esce. Ne segue una seconda, poi le due identiche sorteggiate al momento per ospitare il generale, seguono altre due auto di scorta. Praticamente il capo di Stato maggiore delle IDF gode delle stesse attenzioni del presidente degli Stati Uniti. »

« Sembra un personaggio difficilmente avvicinabile. È sempre superprotetto », disse Oswald. « Non abbiamo trovato un punto debole nella muraglia che si è eretto attorno. »

« *Cherchez la femme* », disse Sara, quasi mormorando il suo pensiero a bassa voce.

« Che cosa hai detto, Sara? » chiese Breil, interessato.

« Se non trovi punti deboli in quella pubblica », rispose la donna, « scava nella vita privata della persona che ti interessa. »

14

Stati Uniti d'America, anni '20

« Chi non muore si risente, Francis! » esclamò Torrio subito dopo che si era fatto passare la comunicazione.

« Sei tu che ti sei ritirato al freddo di Chicago », rispose Cotelli. Nella sua voce non c'era l'usuale tono amichevole e Torrio se ne rese conto all'istante. « Immagino che tu non mi abbia chiamato solo per un saluto. »

« No, in effetti. E vengo subito al dunque. Mi risulta che un tuo uomo continui a tenere d'occhio la persona che mi interessa. »

« Un mio uomo? »

« Un lontano parente che riferisce direttamente al tuo braccio destro Capone. »

« Forse ho capito, Francis. » Torrio pensò che fosse ormai inutile continuare a fingere. « Tutto è nato per caso. »

« Data l'antica amicizia mi auguro che il 'caso' finisca presto, Johnny. È da tempo che teniamo d'occhio quella persona. »

« Sai, Francis, sempre per quell'antica amicizia di cui parli, ti ricordo che minacciarci non è una buona idea per nessuno. »

« E chi ti minaccia. Ti ho solo chiesto di pascolare altrove. »

« E se, invece, dovessi continuare a brucare in quel campo,

che cosa faresti?» The Fox aveva drizzato il pelo, trasformandosi, in pochi istanti, in una belva pericolosa.

«Vedi, Johnny, tu manchi da New York da tempo. Gli equilibri sono cambiati. Probabilmente a Chicago le cose sono più facili... Dammi retta, ti conviene girare alla larga da Nikola Tesla.»

L'ex poliziotto corrotto aveva puntato da tempo sugli irlandesi, convinto che presto avrebbero sbaragliato gli italoamericani nel controllo dei traffici illeciti. Si sentiva le spalle coperte anche se – e lo sapeva bene – Torrio era un osso duro.

In una cosa Cotelli aveva ragione: a Chicago vigeva un debole patto di non belligeranza tra gli Outfit di Torrio e la North Side Gang degli irlandesi, capitanata da Dean O'Banion.

Era tempo di richiedere agli amici irlandesi il saldo del debito che avevano maturato nei suoi confronti, grazie alle entrature altolocate dell'ex poliziotto, ora addetto alla sicurezza della Edison.

Francis Cotelli arrivò a Chicago quella mattina, in pochi minuti compì il tragitto dalla stazione sino al birrificio clandestino Sieben.

O'Banion lo aspettava in un piccolo ufficio appena dietro le grosse botti piene di birra.

«Accopparlo farebbe scoppiare una guerra nella quale abbiamo tutti da perdere. Questa non è la soluzione per levare di mezzo Torrio», disse l'irlandese.

«Ma non è l'unica», rispose Cotelli.

«Che cosa intendi?»

«Un gangster che finisce in galera non innesca nessuna guerra. È un rischio del mestiere. Ascolta cosa ho pensato...»

Per accedere alla bisca clandestina era necessario dire una parola d'ordine a un buttafuori che compariva dietro uno spioncino. La sede si trovava nel North Side di Chicago, un palazzo anonimo, comune. Discesa una scaletta, e superata una seconda porta presidiata, si aprivano le porte del paradiso del vizio. La sala era arredata lussuosamente. Su ogni tavolo da gioco pendevano dei lampadari a goccia. Gli avventori indossavano abiti eleganti, al loro fianco, sedute ai tavoli, si alternavano donne vistose che, come gli alcolici proibiti, venivano messe a disposizione dalla casa.

Johnny Torrio strinse i dadi nelle mani, le mosse velocemente e lasciò partire i due cubi d'avorio che rotolarono sul tappeto verde del tavolo circondato da curiosi. Un grido trionfale si levò dal pubblico: quella era la settima mano di fila che il gangster vinceva, guadagnando una piccola fortuna.

Poi la sorte gli voltò le spalle e, prima di azzerare la vincita, Torrio si allontanò dal tavolo e sedette in un divanetto davanti al bar.

O'Banion lo raggiunse poco dopo.

« Ciao Johnny. Ti ho appena visto giocare. Sei stato bravo. Ma bisogna capire quando è il tempo di smettere. Anche per me è così, prima o poi dovrò ritirarmi dagli affari », disse il gangster irlandese.

Torrio rimase guardingo: l'armistizio tra le loro organizzazioni rischiava di essere violato in ogni momento. « Sei giovane, Dean. E c'è spazio per tutti in un mercato senza fine come quello che ha creato questa legge sul proibizionismo. Però, finché va così, noi abbiamo solo da guadagnare. »

« No, Johnny. Ho deciso. Vendo la birreria e mi ritiro. »

« Vendi la birreria? » chiese Torrio con una punta d'interesse.

« Sì, mi hanno fatto alcune offerte e domani dovrebbe venire qualcuno a vederla. »

« Falla vedere anche a me. Potrebbe interessarmi. »

Era sera quando Torrio accompagnato da un'auto di scorta arrivò alla birreria Sieben.

« In questo momento », disse O'Banion iniziando la visita, « ci sono duecentocinquanta barili di birra pronti per essere imbarcati sulla nostra flotta di dieci camion e sette auto. »

Torrio valutava la struttura con occhio esperto. Stavano parlando da una quindicina di minuti, quando una trentina di auto della polizia circondò il birrificio.

Torrio e i suoi furono ammanettati per primi, fatti salire su un cellulare e portati in carcere, dove rimasero qualche tempo per violazione della legge sul proibizionismo.

I poliziotti autori del blitz erano tutti a libro paga dell'irlandese. Così, le accuse che gravavano su O'Banion vennero addolcite ancor prima dell'arresto e l'irlandese e i suoi se la cavarono con una multa.

Torrio, invece dei suoi abiti sartoriali, indossò la divisa dei carcerati. L'indomani sedeva dietro al banco del parlatorio. Dalla parte opposta del vetro c'era il suo uomo di fiducia, Alphonse Capone.

« Era una trappola, Johnny », disse Al. « Tutto organizzato per incastrarti. »

« Figlio di puttana di un irlandese! » tuonò il recluso. « Appena esco gliela faccio pagare. »

« Non ho finito, Johnny. La nostra talpa nei North Side era presente quando l'idea ha preso forma. Non indovineresti mai chi l'ha partorita... »

« Sputa quel nome, Al. »

« Francis Cotelli! »

Qualche mese più tardi Torrio lasciò il carcere. Indossava gli stessi abiti eleganti della sera in cui era stato arrestato.

Appena arrivato in ufficio sollevò la cornetta del telefono.

« Ti dispiace fare un salto da me a Chicago? Vorrei discutere un paio d'affari. »

Frankie Yale il Pistolero era un uomo di poche parole. Rispose a monosillabi e il giorno seguente si presentò davanti a Johnny Torrio.

Francis Cotelli salutò l'autista e si avviò sotto la pioggia battente verso il portone di casa. Infilò la chiave nella toppa, illuminato dai fari dell'auto. Una volta aperto il portone, congedò l'autista con un cenno della mano e s'infilò all'interno.

Le due canne mozze della doppietta gli spezzarono gli incisivi, mentre Yale gli premeva a forza l'arma in bocca. Poi il Pistolero esplose un solo colpo e la testa di Cotelli scomparve come nebulizzata in una nube rossastra.

Adesso solo un dettaglio si opponeva al compimento della vendetta di Torrio. I siciliani di Chicago non avevano nessuna intenzione di generare il caos di una guerra tra bande e avevano imposto il loro veto. Tuttavia, Merlo, il capo della famiglia mafiosa, malato da tempo di cancro, era ormai giunto al capolinea.

Appena Merlo spirò, Frankie Yale riprese il treno per Chicago.

O'Banion frequentava raramente il negozio di fiori di cui era proprietario. Ma, alla luce dell'enorme ordine per l'addobbo floreale per il funerale di Merlo, si convinse che sarebbe stato opportuno tenere personalmente le trattative con gli esponenti della famiglia siciliana che voleva tributare una degna cerimonia al boss scomparso.

Il mese di novembre del 1924 non sembrava essersi ancora

calato nei rigidi freddi dell'inverno. La temperatura ancora calda del lago Michigan stemperava le brezze, ritardando l'arrivo della brutta stagione nelle vie della città. La prima delegazione di picciotti devoti al boss ammazzato dal cancro si presentò nel negozio di fiori il giorno 9. L'ordine, contrariamente a quanto sostenuto per telefono, fu alquanto modesto. Di fronte alle rimostranze di O'Banion, che era rimasto a disposizione per quell'eventualità in vista di un incasso ragguardevole, i siciliani risposero che la commessa più consistente sarebbe stata effettuata il giorno seguente da altri membri della gang.

Così l'irlandese si presentò nel negozio anche il mattino successivo. Dalla grande vetrata adorna di fiori scorse i tre uomini che scendevano da una Jewett Coupé blu parcheggiata lì davanti e si mise a disposizione per servirli degnamente. O'Banion tese la mano a Frankie Yale: non si erano mai amati, ma la morte di un boss come Merlo sanciva di fatto una tregua per tutta la durata delle esequie. Yale strinse in una morsa ferrea la mano, mentre nella sua sinistra compariva una calibro 38. Il Pistolero esplose un primo colpo in pieno petto all'irlandese, abbandonò la presa e gli assalitori finirono il rivale crivellandolo di proiettili.

Torrio e Capone aspettavano la notizia seduti al Four Douces, un bordello di lusso dove venivano serviti alcolici sottobanco.

Quando Johnny Torrio posò la cornetta la sua espressione si fece corrucciata. « La guerra è iniziata. Prepariamoci a combattere. »

L'austero ingresso del Pennsylvania hotel era adornato da sei imponenti colonne. Nikola Tesla, quel giorno, evitò di stringersi nelle spalle e camminare rasente al muro quando transitava davanti alla reception. Il conto che aveva accumulato ammontava ormai a duemila dollari e il direttore gli aveva più volte riportato le lamentele degli altri ospiti che, affacciati alle finestre, si erano visti piovere in testa le deiezioni dei numerosi piccioni che affollavano il davanzale della stanza occupata dall'inventore.

Finalmente si erano ricordati di lui: l'università d'ingegneria di Belgrado gli aveva appena conferito una laurea honoris causa. Nikola, che aveva dovuto interrompere gli studi per cause di forza maggiore, vedeva così coronato il suo sogno. In America lo avevano sempre chiamato ingegnere. Adesso lo avrebbero fatto a ragion veduta.

In futuro, sarebbe cambiato tutto: la sua terra gli avrebbe riconosciuto tutti i meriti.

Ivan Meštrović aveva uno sguardo enigmatico e due occhi sottili e penetranti. Il giovane scultore croato era noto e apprezzato anche negli Stati Uniti. Per questo motivo aveva programmato una visita a New York e, lì giunto, aveva insistito per incontrare il quasi conterraneo Nikola Tesla, serbo di origini, ma croato di nascita.

I due si erano piaciuti sin dalla prima stretta di mano e, tra loro, era sbocciata un'amicizia destinata a durare nel tempo.

« L'Europa sta cambiando, Nikola », disse lo scultore durante una delle loro discussioni. « Non amo parlare di politica. Io vivo d'arte, ma da noi è tutto un proliferare di forze nuove capaci di opporsi all'ottusità di monarchie antiprogressiste. »

« A chi ti riferisci in particolare? » chiese Tesla sempre interessato agli avvenimenti europei.

« C'è un giovane avvocato croato, si chiama Ante Pavelić. È una persona con idee moderne e singolari. Sono convinto farà carriera in politica. Per ora è solo consigliere municipale a Zagabria. Dovresti entrarci in contatto. Se vuoi posso parlargli di te e dirgli di scriverti, appena torno in Croazia.»

«Volentieri, Ivan. Mi farebbe piacere. Anche se, tu lo sai, sono più serbo che croato e, tra le due etnie, non è mai corso buon sangue.»

«Vedrai che saranno persone come Pavelić a fare del nostro un grande Paese unito.»

«Mi auguro tu abbia ragione, amico mio. Ma ho paura che anche l'ultima guerra non ci abbia insegnato molto: continuiamo a scannarci per ogni più futile motivo. Guarda qui: si ammazzano per strada per il monopolio del contrabbando di alcol», così dicendo Nikola indicò la prima pagina del giornale aperto sul tavolo. Le immagini della folla oceanica ai funerali del gangster irlandese O'Banion a Chicago troneggiavano a nove colonne.

«Per questo, fossi in te, concentrerei gli studi sulle armi avveniristiche di cui ho sentito a lungo parlare», disse Meštrović.

«In realtà, i miei studi possono considerarsi quasi ultimati. Ma ho preferito abbandonarli perché ho paura che non siamo pronti a gestire un tale potere distruttivo», rispose Tesla.

«Le armi non devono per forza essere usate come elementi d'offesa. Spesso sono il miglior deterrente in grado di garantire una pace duratura. Dammi retta, Nikola. Parlane con Ante Pavelić. Lui conosce meglio di me questi giochi di potere.»

Alla fine l'inverno era arrivato attanagliando in una morsa la città di Chicago. Nelle anse dove l'acqua stagnava persino il Michigan si trasformava in una lastra di ghiaccio.

L'autista di Johnny Torrio sorrise quando vide il boss e la moglie Anna andare verso l'auto carichi di pacchi. Aprì lo sportello e lasciò che la coppia prendesse posto sul sedile posteriore della Lincoln.

Dopo l'omicidio di O'Banion, Torrio aveva pensato fosse meglio sparire dalla circolazione fino a che non si fossero calmate le acque. Così, si era trasferito con la moglie e la madre in un appartamento al 7016 di S. Clyde Avenue sotto la falsa identità dei signori Langely.

Quando raggiunsero il palazzo nessuno di loro notò una Cadillac scura parcheggiata poco distante dal portone d'ingresso. Gli occupanti della Lincoln erano indaffarati a prelevare i pacchi dal bagagliaio, nel momento in cui due uomini scesero dall'auto in sosta, mentre un terzo accendeva il motore e rimaneva al volante. La coppia di killer aprì immediatamente il fuoco. La prima raffica colpì l'autista alla schiena e Torrio a un braccio e al mento, la seconda ferì il boss all'addome e a una gamba, lasciando miracolosamente incolume la moglie Anna che, nel frattempo, si era messa a gridare con quanto più fiato aveva in gola.

Torrio iniziò a strisciare verso il portone, alla ricerca di un riparo. Uno dei killer lo seguì, gli premette l'automatica calibro 45 alla tempia e tirò il grilletto per dare al bersaglio il colpo di grazia. Per fortuna di Johnny Torrio l'arma, forse scarica, fece cilecca.

Gli attentatori riguadagnarono la loro auto che fuggì via tra uno stridio di gomme.

Johnny Torrio non perse mai conoscenza. Quando, ormai fuori pericolo, uscì dalla sala operatoria, il suo delfino Al Capone insisté per dormire nella sua stanza e scongiurare, così, nuove sorprese.

Soltanto pochi giorni più tardi, Torrio si presentò convalescente in un'aula di tribunale per sostenere il processo nel quale era imputato grazie alla trappola ordita dall'irlandese.

La giuria non si lasciò influenzare dalle sue condizioni di salute e lo condannò a nove mesi di reclusione.

Torrio era una persona fredda e coraggiosa. Ma scampare alla morte per puro miracolo aveva lasciato il segno anche sulla sua dura scorza.

La scena si ripeté identica a qualche mese prima: Al Capone seduto al tavolo del parlatorio dinanzi a Johnny Torrio.

« Ascoltami bene, ragazzo », disse Torrio, « ho deciso che esco dal gioco. »

« Stai scherzando, Johnny? »

« No. Non scherzo affatto. Sono convinto che tu sia in grado di gestire i nostri affari come e meglio di me. Anna e io non abbiamo figli. E tu mi sei fedele da quando portavi le brache corte. Fai un buon lavoro, Al. » Johnny Torrio, con quel lascito, consegnava ad Al Capone la colossale dote di dieci milioni annui di introiti illeciti.

John Edgar Hoover batté il pugno al centro della pagina del giornale posato sulla sua scrivania: le bande criminali dovevano farla finita di compiere scorrerie sul suolo americano e rimanere impunite.

Johnny Torrio aveva lasciato lo scettro dei traffici di Chicago nelle mani di Al Caponc. Sc il primo era geniale e sanguinario, il secondo non aveva nulla da invidiare al suo predecessore. Preda delle loro mani insanguinate, la città contava le più profonde commistioni tra malavita organizzata e società civile.

Hoover aveva solo ventiquattro anni, nel 1919, quando gli fu assegnato il comando di un nuovo reparto del BoI (Bureau of Investigation), un dipartimento che aveva il compito di monitorare elementi sovversivi e radicali. La sua dedizione al lavoro fu tale che, soltanto due anni più tardi, fu nominato vicedirettore dello stesso BoI. Ne divenne capo nel 1924: responsabile di un'agenzia federale dotata di pochissimi uomini, dai mezzi ancora più scarsi. Di contro, il territorio infestato da malavita di ogni tipo, era vastissimo.

Hoover era nato a Washington dove aveva portato a termine i suoi studi in giurisprudenza. Aveva spalle massicce, non era troppo alto e, sul suo volto da bulldog con il naso schiacciato da pugile, brillavano due occhi sagaci e attenti.

La telefonata del presidente lo raggiunse nel mezzo di una mattinata tranquilla.

Se Hoover era arrivato così giovane a dirigere un'agenzia federale tra le più ambite lo doveva soltanto a lui: Calvin Coolidge, trentesimo presidente degli Stati Uniti.

« Come va l'ambientamento, signor Hoover? »

« Bene, signor presidente. Sono partito alla grande. »

« Non corra troppo, Hoover. Il rischio è di arrivare stremati al traguardo. »

« Non è il mio caso, signore: ho fiato da vendere. »

« La chiamavo per una cortesia: un mio conoscente, anche lui di Plymouth e ormai novantenne, eroe della guerra d'indipendenza, ha ricoperto per qualche tempo il ruolo di direttore dell'embrione dell'agenzia. Da alcuni giorni mi chiede di poterla incontrare. Le costa troppo accontentarlo? »

« Nessun problema, signor presidente. Concorderò un appuntamento con questa persona. Come si chiama? »

« Si chiama Campbell, colonnello Campbell. Grazie, Hoover. »

« A disposizione, signor presidente. »

Il colonnello Campbell era classe 1834. Aveva compiuto le novanta primavere e perso, a sprazzi, la sua lucidità. Eppure quella mattina indossò abiti eleganti, si svegliò prima del solito e si recò, da solo e sorretto solo dal suo bastone da passeggio, all'incontro presso il Bureau of Investigation di Hoover.

Il direttore ricevette il suo predecessore con grande gentilezza. Trascorsero insieme poco meno di un'ora. L'idea che Hoover si fece del colonnello fu che l'età gli avesse compromesso memoria e lucidità. Nel racconto si alternavano continui vuoti, scenari apocalittici, guerre di gangster e spionaggio industriale. I fatti sembravano così sconnessi e disordinati da apparire come il frutto di una mente provata dagli anni, prima ancora che dai tanti eventi che aveva affrontato. L'incontro con Campbell era però stato caldeggiato dal presidente in persona. Hoover lo rimase ad ascoltare e lo congedò promettendo il suo interessamento.

Rimasto solo nel suo ufficio il direttore del BoI s'interrogò per mandare a memoria qualche passaggio saliente da riferire al presidente Coolidge, qualora avesse chiesto notizie: nulla. L'esposizione del colonnello era stata talmente sconclusionata da non lasciare traccia in memoria. Anzi, un solo nome era rimasto nella mente del direttore dell'agenzia, quello di un inventore arcinoto alle cronache, attorno al quale, forse, pareva ruotare l'intera fantastica vicenda: Nikola Tesla.

«Adesso mettiamoci a lavorare sul serio!» si disse Hoover.

Quello che era successo a Chicago aveva creato una corrente di profonda insicurezza nell'opinione pubblica. Il fatto che le città fossero in mano alla malavita organizzata era quasi assodato. Ma che le guerre, con tanto di morti e feriti, si fossero trasferite in strada era intollerabile. Hoover era convinto di poter gestire ogni affare dal suo ufficio. Tranne che in rari casi. La guerra criminale in atto a Chicago faceva parte delle rare eccezioni.

Il Bureau of Investigation poteva contare su meno di quattrocento agenti su tutto il territorio federale. I due della scarna delegazione con sede nel capoluogo dell'Illinois erano ad attendere alla stazione il direttore proveniente da Washington.

Hoover aveva dormito bene nella carrozza letto e il viaggio, quasi quindici ore, non aveva influito sulla sua prontezza di riflessi. Aveva solo inacidito il suo già difficile carattere. A farne le spese furono, in prima battuta, i due agenti imbacuccati che lo aspettavano al binario.

« Com'è possibile che in questa città ci si scanni per strada quotidianamente? Sino a oggi la guerra ha riguardato solo bande di criminali. Ma cosa succederà quando le raffiche dei Thompson toccheranno anche ai passanti? »

« Ci sono interessi enormi in ballo », disse timido un agente.

« Questo non giustifica in alcun modo quanto sta accadendo! » stigmatizzò il direttore.

« Dobbiamo incontrare due informatori, direttore », disse l'altro anche per placare gli animi che stavano surriscaldandosi. « Abbiamo un appuntamento poco distante da qui, all'Institute of Art. L'abdicazione di Torrio ha dato spazio alle aspirazioni di molti picciotti. I due con cui parleremo vorrebbero tentare la scalata. Se dovessero farcela ci occuperemo di loro più tardi. Per adesso ci sono utili. »

L'ingresso del museo in Michigan Avenue non era più affollato del solito: un paio di scolaresche e qualche famiglia infreddolita.

Hoover e i due entrarono e si diressero verso il padiglione dedicato all'arte asiatica. L'uomo era in piedi davanti a una statua dorata di Buddha. Parlava inglese con un marcato accento italiano. Si presentò come Alberto Anselmi. L'altro, Giovanni Scalise, arrivò subito dopo.

La riunione ebbe luogo tra i cimeli orientali.

I due raccontarono i particolari dell'attentato a O'Banion e quanto sapevano sull'agguato al loro capo indiscusso, Torrio. Fecero i nomi degli esecutori materiali, ma non suscitarono alcuna sorpresa nel direttore del BoI.

« Voi, signori, mi state riferendo segreti talmente riservati che sono comparsi sulle pagine dei giornali. Sui nomi dei killer – Yale, Drucci, Moran – da voi ventilati già si accentrano i sospetti degli inquirenti. Mi aspettavo qualche cosa di più in cambio della vostra impunità... » disse Hoover.

« Yale, su ordine di Torrio ha accoppato Francis Cotelli », disse Scalise.

« Cotelli? » chiese Hoover stupito. « E che cosa c'entra il responsabile alla sicurezza di una multinazionale con una storia di mafia? »

« Poco o nulla. Ma, a quanto ne so, si rivolse a Torrio per indagare su uno scienziato. Mi pare si trattasse di Tesla », proseguì Scalise. « Torrio indagò talmente bene, che tenne per sé le informazioni. Così Cotelli andò dagli irlandesi per cercare vendetta. Questa guerra è cominciata così. »

« Con Nikola Tesla? » chiese Hoover stupito. Era la seconda volta, nel giro di poche ore, che il nome dell'inventore veniva pronunciato in sua presenza: dapprima come protagonista di un racconto di fantascienza partorito dalla mente debole del colonnello Campbell. Adesso erano invece due mafiosi a parlarne, coinvolgendo Tesla nella guerra tra bande in atto. Casualità troppo frequenti per trattarsi di semplici coincidenze.

Sava Kosanović era figlio di Marica, la sorella minore di Nikola Tesla. Il giovane trentenne aveva intrapreso una brillante carriera diplomatica e, arrivato a New York in visita ufficiale, volle per prima cosa fare visita allo zio.

« Zio! » esclamò Sava abbracciandolo. Tesla rispose alla stretta non senza una punta d'imbarazzo: certe effusioni con parenti e amici non erano contemplate dalle sue manie.

La hall dell'hotel Pennsylvania era semideserta. I due sedevano davanti al bancone del bar, in un tavolo leggermente appartato sul quale erano posati due tazze di tè e alcuni pasticcini. Stavano chiacchierando come due persone che hanno tante cose in comune. Nikola chiedeva continuamente notizie su membri della loro famiglia, su vecchi amici, su altri parenti e Sava gli rispondeva.

« Sei sicuro, zio? » chiese Sava all'improvviso.

« Sicuro di che cosa, Sava? »

« Di continuare ad avere rapporti con un tipo come Ante Pavelić. Lo chiamano 'Il Boia di Croazia'. »

« Non conosco questa persona », disse Nikola.

« Davvero? » chiese il nipote mettendo mano alla borsa che aveva posato per terra. Ne estrasse alcune fotografie sgranate. In queste si riconosceva l'ingresso del Pennsylvania e uno sconosciuto che prima entrava e poi usciva dall'hotel.

« Questo è Stjepan Busic, il referente di Pavelić qui negli Stati Uniti. Tu, zio, lo hai incontrato in almeno cinque occasioni. Pavelić è una brutta persona. Guai se dovesse impadronirsi del potere in Croazia. Perché sei in contatto con loro? »

« Volevano notizie sul mio lavoro. »

« E tu gliele hai date? »

« Sono in gravi difficoltà economiche, Sava », disse Tesla per tutta risposta.

« A quello penseremo in un secondo momento. Adesso ci interessa capire che cosa volevano sapere e che cosa sanno gli uomini di Pavelić. »

« Non possono mettere in pratica le informazioni che ho

fornito loro. Mancano i punti cardine del progetto. Interessa a chi? Perché parli al plurale? »

« Lavoro per i servizi d'informazione del Regno dei Serbi, Croati e Sloveni. A quale progetto sono interessati? »

« Al raggio della morte. »

15

Primavera 2024

L'auto, un'utilitaria giapponese, uscì dalla porta carrabile del comando delle forze di difesa israeliane quando stava per calare la sera. Tutti i piantoni all'ingresso scattarono sull'attenti, battendo i tacchi, e si mostrarono particolarmente solerti nell'agevolare il transito della piccola automobile civile. Particolari di poco conto, ma l'eccesso di zelo insospettì Bernstein che, arrivato a un punto morto nelle indagini, stava visionando i filmati degli accessi al palazzo del comando, in cerca di un indizio.

Bernstein individuò un fotogramma in cui si intravedeva il volto barbuto del guidatore. Salvò la foto e la fece analizzare dal programma di riconoscimento facciale. Il responso non lo stupì più di tanto: in fondo era quello che si aspettava. Il capo di Stato maggiore delle IDF, generale Avrahm Tal, era alla guida dell'utilitaria e, mascherato con una barba posticcia, stava lasciando il comando delle forze armate.

La città di Tel Aviv è disseminata di telecamere di controllo come pochi altri posti al mondo. Fu sufficiente che Bernstein, dopo aver violato il sistema, inserisse il numero di targa dell'auto e, in pochi minuti, individuò il posto in cui l'utilitaria era parcheggiata.

Mariam Eisenstaedter era quella che si può definire una signora vistosa. Più che sessantenne, una chioma color ruggine, abiti aderenti e colorati su un corpo ancora formoso, nonostante qualche evidente cenno di cedimento.

Bernstein era appostato da qualche tempo davanti al palazzo, un caseggiato di lusso con pochi appartamenti. La notte precedente la piccola macchina giapponese era stata lasciata nel parcheggio dell'edificio. Bernstein vide Mariam uscire dal palazzo e non ebbe esitazione. Sorrise sornione e ripeté quello che aveva detto Sara Terracini solo il giorno prima: « *Cherchez la femme!* »

Quando Mariam rientrò dalla spesa mattutina, Bernstein aveva carpito dai negozianti del quartiere le generalità dell'appariscente signora. Il collaboratore di Breil calcolò il tempo impiegato dalla donna per gli acquisti quotidiani.

Il mattino seguente, non appena lei uscì, Bernstein sgattaiolò nel portone e, in meno di mezz'ora, riuscì a collocare nell'appartamento della donna una serie di microspie in grado di tenere sotto controllo la casa.

Il mese di marzo 2024 era stato bizzoso. Il tempo incerto aveva riversato molta pioggia anche su territori solitamente riarsi. Finalmente, però, anche quel mese così singolare stava per finire e l'arrivo della bella stagione si preannunciava con ampie giornate serene. La stabilità meteorologica fece aumentare le capacità d'attacco dell'aviazione israeliana, ma non di quelle che venivano a torto chiamate « operazioni militari chirurgiche ». A fine marzo, i palestinesi morti superavano i trentacinquemila. Gran parte erano civili, moltissimi i bambini.

I Paesi occidentali – anche quelli storicamente legati a Israele – esprimevano il loro biasimo per il protrarsi di azioni di guerra con vittime civili da parte delle IDF.

Quella sera la brezza fresca proveniente dal mare ripuliva l'aria. Oswald e Sara erano in piedi sul terrazzo della casa della Cellula a Sderòt. Lontano, verso Gaza, si distinguevano i bagliori dell'ennesima offensiva aerea sulla striscia. Il boato delle esplosioni raggiungeva il confine come il rombo sommesso di un temporale all'orizzonte.

« Questa reazione eccessiva ha fatto dimenticare l'attacco del 7 ottobre », disse Oswald.

« Hai ragione. Stiamo ripagando la Palestina con la stessa moneta usata da Hamas. Ci vanno di mezzo troppi innocenti. »

« Ci sono modi più efficaci per raggiungere uno scopo », ribadì Oswald. « Certo, sono meno immediati e non fanno scalpore ma, nel tempo e con i mezzi tecnologici odierni, sono convinto che il Mossad possa raggiungere dove vuole i capi del terrore a uno a uno. »

« Meno scalpore... » Sara stava ragionando a voce alta. « Ecco un altro tassello che non torna in questa storia. Dapprima i servizi più efficienti al mondo non si accorgono dei preparativi di truppe e mezzi per l'incursione del 7 ottobre. Poi, le IDF si macchiano di una serie di operazioni che rasentano i crimini di guerra per la loro ferocia e per il coinvolgimento d'innocenti. Mi viene il dubbio che tutto faccia parte del medesimo disegno... »

« Hai ragione, Sara. Ci sono alcune circostanze singolari, comportamenti che non calzano con il modo di agire della nostra gente. Capisco una reazione a un attacco in massa terroristico, ma l'accanimento del governo mi pare eccessivo. »

Bernstein li raggiunse per informarli di una scoperta.

« Avrei alcune sequenze da mostrarvi. Aveva ragione, Sara. Il generale Tal ha un'amante che raggiunge dopo aver abbandonato la sua scorta e dopo essersi travestito. Si chiama

Mariam Eisenstaedter, abita poco distante dal Comando Supremo. Ho piazzato delle microspie nella sua casa. Vi risparmio le scene d'amore tra i due ma, se volete, guardiamo quello che mi pare il punto saliente dell'incontro clandestino.»

Mariam era sdraiata sul letto. Un lenzuolo stropicciato copriva parzialmente le sue nudità. Il generale invece era nudo. Stanco per la prestazione, allungò una mano sul comodino e prese il pacchetto di sigarette. Ne accese una.

«Domani smetteremo di scherzare», disse Tal.

«Vuoi dire che attaccherete?» chiese la donna.

«Sì, abbiamo il pretesto di un loro alto ufficiale da eliminare. Vediamo se stavolta i gialli se ne staranno al loro posto.»

«Avete valutato le conseguenze?»

«Siamo pronti a fronteggiare qualsiasi reazione. Ma adesso devo andare. Mia moglie mi aspetta e domani sarà, per me, una giornata difficile.»

Oswald si fece serio. «Un attacco... chiaramente si tratta di un'operazione speciale, al di fuori dei raid quotidiani. Non sarà facile capire a che cosa si riferisce il nostro generale. Soprattutto quando parla di gialli. Forse intende la Cina. Non riesco a capire quanto possa entrarci Pechino nella situazione mediorientale.»

Usciti dalla stanza i coniugi Breil, Bernstein si rimise all'opera. Digitò alcune istruzioni sulla tastiera e si collegò in tempo reale con un altro computer, entrando nella sua memoria.

La brezza aveva preso forza, il cielo si era ormai vestito con i colori della notte.

Oswald e Sara erano tornati sulla terrazza e formulavano

diverse ipotesi sulle parole del militare. Bernstein si ripresentò per la seconda volta.

«Quando sono entrato nella casa di Mariam per collocare le microspie, ho dato un'occhiata al suo computer», disse. «Ho notato che utilizza WhatsApp anche dal computer fisso, collegato al telefono. La crittografia *peer-to-peer*, utilizzata dal programma nella spedizione dei messaggi, ne rende difficile l'intercettazione. Ma, con il virus trojan che ho inserito nel computer della Eisenstaedter, riesco a vedere il contenuto del suo schermo in diretta. E quindi anche i messaggi WhatsApp, nonostante siano crittografati sul cellulare. Ecco che cosa ha scritto la nostra mantide poco dopo che il generale aveva lasciato l'alcova.»

OFFENSIVA PROGRAMMATA PER DOMANI. TUTTO PROCEDE.

«Riusciamo a identificare chi ha ricevuto il messaggio?» chiese Breil.

«Per adesso so che si tratta di un'utenza moldava. Una di quelle utilizzate per fare le truffe telefoniche denominate *wangiri*: chiamate da utente sconosciuto che, se richiamato, azzerano il credito residuo della scheda. Sto ancora cercando di risalire al destinatario.»

«Mi pare strano che un messaggio del genere sia destinato a un truffatore con sede in Moldavia», disse Sara.

«Sono pronto a scommettere che non è così», sentenziò Breil.

Richard Goldberg non poteva immaginare quanto i suoi nuovi inquisitori sapessero dei suoi segreti. Nel corso degli interrogatori che si susseguirono con cadenza quasi quotidiana, provò a sondare la situazione fornendo loro poche e vaghe informazioni. Alla fine, concluse che erano all'oscuro di tutto.

Nel frattempo, dedicava almeno un paio d'ore al giorno alla ripresa delle forze fisiche: la lunga degenza lo aveva indebolito ma, anche se lentamente, si stava rimettendo in forma.

Probabilmente se ne erano accorti anche i suoi carcerieri: appena ebbe riguadagnato uno stato fisico decente, lo trasferirono dal letto di ospedale a un nuovo rifugio sotterraneo. Lì, Richard apprese che l'interrogatorio sarebbe stato condotto dal capo dei miliziani di Hamas, Mohammed Kahdir, in persona.

« Adesso il nostro ingegner Goldberg », Kahdir aveva uno sguardo freddo, impenetrabile, « ci dirà di che cosa stava parlando con il compianto comandante Issawi. »

Per guadagnare tempo, Goldberg cominciò a raccontare la storia che la sua fantasia aveva partorito.

Mohammed Kahdir lo zittì con un cenno della mano. Piantò i suoi occhi neri in quelli dell'israeliano e disse: « Lei pensa davvero che io mi beva la favola che Issawi l'abbia tenuta sotto torchio per mesi per conoscere i segreti di una bobina inventata da Tesla cento anni fa? » Kahdir fece un cenno a uno dei suoi due uomini all'interno della stanza.

Il miliziano non disse una parola e colpì con violenza Richard al volto.

Poi, entrambe le guardie si accanirono su di lui.

Il giovane medico stava godendo di uno dei rari momenti di pausa durante il suo turno massacrante al pronto soccorso dell'ospedale Shuhada al-Aqsa. Non riconobbe subito il ferito che posarono sulla branda: era una maschera di sangue e privo di conoscenza. Si accorse che si trattava di Richard

Goldberg solo quando iniziò a suturare le numerose ferite che gli avevano inferto i suoi aguzzini.

« Devo andarmene da qui, dottore. Adesso che la mia famiglia è sana e salva, non dirò mai quello che vogliono. »

« Stia tranquillo, Richard, e mi faccia finire di lavorare », disse il medico alle prese con ago e filo. « Intanto, la farò rimanere il più possibile in ospedale. Se sta pensando di fuggire sappia che non è facile: lei è ammanettato al letto e, fuori dalla porta, hanno piazzato un piantone armato. »

Il quartiere di Mezzeh a Damasco è una zona residenziale ove sorgono edifici di recente costruzione. Tra questi figurano molte sedi diplomatiche di ambasciate e consolati stranieri.

L'ambasciata iraniana ha sede in un complesso di edifici contigui ove si trovano la residenza dell'ambasciatore, il consolato e, appunto, l'ambasciata.

Il generale Mohammad Hadi Hajriahimi stava discutendo con il suo diretto superiore Reza Zahedi e altre persone su una nuova fornitura di droni iraniani agli Hezbollah libanesi. I due generali ricoprivano i più alti gradi nei Pasdaran, i guardiani della rivoluzione, l'élite delle forze armate iraniane. Reza Zahedi fu distratto dallo squillo del suo telefono. Rispose, ma nessuno parlò dall'altra parte. Ebbe un attimo d'incertezza: quello poteva essere il preavviso di localizzazione della sua utenza. Ma subito dopo il generale si tranquillizzò: si trovavano all'interno di una sede diplomatica. Nessuno, nemmeno Israele, avrebbe mai avuto il coraggio di attaccare il consolato iraniano a Damasco: sarebbe stato considerato un vile atto di guerra. Zahedi sorrise, rincuorato dalle sue stesse supposizioni: era stato solo un errore di chiamata. Ma il sorriso sulle sue labbra durò non più di una frazione di secondo.

Reza Zahedi fece in tempo a gridare «Fuori di qui!» appena percepì il sibilo del missile in avvicinamento. Poi, il palazzetto che ospitava il consolato saltò in aria.

«Presto, Richard!» disse il medico armeggiando con una chiave inglese per smontare la barra del letto. «Ho servito un tè alla guardia, dentro c'era talmente tanto sonnifero da addormentare un elefante. Facciamo in fretta», aggiunse mentre sfilava la barra dalla manetta. «Adesso mi tiri un pugno. Dirò che è riuscito a liberarsi e a fuggire dopo una colluttazione.»

Pochi minuti più tardi, Richard Goldberg correva finalmente libero nei campi che circondavano l'ospedale.

Il mezzo blindato israeliano seguiva la recinzione che segna il confine settentrionale della striscia di Gaza. Il mitragliere si trovava nella sua postazione sulla torretta blindata, quando vide l'uomo sbracciarsi al di là del recinto, poco distante dal varco chiuso con delle serrature rinforzate. Appariva provato, il volto pieno di ferite.

Il capopattuglia aprì la cancellata del varco. L'uomo lo superò di slancio e, una volta posati i piedi sul suolo israeliano, scoppiò a piangere. «Mi chiamo Richard Goldberg», disse tra i singhiozzi. «Sono stato rapito da Hamas il 7 ottobre.»

Roxie e i tre ragazzi avevano trovato ospitalità presso dei parenti di Richard a Tel Aviv. Lì la donna viveva con angoscia le interminabili giornate di chi, senza ricevere notizie, ha un proprio caro nelle mani di feroci assassini.

Roxie guardò il numero apparso sul telefono che le avevano consegnato gli agenti del governo. Quello che udì, appena rispose, le parve un celestiale canto di angeli.

Richard, la voce rotta dalla commozione, disse: «Sono io, Roxie. Come stanno i ragazzi?»

«Stiamo tutti bene, Richard. Tu come stai?» rispose lei scoppiando a piangere per la contentezza.

«Diciamo bene. Sono in viaggio per Tel Aviv. Non vedo l'ora di riabbracciarvi.»

Sara e Oswald avevano ricevuto la notizia dell'attacco a Damasco mentre si trovavano sulla terrazza dell'appartamento occupato dalla Cellula a Sderòt. Oswald Breil scosse il capo visibilmente contrariato. «Sono pazzi! Non si rendono conto del casino che può scatenare un attacco a una sede diplomatica! Ecco qual era la sorpresa che aveva in serbo il generale Tal: accoppare a missilate due generali iraniani in un consolato. Ma che cosa c'entrano i gialli?»

Sara lo osservava in silenzio.

«... o forse era proprio questo che volevano: scatenare una reazione per poi sistemare anche l'Iran...» disse ancora Oswald.

«Forse ho capito dove risiede il timore di Tal», disse Sara. «Ricordi subito dopo l'attacco di Hamas? L'Iran fece una conferenza stampa all'apparenza incomprensibile: ribadendo che loro non c'entravano nulla, chiamavano a testimone gli amici di Pechino. La Cina, immediatamente dopo, ha sposato la versione iraniana, ammonendo chiunque dall'assalire con un pretesto gli amici khomeinisti. Al momento, le manovre mi sono parse singolari. Alla luce di quello che succede adesso, tutto mi sembra più chiaro: gli iraniani, temendo di essere costretti a fronteggiare un'avanzata compatta dell'Occidente, hanno cercato una sponda protettrice nell'unica grande potenza in grado di far paura a chi vorrebbe cancellare l'integralismo islamico dalla faccia della Terra.»

«E secondo te il comandante delle IDF può ragionare così in grande?» si chiese Oswald.

« No di certo », rispose Sara. « Ogni decisione presa dal generale Tal è stata condivisa e autorizzata dal premier Aserovich. »

« Stiamo ancora volando troppo basso, Sara. Per correre il rischio di scatenare la Terza guerra mondiale, non basta l'appoggio di Aserovich. »

« Chiedo scusa », disse Toba dopo averli raggiunti sul terrazzo. Sul volto dell'incursore un'espressione felice. « Mi ha appena telefonato mia sorella. Suo marito è riuscito a fuggire. La sta raggiungendo a Tel Aviv. Dice mio cognato che vuole parlare di alcune questioni importanti. Con lei e con nessun altro, dottor Breil. »

16

Anni '30

La crisi economica che attraversò l'intero pianeta a partire dalla fine degli anni '20 inasprì le rivalità tra le nazioni e tra i popoli. Difficoltà economiche e rancore etnico erano le contingenze ideali per far precipitare il mondo in un nuovo bagno di sangue.

Il Pennsylvania hotel, dopo aver pazientato a lungo per vedere soddisfatto il proprio credito, scelse di allontanare Nikola Tesla dalla struttura. Così, mentre per lui fioccavano attestati di stima e diplomi di benemerenza da prestigiosi istituti universitari sparsi per il pianeta, l'ormai anziano Tesla si vide costretto a un nuovo trasloco. Soggiornò per qualche tempo al Governor Clinton per approdare, nel 1934, all'hotel New Yorker. Lo spettro dell'insolvenza lo perseguitava. La Croazia, forse nel tentativo di lusingarlo, gli riconobbe una pensione decorosa come rappresentante della nazione. Ma le spese erano tante e gli introiti derivanti dalle sue invenzioni ormai esauriti.

Eppure, il genio dell'inventore continuava a restare sulla breccia, tanto che il prestigioso *Time* gli dedicò una copertina: « Il settantottenne Tesla inventa il raggio della morte », titolava la rivista. Nel servizio si faceva cenno alle potenzialità distruttive dell'invenzione: « Un'arma per porre fine alla guerra, in grado di abbattere uno stormo di diecimila aerei nemici a duecentocinquanta miglia di distanza».

Questo riconoscimento, in un mondo in piena corsa al riarmo, fece guadagnare a Nikola una rinnovata fama.

George Sylvester Viereck era uno scrittore e poeta di origini tedesche. Lui e Tesla erano entrati in contatto grazie alla passione dell'inventore per la letteratura. Ben presto, erano diventati amici, tanto che, ispirandosi al tedesco, Nikola compose addirittura un poema.

Gli inviti dei coniugi Viereck diventarono i soli che Tesla accettava di buon grado. Al termine della cena, Sylvester e Tesla si ritiravano in un angolo e iniziavano lunghe dissertazioni sulla politica europea.

«Incontro Adolf Hitler quasi ogni volta che vado in Europa», disse una sera il tedesco. «Ti posso garantire che il neocancelliere è un uomo dotato di un incredibile carisma. Nel corso dell'ultimo incontro abbiamo parlato di te.»

«Di me?» chiese incredulo l'anziano scienziato.

«Tu forse non ti rendi conto, amico mio, dell'enorme potenzialità delle tue invenzioni. Il Führer mi ha fatto molte domande sul raggio della morte. Credeva si trattasse di una boutade giornalistica. L'ho rassicurato in proposito.»

«Ma è ancora un progetto allo stato embrionale, Sylvester», disse Tesla.

«Tu stesso mi hai detto che non ci vuole molto per raggiungere una produzione su scala industriale.»

«Sì... in un certo senso. Sulla carta la cosa funziona. Anche i prototipi che ho realizzato, seppure con potenze ridotte, hanno dato buoni risultati. Però prima di raggiungere la produzione, c'è bisogno di ulteriori studi e, soprattutto, di finanziamenti ingenti.»

«Per quelli non ci sono problemi, Nikola. Sono autorizzato a mettere a tua disposizione le somme di cui hai bisogno. E a compensare lautamente il tuo lavoro. »

« Sai bene che il denaro è l'ultima cosa che mi interessa. E poi, chi sarebbero questi tuoi finanziatori? »

« Adolf Hitler in persona mi ha autorizzato a farti questa proposta. Lui crede in te, cosa che gli americani, mi pare, hanno smesso di fare. »

« Senti, Sylvester, ormai sono anziano e non devo dimostrare più niente al mondo. È anche troppo tardi per diventare ricco. La mia invenzione non può finire in mani sconosciute. Preferisco abbandonare il progetto. »

« Ascoltami Nikola. Io so che hai avuto contatti con il tuo connazionale Ante Pavelić... »

« Come fai a saperlo? E poi, non è mio connazionale. Io sono un serbo nato in Croazia. Lui è un nazionalista croato. »

« ... contatti che si sono interrotti quando Pavelić è stato costretto all'esilio », Viereck proseguì come se non l'avesse sentito. « Io ti consiglierei di riattivare quel canale, Nikola. »

« Non ci penso proprio! La politica xenofoba di Pavelić e dei suoi ustascia ha come bersaglio la mia gente. I serbi saranno i primi a soffrire se Pavelić riuscirà a tornare in patria e prendere il sopravvento. Non ho alcuna intenzione di spalleggiarlo: su Pavelić grava una condanna a morte. Appena mette il naso fuori dalla Macedonia irredentista, dall'Italia fascista o dai pochi Paesi che lo spalleggiano, gliela faranno pagare. »

« Secondo me, ti sbagli. Guarda Mussolini in Italia, Hitler in Germania. Lo stesso Pavelić presto tornerà in Croazia. Il nazifascismo è l'avvenire dei popoli. Sai quante persone verranno ad ascoltarmi prossimamente al Madison Square Garden? Si parla di diecimila simpatizzanti nazisti americani, perché altri non ce ne stanno. Vedrai che anche gli Stati Uniti si avvicineranno alle idee del Führer. Meglio il nazismo del bolscevismo dei russi. »

« Non fa per me, amico mio. Nessun estremismo mi si addice. »

Viereck preferì non controbattere: la discussione si stava scaldando. Gli conveniva tenersi buono Tesla: i suoi esperimenti erano troppo importanti per rischiare di rompere i rapporti.

Le capacità militari di Ante Pavelić non erano da sottovalutare, così come le conoscenze maturate in politica ancora prima della condanna a morte. L'Organizzazione rivoluzionaria interna macedone si prefiggeva la destituzione di Alessandro I dal Regno di Jugoslavia e la conseguente indipendenza del territorio macedone. Nel dilagare del pensiero nazionalista, i rivoluzionari macedoni avevano scelto proprio Pavelić e i suoi ustascia come guide verso la rivoluzione.

Pavelić stimava i rivoluzionari e spesso li prendeva a esempio nei discorsi che rivolgeva agli ustascia: « È gente », diceva, « pronta a tutto. All'interno dell'Organizzazione forse i migliori sono i rivoluzionari bulgari, i più coraggiosi. Durante una delle mie visite a Sofia ho incontrato Vlado Černozemski, un eroe pronto anche all'estremo sacrificio per la causa ».

Taceva, Pavelić, la fosca verità: con Černozemski aveva organizzato nei minimi dettagli un'azione che avrebbe potuto destabilizzare i precari equilibri mondiali. Ma forse proprio a quello anelava la sua mente malata.

Il mistral aveva soffiato per alcuni giorni nel golfo di Marsiglia. Poi, il vento si era un po' placato, ma il mare rimaneva increspato.

L'incrociatore *Dubrovnik* calò le ancore nel pomeriggio di quel ventoso 9 ottobre del 1934.

Sulla banchina il ministro degli Esteri francese Barthou era ad attendere il re Alessandro I di Jugoslavia. Il monarca sbarcò alle sedici in punto. Salirono entrambi su una Delage scoperta e l'auto si avviò verso il palazzo della prefettura tra due ali di folla.

Vlado Černozemski sbucò dal nulla e, con il braccio sinistro, si avvinghiò allo sportello dell'auto. Nella destra stringeva invece una Mauser con la quale fece fuoco sui due occupanti della Delage. Gli agenti di scorta, colti alla sprovvista, sfoderarono le armi e iniziarono a sparare all'impazzata, colpendo l'attentatore che fu poi finito a sciabolate dalle guardie a cavallo.

Il re Alessandro I morì un'ora dopo l'attentato. Il ministro francese il giorno seguente. Le perizie balistiche accertarono che Barthou e due spettatori erano stati uccisi dal « fuoco amico » delle guardie del corpo francesi.

Ante Pavelić, al sicuro in Italia, era sempre più soddisfatto: erano rimasti pochi ostacoli che impedivano la sua ascesa al potere. Nella sua mente sanguinaria, Pavelić pensava che presentarsi al suo popolo possedendo un'arma invincibile avrebbe rappresentato la carta vincente. Per questo motivo aveva coltivato il contatto con Tesla e aveva esaminato personalmente la documentazione raccolta dal suo abile referente a New York, Stjepan Busic. Poi, improvvisamente, l'inventore non aveva più voluto sapere di quella collaborazione.

Ante Pavelić aprì la cartella nella quale custodiva i documenti. Per quanto aveva modo di vedere, all'interno del dossier c'era tutto il necessario per arrivare alla fase operativa. Un lampo attraversò lo sguardo del croato: avrebbe fatto ancora un tentativo, poi non avrebbe più avuto bisogno di Nikola Tesla.

Edgar Hoover finì di leggere il rapporto e lo posò sul tavolo. L'agente Norpel, seduto di fronte a lui, attese che il capo supremo commentasse il suo scritto.

« Ottimo! » esclamò. Subito dopo, la sua espressione si fece corrucciata.

« L'organizzazione Amici della Nuova Germania ha radunato migliaia di nazisti a Madison Square Garden. Il discorso tenuto da Viereck ha infiammato gli animi. Sono in molti e rischiano di condizionare le decisioni del Congresso. »

« Ha ragione, signore. »

« Capisco il motivo per cui Viereck coltiva la sua amicizia con Tesla. Se i giornali continueranno a diffondere la notizia che quel serbo ha inventato l'arma totale, prima o poi i nazisti lo rapiranno per spremerlo. »

« Non solo i nazisti, signore. Guardi qui », così dicendo l'agente aprì un'altra cartellina, mostrando le foto di un uomo che usciva dall'hotel New Yorker. « Questo è Stjepan Busic, la longa manus del movimento rivoluzionario croato degli ustascia qui negli Stati Uniti. Tesla si è rifiutato di riceverlo. Alla reception ci hanno detto che Busic era molto contrariato. »

In quel mese di agosto del 1937, un caldo eccezionale aveva investito l'Italia fascista.

Per sfuggire alla pena capitale Ante Pavelić si era rifugiato sotto l'ala protettrice di Mussolini. Erano trascorsi solo pochi giorni dal rifiuto di Tesla a incontrare l'emissario croato. Il rapporto sull'accaduto era già sul tavolo del capo supremo degli ustascia.

Pavelić ebbe un gesto di stizza, appallottolò il foglio e lo scagliò lontano. Convenne che la testardaggine dell'inventore fosse del tutto priva di logica. Avrebbe fatto da solo: l'accordo con Tesla prevedeva la consegna da parte dello scienziato di un quaderno nero, contenente tutti gli appunti per produrre l'arma. E Tesla aveva onorato la consegna.

Stjepan Busic era seduto nel sedile posteriore del taxi parcheggiato a poca distanza dall'hotel. Era buio, quando un uomo comparve sotto la pensilina del New Yorker. Era anziano, il volto scarno. Avanzava appoggiandosi a un bastone.

Busic lo indicò al tassista.

«Adesso, come quasi ogni sera, si recherà al parco.» Quando Busic abbandonò il taxi, mise in mano al conducente una manciata di banconote. Troppe per pagare qualsiasi corsa.

Nikola Tesla afferrò il suo bastone da passeggio e uscì nell'aria calda della notte. Nell'altra mano stringeva un sacchetto con il cibo per gli amati piccioni. Arrivò a Central Park e, ancor prima di lanciare a terra le sementi, era già circondato dai volatili. Tesla li riconosceva a uno a uno, li chiamava per nome. E loro si avvicinavano senza paura. Alcuni gli salivano sulle spalle e sugli avambracci. Nikola sorrideva felice della loro compagnia.

Terminato quel rito quasi quotidiano, si alzò dalla panchina e abbandonò il parco. Attraversò la Cinquantanovesima Strada all'altezza della Settima Avenue. L'auto lo travolse in pieno, ad alta velocità, scaraventandolo a una decina di metri di distanza. Il tassista scese dalla vettura. Sembrava sconvolto e sotto shock. Le mani tra i capelli. Non aveva il

re, « di essere serbo e jugoslavo. La nostra gente non può morire. »

La pulizia etnica croata si stava accanendo contro i serbi, producendo massacri sistematici nel campo di Jasenovac.

« Non morirà signor Tesla. Non morirà per mano di un pazzo criminale », rispose il re riferendosi al Poglavnik. « Ci perdonerete se il signor Tesla e io ci appartiamo un istante? »

Quando i due furono soli nella stanza da letto, il re non ricorse a giri di parole: « So che si è rifiutato di fornire a quegli assassini i piani per la realizzazione delle sue armi ».

« Sarò sincero, altezza. Quello che dite non è esatto: non ho fornito loro nessun piano completo, ma mi sono lasciato ingannare dalle lusinghe degli uomini di Pavelić. »

« Poco male. I miei servizi di sicurezza dicono che brancolano nel buio e che il dittatore mette sotto pressione i suoi scienziati senza concludere nulla. Pare che abbia addirittura licenziato il responsabile del laboratorio. L'importante è che lei non si lasci avvicinare più da loro. »

« Immagino che abbiano ben altre cose cui pensare che non a un vecchio emigrato », concluse Tesla chinando il capo dinanzi al giovane re.

La supposizione dell'inventore non era esatta. In quello stesso istante, Pavelić stava depennando alcuni nomi da una lunga lista. Nel villaggio di Smiljan, dove Tesla era nato, si conoscevano tutti e molti erano legati da vincoli di consanguineità. Nikola annoverava un centinaio di parenti.

« Incominciamo a fargli capire che non scherziamo », disse Pavelić a un ufficiale ustascia. « Iniziamo da questi. »

Quella stessa notte Smiljan fu scossa dal rombo dei mezzi militari. Il rastrellamento iniziò poco prima dell'alba e terminò che il sole era già alto. Sui camion furono caricate novantuno persone che vennero deportate a Jasenovac. Tutti avevano alcuni legami – anche alla lontana – con la famiglia Tesla. In particolare, undici di questi, sette uomini e quattro donne, erano cugini di primo o secondo grado dell'inventore.

La parola *srbosjek* in croato significa « tagliaserbo ». Così si chiamava un coltello con cui gli ustascia al campo di Jasenovac si cimentavano nella macabra gara di chi riusciva a sgozzare il maggior numero di prigionieri nel minor tempo possibile. Il coltello era costituito da un guanto dal quale fuoriusciva una lama di una decina di centimetri, fissata a sua volta alla pelle del guanto da una placca interna. La lama aveva quella particolare forma ricurva per poter sgozzare velocemente e senza sforzo le povere vittime. Leader della terribile classifica era uno studente, volontario ustascia, Petar Brzica.

Gli undici parenti stretti di Tesla erano stati rinchiusi in una stessa cella maleodorante. Quando videro il giovane che li invitava a seguirlo a tre alla volta, pensarono che l'errore si fosse chiarito e che presto avrebbero riacquistato la libertà.

Era stato un periodo natalizio molto sotto tono anche nella sfavillante New York. Il conflitto in corso aveva il potere di appannare ogni cosa, offuscando luci e sentimenti. L'Epifania era appena passata e anche quel barlume di apparente spensieratezza si era dileguato, soppiantato dalle terribili notizie dal fronte.

Stjepan Busic si presentò alla reception del New Yorker. L'addetto lo riconobbe: la sua sfuriata di qualche tempo prima non poteva essere dimenticata facilmente. Il portiere lo prevenne così come aveva concordato con Tesla: « L'ingegnere sta riposando e desidera non essere disturbato ».

« Non ho nessuna intenzione di disturbarlo. Gli dica solo che ho ricevuto questo plico dai suoi parenti a Smiljan », Busic girò sui tacchi e lasciò l'albergo.

L'ottantaseienne Nikola era davvero provato, ormai lasciava sempre più raramente la stanza dal giorno dell'incidente di sei anni prima. Aveva anche perso l'abitudine di alzarsi dal letto per cospargere di semi il davanzale e aspettare che i suoi amici piccioni venissero a banchettare.

Aprì il plico con le sue mani scarne. La fotografia di sei corpi allineati, le gole recise dal taglio chirurgico dello *srbosjek*. Sul petto di ogni cadavere un cartello scritto a mano con i nomi dei poveretti giustiziati. Tesla aprì un cassetto e tirò fuori una scatola di latta piena di lettere e fotografie dei suoi famigliari. Confrontò queste ultime con i macabri ritratti che gli erano appena pervenuti. Non c'erano dubbi: i tre uomini e le tre donne erano tutti suoi parenti. Dalla busta priva d'intestazione cadde un biglietto scritto a macchina. Anche questo non mostrava firme o indicazioni che ne identificassero l'autore. In lingua croata c'era scritto: « Questo è solo l'inizio, se non ti decidi ».

Nikola provò un dolore forte al petto, la fronte si imperlò di sudore. Si sdraiò nuovamente sul letto e attribuì quella sensazione di malessere allo spettacolo che era stato costretto a vedere. Poi percepì una sofferenza maggiore nel pensare che la causa di quell'eccidio stesse nel suo rifiuto di fornire i dati mancanti del progetto a Pavelić.

Si addormentò e il dolore si ripresentò a tratti. Sino a che si fece più forte, il sudore freddo sulla fronte. Nikola riconobbe l'alito della morte. Chiuse le palpebre e rivide come in un lungometraggio le sue amate invenzioni, la sua vita combattuta alla ricerca del bene. Si sentì fiero di quello che aveva fatto. Aprì gli occhi ancora una volta. Fuori stava iniziando a nevicare. Di lì a poco li richiuse per sempre. Era il 7 gennaio del 1943.

La cameriera Alice Monaghan, ignorando il cartello che avvertiva di non disturbare, bussò alla stanza 3327 di Nikola Tesla la mattina dell'8 gennaio. Non ricevendo risposta entrò. L'inventore era a letto, cereo. Non dava segni di vita. Il medico Wembley stabilì che la morte era avvenuta attorno alle 22.00 del giorno precedente per arresto cardiaco dovuto a una trombosi coronarica.

La notizia si diffuse a macchia d'olio. Gli uomini dell'FBI entrarono nella stanza mentre stavano portando via il corpo. Tesla era una persona meticolosa, attenta. In una vita così lunga aveva accumulato una mole impensabile di documenti, riflessioni, appunti. Tutto fu messo sotto sequestro il giorno 9 dall'Office of Alien Property, l'agenzia governativa che si occupava di requisire, esaminare e custodire beni e documenti dei nemici degli Stati Uniti in tempo di guerra.

« Questo provvedimento è illegale », tuonò Sava Kosanović accorso all'hotel New Yorker mentre arrivavano due camion pronti per essere stipati di carte e manoscritti. « Mio zio era un cittadino statunitense e non un nemico della nazione. »

Il timore degli inquirenti risiedeva proprio in una fuga di documenti riservati ad opera di Kosanović, diventato nel frattempo ambasciatore jugoslavo negli Stati Uniti.

Il nipote di Tesla salì nella stanza e iniziò una rapida ma precisa ispezione di quello che i federali si apprestavano a prelevare.

« Mancano delle carte! » affermò con sicurezza Kosanović.

« E non trovo neppure un quaderno nero, quello sul quale mio zio annotava le sue più importanti intuizioni. »

Gli agenti federali continuavano a sigillare scatoloni ignorando le lamentele dell'erede di Tesla.

Alla fine di gennaio venne costituita una commissione che aveva il compito di ispezionare la mole di documenti sequestrati. A presiederla John G. Trump, un ingegnere elettronico, professore universitario e consulente di molte agenzie federali.

17

Primavera 2024

La reazione iraniana al bombardamento del consolato a Damasco non si era fatta attendere. Teheran aveva risposto con il lancio di trecento tra droni e razzi sul territorio israeliano. Il sistema difensivo delle IDF aveva mostrato la sua efficienza, riuscendo a neutralizzare il bombardamento quasi completamente.

«Ognuno si fa grande del risultato ottenuto», disse Oswald a Sara. «I nostri sottolineano il clamoroso successo difensivo, gli iraniani dicono invece che l'attacco era pianificato in modo da non fare danni e che la distruzione degli ordigni da parte di Iron Dome era prevista e voluta.»

«Tu come la pensi, Oswald?»

«Che nessuno Stato, al momento di lanciare trecento bombe, è convinto di farlo a scopo dimostrativo. Tantomeno gli iraniani. Comunque, questa situazione è pericolosa e paradossale. Israele è da sempre circondato da Stati non amici. Ma una tensione come quella odierna è impensabile. Hamas attacca a sud, gli Hezbollah a nord, l'Iran bombarda con trecento missili. E, nel concreto rischio della scomparsa di Israele dalla faccia della Terra, il governo non accenna una sola azione diplomatica. Anzi, inasprisce le operazioni militari coinvolgendo sempre più civili. Non capisco dove Aserovich voglia arrivare.»

La conversazione fu interrotta dall'arrivo di Bernstein.

« La sua intuizione, Sara », disse, « si è rivelata vincente. La femme fatale è piena di risorse. Ho individuato una rosa di numeri telefonici collegati con l'utenza fantasma moldava utilizzata dall'amante del generale Tal per inviare i suoi messaggi. Quella stessa rimbalzava su dei provider di internet sparsi per il globo. A loro volta questi ignari *mirror* ridistribuiscono su altri provider il messaggio originario. Alla fine le stazioni che ricevono il messaggio sono talmente tante da rendere impossibile l'identificazione. Io ho avuto fortuna. Nella miriade di possibilità un'utenza americana mi è balzata all'occhio per puro caso. Andandola a verificare ho scoperto che si tratta di un numero riservato di Langeley. »

« Langeley? » chiese Oswald acuendo i sensi.

« Appartiene al vicedirettore della CIA Corder. »

« Peter Corder? Vicedirettore per le operazioni? » chiese Breil.

« Proprio lui, maggiore. »

« Ero convinto che la CIA non fosse estranea a questa ondata di violenza », disse Oswald. « Pensavo, però, che mantenesse un profilo più defilato utilizzando i suoi canali. Mettere una agente nel letto del capo di Stato maggiore delle IDF – di un Paese amico, quindi – mi stupisce non poco. Se venisse fuori che gli americani hanno tenuto un comportamento simile... »

« Sono d'accordo, maggiore. Ma se non si trattasse 'ufficialmente' di americani? » sentenziò Bernstein.

« In che senso? Non si tratta della CIA? »

« Mi permetta: di un vicedirettore della CIA », lo corresse Bernstein. « Potrebbe non essere un'operazione ufficiale. »

La giornata era calda e soleggiata. L'antica fortificazione bizantina diroccata si ergeva a poca distanza dal Mediterraneo. La Land Rover Discovery era posteggiata nel parcheggio riservato ai visitatori, semideserto, della fortezza di Ashdot.

Breil aveva dato appuntamento a Richard Goldberg lontano da sguardi indiscreti, a metà strada tra Tel Aviv e Sderòt.

L'ingegnere salì a bordo del fuoristrada. I due si strinsero la mano.

« Vedo che i suoi carcerieri non hanno usato il guanto di velluto », disse Oswald indicando il volto ferito del suo interlocutore.

« Diciamo che ho passato giorni difficili, dottor Breil. Ho tentato il suicidio e trascorso alcune settimane in coma. » Richard scoprì la cicatrice della tracheostomia sul collo. « Non reggevo al pensiero che la mia famiglia fosse nelle loro mani. Un bravo medico palestinese mi ha salvato e mi ha aiutato a fuggire. »

« Sua cognata Toba ha sollecitato questo nostro incontro. Mi ha detto che aveva notizie importanti da riferire. »

« Stanno cercando di costruire il raggio della morte inventato da Tesla. »

« Questo lo sappiamo, ingegnere. Quello che mi lascia stupito è come sia possibile che uno scienziato abbia potuto inventare un secolo fa un'arma di tale livello senza che nessuno, oggi, sia mai riuscito a replicarla. »

« Vede, dottor Breil », rispose Goldberg, « con le sue invenzioni, Tesla era almeno un secolo avanti rispetto al suo tempo. Alcune sono diventate prototipi come gli aviogetti a propulsione non convenzionale: dei veri e propri dischi volanti ai quali i nazisti hanno lavorato a lungo sul finire della guerra. Altre sono rimaste mera teoria. Un po' come un moderno Leonardo da Vinci quando preconizzava i carri armati e gli elicotteri.»

«Vuol dire che l'arma a particelle è stata soltanto teorizzata?» chiese Oswald.

«No. Tesla stesso ne costruì dei modelli a potenza ridotta perfettamente funzionanti. Ma non ne esiste più alcuna traccia. Forse un solo esemplare a pieno regime, che si dice abbia causato il disastro di Tunguska a migliaia di chilometri di distanza dalla base di Wardenclyffe. Il laboratorio americano, nel quale mi occupavo segretamente di questo progetto, è stato a un passo dal realizzare un cannone a particelle sulla scorta del progetto di Tesla.»

«Chi era il suo referente in Israele, ingegnere?»

«Ho sempre mantenuto il rapporto con l'attuale capo del governo Aserovich, ancor prima che diventasse primo ministro.»

«Da dove siete partiti per passare all'atto pratico?»

«Da appunti dell'inventore, da alcune sue dichiarazioni e dalle nostre capacità a un secolo dalla sua morte. Ma mi risulta che sia esistito uno scritto nel quale lo scienziato ha descritto tutti i passaggi necessari. Di questi appunti non c'è più traccia. Pare che lo stesso Tesla, impaurito per la portata della sua invenzione, li abbia smembrati dividendoli in due parti rendendo di fatto impossibile approdare alla costruzione dell'arma.»

«Temo, invece, che quegli appunti, almeno in parte, esistano ancora. Solo che appartengono a due diversi padroni che stanno cercando disperatamente di assemblarli per arrivare a capo del mistero. E sono convinto che la scia di morte che minaccia oggi la pace nel mondo sia collegata proprio alla possibilità di realizzare un'arma così letale ed efficace. Ha più parlato con nessuno, dopo che è riuscito a fuggire?»

« Sono stato interrogato da due persone in borghese. Suppongo fossero della nostra intelligence. »

« Hanno fatto domande sul suo lavoro negli Stati Uniti, sugli interrogatori eseguiti da Hamas, sullo sfruttamento delle invenzioni militari di Tesla? »

« Erano focalizzati sui tunnel, sulle dimensioni, l'estensione, se mai ricordassi l'ubicazione degli accessi. Su Tesla solo qualche accenno indiretto. Con loro non ho fatto alcun riferimento al mio tentativo di suicidio. Non voglio che interpretino il mio gesto come una debolezza. In realtà, non volevo tradire il mio Paese. »

« Il fatto che il Mossad non voglia sapere che cosa è accaduto durante la prigionia, ma limiti il suo interesse alle dimensioni dei tunnel di Hamas mi fa pensare che, nelle mani dei terroristi, lei non contava molto. Se Aserovich avesse avuto a cuore i suoi segreti, avrebbe fatto fuoco e fiamme per liberarla. O almeno avrebbe voluto sapere che cosa lei abbia riferito ai suoi carcerieri. A proposito, ricorda chi l'ha interrogata quando era prigioniero di Hamas? Inizio a pensare che la sua cattura sia stata un incidente di percorso per il premier e che il disegno di Aserovich sia lontano dallo sfruttamento delle invenzioni di Tesla. »

« Sarò sincero con lei. Sono sempre stato convinto che l'attuale premier non ci credesse molto. Ricordo bene chi mi ha torturato mentre m'interrogava: si chiama Rashed, ingegner Nadir Rashed, si è laureato in Germania. Forse il mio sequestro è stato un evento di scarsa importanza per i nostri: ormai ero fuori da tutto. Abbiamo lasciato gli Stati Uniti anni fa, quando la famiglia cominciava a essere numerosa. Quasi contemporaneamente, il progetto segreto cui stavo lavorando è stato abbandonato, con grande sollievo per il premier. A quel punto, è probabile che io contassi poco per le nostre istituzioni. Il contrario vale per i terroristi di Hamas: il mio nome figurava in una lista assieme ad altre personalità israeliane. Che sono state tutte rapite. Al primo e unico scambio consistente di prigionieri, non è stato liberato nessuno che si trovava nella lista.»

Quella notte, Oswald si era addormentato da poco, quando Bernstein bussò alla porta della stanza che condivideva con sua moglie Sara.

«È in corso un nuovo attacco in territorio iraniano.»

Il premier sedette davanti allo schermo del computer. Alle quattro del mattino aveva dato l'ordine di attaccare. Diciassette minuti più tardi gli ordigni avevano raggiunto gli obiettivi. Era stata un'azione portata da droni nel Sud del Paese, nei pressi delle installazioni militari e nucleari di Esfahan.

Il primo ministro israeliano non aveva chiuso occhio quella notte. Guardò ancora i filmati ripresi dalle telecamere a bordo dei droni kamikaze prima dello schianto. Reclinò lo schienale della poltrona. Adesso doveva aspettare che gli iraniani reagissero. Socchiuse gli occhi nell'attimo stesso in cui il telefono interno prese a squillare.

«C'è il dottor Breil, eccellenza», disse la voce della segretaria.

«Chieda se può richiamare tra un'ora. Dica che sono in riunione», rispose il premier, troppo stanco per affrontare anche Oswald.

«Il dottor Breil è qui di persona, non al telefono. Che cosa devo dirgli?»

«Lo faccia passare e sentiamo lui che cosa ha da dirci.»

«Stai giocando col fuoco, signor primo ministro», disse Oswald appena fu nell'ufficio del premier.

«La tua posizione pacifista, Breil, mi stupisce sempre di

più. Sembra quasi che tu non sia mai stato il capo dei nostri servizi segreti. Che cosa dovevo fare, secondo te? Lasciare che piovessero nuovamente missili Scud e droni esplosivi sulle nostre città? Ringraziare gli Ayatollah perché hanno dichiarato che presto Gerusalemme sarà musulmana? Che Israele non esisterà più? »

« Non ti scaldare. Non serve. L'attacco di stanotte contro il nulla è inutile e dannoso. In questa maniera legittimiamo il nemico a rispondere con le armi. Nel frattempo l'Iran sta accelerando il suo programma di arricchimento nucleare dell'uranio. Tra un paio di mesi, di questo passo, potrà produrre un ordigno atomico. E noi, grazie ai vostri bombardamenti senza senso, abbiamo perso ogni potere contrattuale per fermarli attraverso i canali diplomatici. Ti ricordo che ci sono ancora un centinaio di israeliani nelle mani dei terroristi e, prima che i tuoi attacchi a tappeto facciano fuori anche quelli, sarebbe il caso di tentare di sottrarli alle grinfie di Hamas. »

« Pensi ancora che sia perseguibile la via diplomatica? E seguendo quale traccia, Breil? Quella delle Nazioni Unite, talmente disunite e distanti che neppure riescono a guardarsi in faccia? Un centinaio di ostaggi mi pare un prezzo ragionevole per eliminare per sempre Hamas. »

« Stiamo per raggiungere il punto di non ritorno. Se non l'abbiamo già superato. Questi sono crimini di guerra! »

« Crimini di guerra? Non ti permetto... »

« Senti, Aserovich: ci sono almeno trentamila palestinesi innocenti uccisi dall'attività delle IDF. E lo dice una persona che ha combattuto per anni contro Hamas. Ritengo, inoltre, che attaccare una sede diplomatica – chiunque ci sia dentro – sia un grave crimine. Mentre penso che sia semplicemente sciocco e provocatorio bombardare a vanvera solo per provocare la reazione dell'Iran. »

« Esci di qui, Breil, prima che ti faccia arrestare! » Aserovich era paonazzo, il tono della voce alto.

« Sei un guerrafondaio, Aserovich », continuò Oswald come se non lo avesse sentito. « Stai mettendo a rischio il mondo intero. »

Il piccolo uomo sembrava un gigante, mentre ribatteva colpo su colpo al primo ministro israeliano.

Girò sui tacchi senza dire più nulla e uscì dalla stanza di Aserovich.

Mariam Eisenstaedter si guardò ancora una volta nello specchio con aria soddisfatta. Poi sedette sul divano del salotto, le gambe accavallate, e guardò l'orologio. La notizia dell'attacco israeliano si era diffusa sin dalle prime ore del mattino. Avraham Tal aveva passato una giornata difficile. Ma sarebbe arrivato da lei. Ne era certa.

Infatti, un'ora dopo la chiave ruotò nella toppa e il capo di Stato maggiore israeliano entrò nell'appartamento poco distante dall'HaKirya, la sede del comando IDF a Tel Aviv. Il generale Tal impiegò poco tempo ad abbandonare la barba posticcia. Dopo un istante avvicinò il viso a quello della donna e la baciò con passione.

« Aspetta, Avraham! » disse lei guardandolo con voluttà. « Abbiamo tutto il tempo. Ho sentito alla radio dell'attacco... »

« Sì, all'apparenza si tratta di un'azione dimostrativa. In realtà, abbiamo annientato le difese radar della regione. A Isfahan si trova la maggior parte degli impianti d'arricchimento dell'uranio. Gli iraniani hanno minimizzato gli effetti del bombardamento, ma sanno bene che cosa vuol dire: adesso abbiamo la strada aperta per cancellare le loro velleità nucleari », ancora il generale si fece vicino. Mariam lo respinse con mielosa dolcezza.

« Dai, parliamo un po'... » disse la donna.

« Non abbiamo molto tempo. Devo rientrare urgentemente al comando. »

« Maledetto questo lavoro, amore mio! Ma che cosa mai avrai da fare: ormai avete attaccato. »

« C'è un'operazione militare in corso nelle prossime ore. Non posso dirti nulla per ora. Ma lo verrai a sapere presto. »

Oswald era rientrato a Sderòt dalla burrascosa visita al primo ministro.

Bernstein lo mise al corrente della discussione tra il generale Tal e la sua amante e del successivo messaggio criptato all'utenza fantasma. Il suo impianto spia aveva registrato tutto.

Quella notte fu attaccata una base militare irachena di truppe filoiraniane.

« La pistola di Čechov », disse Oswald quando apprese la notizia nelle prime ore del mattino.

« Pistola di Čechov? » chiese Sara.

« Sì, Čechov sosteneva che quando nella scena di un'opera appare una pistola, quell'arma prima o poi sparerà. Le IDF sembra che facciano di tutto per far comparire la pistola a più riprese. Prima o poi, avverrà l'inevitabile. »

Oswald tacque per qualche secondo, poi si rivolse a Bernstein: « Riusciamo a conoscere gli spostamenti del vicedirettore della CIA Peter Corder? »

« Penso che non sia difficile poter accedere ai fogli di viaggio dell'agenzia. Immagino le interessino i possibili incontri con Aserovich o con il generale Tal, maggiore. »

Bernstein non ci mise molto a scandagliare i movimenti del responsabile delle operazioni della CIA.

« Corder è un amante del nostro Paese », disse Bernstein. « Nell'arco degli ultimi diciotto mesi è stato a Gerusalemme cinque volte. Ma non è tutto. Dato che avevo accesso allo stato di servizio del vicedirettore, ho dato un'occhiata alle sue ferie. Nell'estate 2023, ha trascorso quindici giorni al Soho House, uno dei migliori alberghi di Tel Aviv, con la famiglia. Indovini da chi è stato saldato il conto, maggiore? »

Oswald guardò Bernstein con aria interrogativa, ben sapendo che quell'espressione aveva il potere di ricaricare il suo collaboratore.

« ... dal fondo speciale a disposizione del primo ministro israeliano Aserovich. »

« È tempo di far cessare le provocazioni, prima che sia troppo tardi. Però, dobbiamo capire quali siano le responsabilità ufficiali delle istituzioni in questo massacro quotidiano. E quelle ufficiose. »

18

Anni '40

L'ingegner John George Trump depose i fogli dei suoi appunti a fianco della macchina da scrivere. Nei venti giorni dall'incarico – ventitré dalla morte di Tesla – aveva lavorato sodo, esaminando parte degli incartamenti. Nella sua perizia il consulente del governo era stato avvantaggiato dall'ordine con cui Tesla era solito archiviare le sue invenzioni. Doveva visionare ancora qualche documento privo di valore, come antiche riviste, ritagli di giornale, lettere e altri fogli. Assicurò i documenti con un elastico giallo e li infilò nella sua borsa. Sulla pila, per non rovinare i fogli, aveva disposto una rivista del 20 luglio 1931, il *Time* con la copertina dedicata a Tesla, posta sotto sequestro con gli altri documenti dal ministero della Difesa. Li avrebbe guardati con più calma a casa. Adesso doveva concentrarsi sulla relazione che gli aveva chiesto Hoover in persona.

In particolare, il capo dell'FBI era interessato a sapere se, nel carteggio, vi fosse qualche progetto d'arma avveniristica.

Per forza di cose, la perizia eseguita da Trump non era stata approfondita: sembrava che a Hoover il terreno bruciasse sotto i piedi. E poi, lo stesso capo dell'intelligence gli aveva suggerito che la sua relazione avrebbe dovuto finire, comunque, con un nulla di fatto: in tempo di guerra ventilare l'esistenza di armi di distruzione segrete avrebbe innescato chissà quali reazioni.

Indipendentemente dal suggerimento di Hoover, Trump non aveva davvero trovato alcuna traccia di aerei avveniristici o cannoni al plasma e l'aveva messo per iscritto.

Il capo dell'FBI lo aveva chiamato appena letta la relazione, ringraziandolo per la rapidità e la precisione dell'indagine. Trump aveva incassato le congratulazioni senza controbattere: con il cliente soddisfatto, considerava espletato il suo mandato.

I nazisti avevano ormai capito che il sogno del loro trionfo sull'umanità sarebbe fallito. Si erano, dunque, organizzati per tempo alcune vie di fuga alternative attraverso le quali abbandonare l'Europa e ritirarsi altrove sotto falsa identità. Autori di crimini contro l'umanità, avevano trovato ospiti conniventi, pronti ad accogliere gli ex gerarchi del Reich e i loro alleati a braccia aperte perché depositari della fenomenale tecnologia bellica tedesca e proprietari delle sconfinate ricchezze razziate in guerra. Tra le mete preferite dai criminali in fuga, la Siria in Medio Oriente e, in Sud America, Brasile, Uruguay e, in particolare, Argentina. In quest'ultimo Paese, il regime peronista non si faceva scrupoli ad accogliere e proteggere chi, con conveniente preveggenza, si era messo al sicuro quando la barca stava naufragando.

In pasto al giudizio dei vincitori erano rimasti solo pesci piccoli o talmente decotti da aver perso ogni opportunità. Riuniti al processo di Norimberga, personaggi come Hess o Goring avevano saldato il desiderio di giustizia dell'Occidente. Mentre altri riuscivano a sfuggire alle maglie della rete solo perché più scaltri o più fortunati.

Il campo di sterminio Jasenovac vantava il terribile primato di lager con il più alto tasso quotidiano di mortalità tra i prigionieri. Neppure i famigerati campi nazisti erano riusciti a fare di peggio.

Questo orribile traguardo non impressionava un aguzzino come Ante Pavelić. L'ordine di eliminare tutti i parenti di Nikola Tesla non fu annullato dopo la sua morte. Il Poglavnik sperava che il cammino omicida intrapreso potesse far leva sul nipote di Nikola, Sava Kosanović: novantuno persone in qualche modo legate a Tesla furono giustiziate senza processo e senza colpa.

Ma l'astro macabro che aveva accompagnato l'ascesa dei regimi nazifascisti si andava avviando verso un repentino tramonto.

Anche il regime del terrore instaurato dal Boia di Croazia cadde sotto la spinta delle forze liberatrici che riconquistavano territori assoggettati al male.

Miracolosamente riuscito a fuggire, Ante Pavelić rimase per lungo tempo a Castel Gandolfo travestito da sacerdote, sotto la protezione dell'alto clero. Poi, quando ricevette la soffiata che stavano per smascherarlo, s'imbarcò per l'Argentina di Juan Domingo Perón. In poco tempo Pavelić divenne uomo di fiducia del caudillo sudamericano, sino a ricoprire l'incarico di responsabile della sicurezza del presidente Perón. Quella mansione gli consentiva di vivere a fianco del leader.

La Fábrica Argentina de Aviones aveva sede a Cordova. Era diretta da un certo Pedro Mattheis e stava sviluppando il progetto di un aereo a reazione rivoluzionario. Quando Pavelić accompagnò il presidente a una visita alla produzione aerea, riuscì a mascherare il suo stupore. Nel suo cammino al fianco di Hitler, il Boia di Croazia era stato uno dei migliori clienti dell'industria armiera germanica. Specialmente della Focke Wulf che fabbricava gli aerei per la Luftwaffe. Il capo della progettazione era Kurt Tank, un ingegnere molto in gamba. Appena Mattheis gli tese la mano, Pavelić si produsse in un sorriso formale: lui conosceva Mattheis come Kurt Tank. Pochi giorni più tardi tornò a Cordova e incontrò il transfuga nazista.

« Mi sono meravigliato della sua freddezza, Poglavnik, quando ci siamo incontrati. Di tutti i presenti soltanto il presidente Perón conosce la mia vera identità », si complimentò l'ingegner Tank.

« Le dico la verità, ingegnere. Avevo già visto i disegni del caccia Pulqui e avevo avuto l'impressione che ci fosse la sua mano: l'aereo argentino assomiglia al Focke-Wulf Ta183 che vidi nella fabbrica di Brema durante una delle mie visite. »

« Ricordo bene, Poglavnik, le sue visite. Quando lei arrivava, in compagnia del Führer, tutta la Focke era in subbuglio. Mi sembrano ricordi così lontani », in realtà Tank non amava la fede cieca e violenta di persone come Pavelić.

« Perché ne parla con nostalgia, ingegnere? Sono tempi che possono tornare. E in maniera più facile di quanto lei non creda. Sono convinto che l'Argentina sia il terreno più fertile sul quale far rigermogliare il seme delle nostre idee. »

« E come? Non credo che Perón possa lasciare il campo libero... »

« Penseremo anche a lui quando sarà il momento », disse Pavelić, lo sguardo si fece pericoloso. « Nel frattempo lei potrebbe aiutarmi a realizzare un progetto che mi sta a cuore. Si ricorda di Ronald Richter? Richter stava sviluppando, su mio incarico, un'arma rivoluzionaria inventata da Nikola

Tesla. Purtroppo, l'inventore serbo aveva omesso di fornire dei dati basilari per la costruzione di un prototipo. Richter stava cercando di colmare quanto mancava nel progetto. »

« Ricordo Richter. L'ho incontrato alcune volte in Germania. Uno strano personaggio, ma indubbiamente dotato di buone capacità. »

« Lo faccia assumere qui alla Fábrica. Poi penseremo insieme a come farlo entrare nelle grazie di Juan Domingo Perón. In fondo, lei mi è debitore della mia riservatezza. »

San Carlos de Bariloche ha l'aspetto di un villaggio tirolese. Nonostante sorga sulle sponde del lago Nahuel Huapi, nella provincia di Rio Negro, in Argentina e poco distante dal confine cileno.

La cittadina era stata edificata in previsione della disfatta nazista da alcuni fedelissimi e serviva da rifugio a criminali di guerra come Priebke, Kopps, Maler e molti altri nazifascisti in fuga. Si diceva che anche Hitler e Bormann, dopo aver simulato la morte, fossero transitati per la cittadina argentina.

A meno di un miglio dal lungolago di Bariloche si trova l'isola Huemul.

Lì, ricevuto l'appoggio di Perón, Richter aveva impiantato un laboratorio segreto.

Il presidente argentino non ebbe esitazione nel concedere carta bianca allo scienziato di origine austriaca. Il solo fatto che lo stimato Tank avesse speso parole d'elogio per le ricerche che stava svolgendo rappresentava una garanzia.

Ante Pavelić aveva preferito non esporsi in questa fase: al momento opportuno avrebbe saputo come far pagare a Perón il prezzo del successo nell'esperimento.

Richter aveva costruito sull'isola alcuni edifici adibiti a laboratorio nei pressi dei quali si ergeva un cilindro in cemento armato di grandi dimensioni. Sotto certi aspetti la disposizione dei fabbricati ricalcava quelli fatti erigere da Tesla a Wardenclyffe City. Anche la struttura cilindrica sarebbe servita come base dell'antenna.

« La versione ufficiale che dobbiamo mantenere con chiunque », aveva ordinato Pavelić al ricercatore, « sarà che lei, Richter, sta eseguendo alcune ricerche sul nucleare, la fonte energetica del momento. Se dovesse trapelare che stiamo invece sviluppando un'arma di distruzione progettata da Tesla, tutti, a partire dalle grandi potenze, cercherebbero di sabotarne l'esito. Anche con il governo argentino, sarà quella nucleare la versione che dovremo sostenere. »

Huemul era una piccola roccaforte sorvegliata da sentinelle armate. Le luci che illuminavano il camminamento esterno, protetto da una recinzione, erano accese ogni notte e facevano apparire l'isola come un campo di concentramento. Naturalmente erano vietati l'approdo e l'avvicinamento. Richter si allontanava raramente dal laboratorio, per questo motivo Attilio Sartori, l'autista che Perón gli aveva messo a disposizione, spesso disoccupato, svolgeva sull'isola i compiti di un capocantiere durante i frequenti lavori edilizi. Le poche volte che Richter si aggirava con fare febbrile per il centro sperimentale era in occasione delle « visite ufficiali ». Allora lo scienziato chiedeva ai suoi di abbellire l'intera struttura, alle guardie di indossare le divise più nuove, e si recava personalmente al pontile ad aspettare gli ospiti. Questi ultimi raggiungevano Huemul a bordo di un idrovolante da turismo. Scendevano frettolosamente e, una volta arrivati al laboratorio, Richter esigeva che nessun collaboratore fosse presente. In concomitanza di quelle occasioni, concedeva spesso a tutti una giornata di vacanza.

Quel giorno Attilio Sartori disattese gli ordini per puro caso. Si trovava su un'impalcatura dell'edificio che ospitava il laboratorio principale. L'idrovolante si era appena ormeggiato e gli ospiti in visita si erano avviati a piedi verso l'edificio sul quale Sartori stava eseguendo una manutenzione. Guidava il gruppo Ronald Richter e, a giudicare da come si sbracciava, stava descrivendo le meraviglie della *sua* isola. Dietro di lui il generale Perón, accompagnato dalla sua ombra Ante Pavelić. In quei giorni l'isola era battuta da un vento polare. L'altro personaggio era imbacuccato in un giaccone pesante e portava un cappello di lana calato sulle sopracciglia. Quando furono più vicini il visitatore alzò lo sguardo verso l'impalcatura e Sartori ebbe modo di riconoscerlo. L'autista non avrebbe mai dimenticato quello sguardo di ghiaccio: Adolf Hitler, l'uomo che aveva contribuito a fare dell'Europa un mucchio di macerie, seguiva con attenzione la descrizione di Richter mentre il gruppo si avviava verso il laboratorio.

Sartori si arrampicò sul tetto e raggiunse il camino. La canna fumaria trasportava le voci che provenivano dalla saletta utilizzata per le riunioni. I visitatori erano dentro da un po' e l'autista riuscì a carpire solo le ultime parole, pronunciate in spagnolo con un forte accento tedesco: « Così gli americani la pagheranno. Sapranno che cosa vuol dire avere la guerra in casa. New York sarà rasa al suolo ».

Attilio Sartori era persona riservata e fervente peronista. Ma quel segreto era troppo grande per essere custodito solo da lui.

Dopo la morte dello zio, Sava Kosanović aveva fatto fuoco e fiamme per rientrare in possesso dei suoi effetti.

Edgar Hoover sparpagliò sulla scrivania le lettere di protesta che il nipote di Nikola Tesla aveva scritto in quei sette anni. Alzò lo sguardo sul suo collaboratore che, all'FBI, si occupava del caso.

« Non mi pare che quelle carte contengano segreti, agente Swanson », disse il direttore del Federal Bureau.

« Si tratta di invenzioni ormai note, una barca telecomandata, qualche bobina e dei motori elettrici. Penso che potrebbe autorizzare, direttore, la rimozione del segreto. Restituiremo il tutto al nipote, così la farà finita di scalpitare. Tratterrò solamente le poche carte sulle quali nutriamo dei dubbi. »

« Mi sembra un'ottima cosa. Faremo come lei suggerisce. Ha novità su Huemul? »

« Non so quale fondamento abbiano le rivelazioni che questo Sartori ha fatto al nostro referente. Vero è che su quell'isola stanno accadendo cose strane. Indipendentemente se l'autista di Richter abbia davvero riconosciuto Adolf Hitler, il progetto Huemul è teso alla produzione di armi. »

« Che cosa consiglia di fare, Swanson? » chiese il direttore dell'FBI.

« Non possiamo certo bombardare un'isola sul territorio di un Paese amico. Ma possiamo sempre screditare il progetto e chi se ne sta occupando. Un po' di sana contropropaganda e l'isola di Huemul sarà abbandonata a sé stessa con i suoi misteri. E nessuno potrà mai sospettare che la decadenza del progetto sia opera dell'FBI. »

Quando gli effetti personali di Tesla, racchiusi in ottanta bauli, furono riconsegnati a Kosanović, il nipote formalizzò immediatamente una protesta per la mancanza di alcuni documenti – a suo dire – di grande importanza. Basandosi proprio sulle tesi sviluppate sui documenti mancanti, il dipartimento delle forze armate statunitensi diede il via a un programma segreto chiamato Progetto Nick, riguardante lo sviluppo delle armi ipotizzate da Tesla. Dopo un iniziale entusiasmo, il progetto naufragò anche per la mancanza di fondi.

Quei fondi che non furono mai fatti mancare, invece, a Ronald Richter da parte del governo peronista argentino. Perón stesso volle che agli esperimenti dello scienziato austriaco fosse destinata la cifra esorbitante di trecento milioni di dollari. E, dato che ne era finanziatore, il generale prese a incalzare Richter.

« Dobbiamo una risposta celere al parlamento, Richter », disse Perón dopo aver convocato il suo pupillo, sul quale incominciavano, però, a circolare una serie di perplessità.

« Ci penserò io, presidente », rispose Richter sicuro. « Naturalmente senza mai rivelare il vero scopo del progetto Huemul. »

Marzo del 1951 si avviava verso un nuovo inverno. La sala stampa della Casa Rosada era gremita di giornalisti. Al tavolo, accanto al presidente e a Richter, sedevano alcuni ministri e il responsabile del programma nucleare argentino.

Perón si alzò e, nel suo breve discorso, evitò di addentrarsi nei dettagli tecnici.

« Abbiamo innescato una reazione termonucleare che ha rilasciato energia controllata. Abbiamo aperto una nuova porta sulle forniture energetiche dell'umanità. Lascio la parola al dottor Richter che sarà più preciso del sottoscritto sui procedimenti adottati per questa sensazionale scoperta. »

L'austriaco prese la parola ma, deludendo le aspettative dei giornalisti, dal suo discorso non emerse nulla di tecnico. Sembrava anzi che lo scienziato adoperasse frasi a effetto senza alcuna base scientifica.

« ... Abbiamo creato una fonte di energia illimitata e a portata di tutti. Una fonte di energia infinita a bassissimo costo, utilizzabile per ogni uso e che può essere contenuta in una bottiglia di latte. »

Un mese più tardi Richter riceveva il riconoscimento della Medaglia della fedeltà peronista. Quasi negli stessi giorni furono sentiti in Europa alcuni presunti colleghi del suo corso di laurea all'università di Praga. Nessuno degli interrogati lo aveva mai visto. Ogni documentazione relativa ai laureati era andata distrutta durante il bombardamento della sede universitaria. Anche la vita di Richter nel periodo bellico sembrava priva di ogni traccia. Nel contempo le sue dichiarazioni ricevevano critiche feroci dai più famosi scienziati del campo, come Fermi e Teller.

Pressato dalle « voci malevole », Richter fu costretto a convocare una nuova conferenza stampa. Questa volta i giornalisti erano più preparati all'argomento e si presentarono accompagnati da una nutrita schiera di tecnici.

Di fronte alle loro precise domande, Richter si trincerava dietro al segreto di Stato che gravava sull'intera vicenda e cercava, blaterando, di fornire spiegazioni che si rivelarono modeste e di nessuna importanza.

Se l'intenzione di Perón e del suo pupillo era quella di allontanare l'attenzione dei media dagli esperimenti sul raggio della morte di Tesla, il loro piano si rivelò un fallimento. Il peso dell'argomento era tale che gli occhi del mondo intero erano posati sull'isola di Huemul e sul lavoro dei suoi laboratori. Anche gli oppositori di Perón, in parlamento, iniziarono a presentare una serie infinita d'interrogazioni sullo stato dell'opera e sui trecento milioni di dollari che, nel frattempo, si erano volatilizzati.

« Sarò costretto », disse Perón durante uno dei sempre più

rari incontri con Richter, « a istituire una commissione d'inchiesta. »

« Mi perdoni, presidente. Mi sembrava che lei fosse d'accordo con la versione che abbiamo fornito alla stampa... » rispose Richter.

« Parlare del nucleare è stata una sua idea, Richter. Se avessimo detto la verità avremmo suscitato un interesse ben inferiore. Adesso sembra che tutti siano scatenati alla ricerca della verità sul progetto Huemul. Preferisco dargli in pasto il fatto che abbiamo preso un abbaglio », disse il generale.

« Che io ho preso un abbaglio! » esclamò Richter.

Gli eventi si susseguirono con tale velocità che persino un genio del male come Ante Pavelić si ritrovò spiazzato. Quando la polizia argentina arrestò Richter accusandolo di truffa, Pavelić decise che fosse opportuno far sparire i documenti in suo possesso: se gli inquirenti li avessero trovati, sarebbe stato automatico risalire a lui. Sulla tenuta di Richter, invece, non aveva dubbi: l'austriaco conosceva l'inflessibilità del Poglavnik in presenza di un tradimento. Pavelić poteva ancora contare su un gran numero di ustascia pronti a gettarsi nel fuoco a un suo ordine.

Padre Krunoslav Draganović risiedeva a Roma, presso il monastero di San Girolamo dei Croati in via Tomacelli. Grazie anche a lui, decine e decine di criminali di guerra nazisti, ustascia e fascisti erano riusciti a scampare alla giustizia europea e a rifugiarsi in alcuni Paesi compiacenti. Anche Ante Pavelić aveva usufruito del suo servizio di espatrio clandestino.

Quando Draganović si vide recapitare il plico personalmente dal Poglavnik si sentì onorato: era devoto al comandante ustascia quasi quanto lo era verso dio. E lui gli affidava una custodia così importante. Lesse e rilesse le istruzioni e, come Pavelić gli chiedeva, non tolse i sigilli al contenuto, nascondendolo dove difficilmente sarebbe stato possibile trovarlo.

Kurt Tank non era un fanatico, ma un competente progettista nella Germania in guerra. Il Caso Richter aveva avuto una risonanza smisurata nei media non solo argentini.

« Lei ha una sola pecca, ingegnere », disse Perón nel corso di una delle sue visite alla Fábrica di Cordova. « Quella di avermi messo tra i piedi quel truffatore di Richter. »

« Possiamo parlarne in privato al termine della visita, presidente? » chiese Tank e, quando si trovò a tu per tu con il generale, vuotò il sacco.

« L'idea di pensare a Richter non è stata mia. Io lo conoscevo appena. »

« E chi sarebbe allora il padrino di cotanto imbroglione? »

« La persona a lei più vicina, quella che sovrintende alla sua sicurezza, signor presidente. »

« Intende Ante Pavelić? »

« Proprio lui, signore. Mi chiese di presentarglielo esaltandone le capacità. »

« Perché lo ha fatto, Mattheis? »

« Perché aveva minacciato di rivelare a tutti chi ero. »

Perón era un militare. La diplomazia non faceva parte dei suoi modi. Appena rientrato alla Casa Rosada, convocò il Poglavnik.

« Volevate soltanto appropriarvi di trecento milioni del popolo argentino o c'è dell'altro? » chiese Perón a bruciapelo.

« Non capisco che cosa vuoi dire, Juan Domingo. »

« Che tu e il tuo scherano Richter avete messo il sottoscritto alla berlina nel mondo intero! » Perón era furioso.

« Ho conosciuto Ronald Richter dopo che gli avevi concesso carta bianca sul programma nucleare del tuo Paese. Sei stato tu a dargli fiducia. Non io. »

« Vuoi davvero che apra il libro, Ante? Ha ricevuto la mia fiducia perché Tank lo ha raccomandato. Ma, a tua volta, tu stesso lo hai caldamente raccomandato a Tank. Che cosa c'è sotto? »

« Nulla di speciale, credimi. Solo uno scienziato del Reich che mi ha chiesto aiuto. »

« Scienziato del Reich? » chiese il generale stupito. « Ma se non ha nemmeno la licenza media. »

« Te lo ripeto, Juan. Mi ha solo chiesto di aiutarlo. Non sapevo nulla dei suoi progetti e non volevo espormi con te. Quindi ho chiesto a Tank di metterci una buona parola. Sono desolato per quello che è successo. »

Sembravano due tigri che si fronteggiano: il loro meraviglioso manto può ammaliare l'osservatore e indurlo a sottovalutarne la pericolosità, ma rimangono belve sanguinarie.

Pavelić non aveva mai smesso di ordire le sue trame. Impossessarsi del potere in Argentina gli era sempre sembrata un'opzione possibile. E in tal senso aveva sempre operato, con o senza raggio della morte.

La cura di un abile e spietato tessitore di trame come Ante Pavelić non stentò a manifestarsi.

Il 16 giugno del 1955 era un giorno feriale come tanti. Nella capitale Buenos Aires, Plaza de Mayo si andava affollando perché il presidente Perón avrebbe dovuto tenere un comizio.

All'improvviso trenta cacciabombardieri decollati dall'aeroporto militare di Morón scesero in picchiata sul centro della città. La prima bomba colpì un filobus, uccidendo tutti gli occupanti. Poi, le ondate di attacchi aerei si susseguirono sulla Casa Rosada e sull'antistante Plaza de Mayo. La missione dei piloti era quella di eliminare Juan Domingo Perón.

Il presidente, avvertito da una soffiata del ministro Lucero, si era rifugiato in un bunker sotterraneo. Da quella postazione lui e il fedele Lucero ripresero in mano la situazione, facendo leva sui militari fedeli. Alla sera i ribelli furono costretti alla resa. Sul campo rimasero più di cinquecento corpi, la maggioranza dei quali apparteneva a civili innocenti.

Ma il timore dell'insuccesso sembrava non gravare sugli spiriti rivoluzionari.

Nel settembre dello stesso anno il generale Eduardo Lonardi rovesciò il governo costituzionale di Juan Domingo Perón, portando a termine la Rivoluzione Liberatrice. Ante Pavelić, dietro alle quinte, aveva scelto con cura il suo rappresentante: Lonardi era un fervente cattolico, riscuoteva credito tra i militari e, soprattutto, soffrendo di gravi problemi di salute, avrebbe potuto restare a capo del Paese per poco tempo. Il passaggio di consegne era già concordato: Pavelić sarebbe subentrato al generale rivoluzionario dopo una manciata di mesi necessari a sedare ogni ribellione peronista.

Dal canto suo, Juan Domingo Perón si era ritirato in esilio in Paraguay, senza mai abbandonare il desiderio di ritornare a governare la « sua » Argentina.

« Temo di doverle dare una brutta notizia, presidente », disse l'ex ministro della Difesa Lucero, rimasto fedele a Perón in esilio. « Il burattinaio che tiene i fili della rivolta è Pavelić. »

« Pavelić? » esclamò Perón con rabbia. « Io gli ho dato asilo e un tetto quando era ricercato da mezzo mondo. La pagherà cara. »

Nell'instabilità cronica dello Stato sudamericano, sembrava che tutto giocasse contro le aspirazioni dell'ex dittatore croato. Ogni volta che per Pavelić sembrava il momento di entrare in gioco in prima persona, veniva soppiantato da un altro pretendente alla carica di presidente.

Nel 1957, un attentatore solitario gli esplose contro due colpi di pistola. Ante Pavelić, il Boia di Croazia, morì due anni più tardi in conseguenza delle gravi ferite riportate in quell'attentato.

Non tutti quelli che erano scampati alla giustizia post bellica fuggendo in Paesi compiacenti volevano restaurare gli antichi splendori nazisti. I criminali di guerra, prima di darsi alla macchia, erano riusciti a razziare vere e proprie fortune in oro, gioielli, opere d'arte. Una volta cambiata identità, molti si erano mescolati con la società civile della nazione ospite, cercando di dare nell'occhio il meno possibile.

In Medio Oriente era la Siria il Paese più richiesto.

Marina Pamic, ufficiale ustascia e comandante delle guardie nella sezione femminile del campo di concentramento di Jasenovac, era una bella donna dal carattere forte.

Quando si era arruolata aveva la mente piena di ideali. Poi era stata dislocata a far la guardia in quel luogo di morte, cancellando ogni sua velleità da eroina. Col passare dei mesi si era trasformata, perdendo – come dicevano le povere internate – ogni barlume di coscienza e di umanità.

Marina Pamic era capace di calzare lo *srbosjek* e sgozzare una o due recluse quando sentiva crescere dentro di sé un incontrollabile astio contro il mondo intero, una furia omicida che nessuno poteva placare.

Al momento della reclusione, anche a Jasenovac le detenute dovevano spogliarsi dei loro averi, come accadeva nelle altre fabbriche della morte. E Marina Pamic, avida d'oro e di gioielli, si appropriava sistematicamente degli oggetti di maggior valore.

Quando il sogno ustascia naufragò con l'avanzare degli alleati, Marina riuscì a raggiungere Roma. Qui padre Draganović la nascose in convento e, in seguito, l'aiutò a fuggire in Siria.

Insediatasi a Darat-Azza, nella provincia di Aleppo, l'aguzzina conduceva una vita normale. Si diceva fosse una ricca jugoslava che aveva lasciato il suo Paese per sfuggire alla repressione dei comunisti di Tito.

A Roma sembrava che l'estate non volesse finire, all'inizio di ottobre 1958. Nel lungo corridoio affrescato della residenza papale, le grandi finestre erano aperte.

Il segretario di Stato cardinale Maglione uscì dalla stanza con un'aria affranta. Padre Krunoslav Draganović gli si fece vicino.

«Ormai per sua santità ci sono poche speranze», disse il cardinale scuotendo il capo.

Quella frase aveva creato non poca preoccupazione nel sacerdote croato.

Draganović era al centro di diverse inchieste per il ruolo da lui ricoperto nella fuga dei criminali di guerra. Aveva dei procedimenti in corso per riciclaggio di denaro e di oggetti appartenuti alle vittime dell'olocausto. Sino a quella data era stato protetto dal segretario di Stato e dal Santo Padre in persona. Se fosse cambiato il vento in Vaticano lo avrebbero sicuramente perseguito.

Draganović tornò presso la sua diocesi in San Girolamo dei Croati divorato dall'angoscia: la guerra era ormai finita da tredici anni e il sacerdote era sempre riuscito a non pagare per le sue colpe.

« C'è una signora che chiede di lei, padre », disse un giovane prete appena Draganović fu in convento.

« Marina! » esclamò il religioso riconoscendo la donna all'istante.

L'aguzzina di Jasenovac indossava abiti eleganti e non aveva perso la sua bellezza. Soltanto gli occhi, neri e profondi, tradivano la sua anima diabolica.

« Ho deciso di fare un viaggio di piacere: ormai gli echi della guerra si sono spenti. La Siria è un Paese sicuro, ma privo di qualsiasi mondanità. Come stai, Krunoslav? »

« Fisicamente bene... »

« Perché lo dici con quel tono? »

« Il Papa sta morendo. »

« Mi dispiace. Ti addolora così tanto questa cosa? »

« Mi preoccupa. Sino a oggi sono stato protetto. È difficile che il nuovo pontefice faccia altrettanto. »

« Un uomo che ha rivestito un ruolo importante come te, nel salvare dalla persecuzione tanti eroi del nazismo, non può lasciarsi prendere dalla paura... »

« Tu non capisci, Marina. La nostra rinascita dipende anche da me. Io custodisco i nomi di tutti quelli che ho fatto fuggire, le loro destinazioni, i progetti di armi segrete che mi ha consegnato il Poglavnik in persona... »

« Ancora credi che torneremo in auge? » disse la donna scettica. « Io no, voglio solo godermi ciò che mi resta della vita. »

Draganović riprese come se non l'avesse ascoltata: « Ti consegnerò i documenti. Se le cose andranno male, da te saranno al sicuro ».

Il viaggio di piacere di Marina Pamic durò più di un mese nell'Europa che si andava rimettendo dai danni del conflitto. Appena tornata a Darat-Azza in Siria, Marina Pamic murò i documenti ricevuti da Draganović in un'intercapedine della sua villa. Prima o poi il prete se li sarebbe tornati a prendere.

L'elezione di Giuseppe Roncalli al soglio di Pietro fu salutata con grande entusiasmo.

Il 5 novembre del 1958, il giorno seguente l'intronizzazione, il futuro segretario di Stato, cardinal Tadini, ordinò a Draganović di lasciare Roma, dopo averlo spogliato dei suoi incarichi in seno alla Chiesa.

19

Primavera 2024

L'ingegner Nadir Rashed aprì gli occhi. L'ultima immagine che aveva nella mente era la villa occupata da Adel Issawi che saltava in aria. L'esplosione gli aveva portato via un braccio e le schegge l'avevano ferito in varie parti del corpo. Ridotto in fin di vita, era rimasto privo di conoscenza e in bilico tra la vita e la morte per settimane.

« Devo parlare al generale Kahdir. È urgente! » disse al medico che lo stava visitando nel letto dell'ospedale di Gaza nel quale era stato ricoverato.

Alcuni giorni più tardi Mohammed Kahdir, comandante delle brigate al-Qassam, braccio armato di Hamas a Gaza, era seduto davanti al letto del ferito.

« Ho interrogato a lungo Richard Goldberg, il responsabile di un progetto segreto israeliano per realizzare un'arma potentissima », disse Rashed, sollevandosi a fatica. « Mancavano solo pochi tasselli per raggiungere la fattibilità del progetto. Devo riprendere l'interrogatorio. »

« Goldberg è riuscito a fuggire. Ormai è al sicuro a Tel Aviv. Quando i nostri uomini hanno raggiunto la villa, per Issawi era troppo tardi. Credo invece che tu, Nadir, debba loro la vita. Forse tu sai darmi qualche spiegazione su questo... »

Kahdir posò sul letto un quaderno bruciacchiato al quale mancavano molte pagine. Rashed lo prese e lo sfogliò con il braccio sano, soffermandosi sui brandelli di carta ancora leggibili.

« Devo rimettermi a lavorare. Penso di poterci riuscire », disse Rashed.

« Riuscire a fare cosa? » chiese Kahdir.

« Devi sapere che il 30 giugno del 1908, un cataclisma sconvolse una zona disabitata siberiana. Si chiamava Tunguska. »

« Mi sembra di aver letto qualcosa su quel disastro. Ma non capisco che cosa c'entri con il quaderno. La spiegazione che diedero fu quella di un meteorite esploso in aria... »

« Io sono invece convinto che quello fu l'unico esperimento del raggio della morte portato a termine da Nikola Tesla. Appena comprese la portata della sua arma, abbandonò l'idea. Un'idea che noi possiamo riprendere e realizzare. »

« Quanto tempo ti serve, Rashed? »

« Dal momento in cui sarò in grado di uscire da qui, meno di quanto tu non creda, Mohammed: gran parte delle strutture necessarie sono state già costruite segretamente grazie a Issawi. »

« Come supponevo », disse Breil. « Chadad si è dimesso stamane. A dire la verità, ha impiegato più di sei mesi per accorgersi del fallimento dell'intelligence nell'attacco di Hamas del 7 ottobre. »

Sara lo guardò con aria interrogativa, e Bernstein si affrettò a fornire una spiegazione: « Il generale Aharon Chadad, cinquantasei anni, era a capo dell'intelligence militare AMAN. Nella sua lettera, imputa le sue dimissioni al fallimento del compito affidato al settore dei servizi – di cui era responsabile – in occasione dell'attacco. »

« Ribadisco la mia convinzione: non è sufficiente un capo dell'intelligence per spiegare quello che è successo », disse

Oswald. « Senza contare che, mentre Chadad rassegnava le sue dimissioni, è stato reso noto che alcune soldatesse addette alla sorveglianza avevano denunciato l'imminenza di un attacco con ragionevole anticipo. Pare anche che i servizi egiziani avessero avvertito per tempo Israele della minaccia », Breil fece una pausa. Le sue conclusioni stavano arrivando e non erano confortanti. « A questo punto, mi sembra chiaro che non fosse possibile non accorgersi dei preparativi dell'attacco. Penso che qualche motivo 'superiore' abbia spinto a ignorare i segnali d'allarme e non solo, a sguarnire l'area di ogni difesa. Chadad si è sacrificato per chi gli ha ordinato di ignorare i segnali di pericolo. Il generale dell'AMAN ha pagato per tutti. Ma ora l'importante è che questa guerra finisca. L'accanimento dei governanti contro i palestinesi non ha più giustificazioni. Sono convinto abbiano pagato a caro prezzo la lezione. »

La notizia della trattativa avviata aveva sorpreso un po' tutti, in un momento in cui gli attacchi israeliani provocavano almeno una trentina di morti al giorno. La mediazione egiziana sembrava aver dato i suoi frutti, componendo le parti in guerra sui due punti che più stavano a cuore ai contendenti: la liberazione degli ostaggi per Israele e un cessate il fuoco prolungato per i palestinesi.

« Sembra che gli ostaggi ancora in vita, da cento che erano, siano poco più di una trentina », disse Bernstein.

« Non posso pensare alla sofferenza di quella gente », disse Sara.

« Più passa il tempo e maggiori sono le probabilità che nessuno degli ostaggi resti vivo », aggiunse Breil. « Meglio concedere la tregua di due mesi richiesta dai palestinesi e portarli a casa. Con la speranza che il primo ministro perda il gusto di giocare alla guerra. »

La speranza di raggiungere un accordo naufragò solo poche ore più tardi.

« Aserovich si è irrigidito. Vuole a tutti costi entrare a Rafah e neutralizzare i focolai di Hamas nascosti nel campo profughi », disse Breil il giorno seguente.

« Non capisco la posizione intransigente del primo ministro. A questo punto la tregua sembrava cosa fatta », commentò Sara.

Quella stessa sera, il generale Chadad entrò nel suo ufficio all'interno di uno dei palazzi moderni dell'HaKirya. Era un uomo minuto, si muoveva velocemente. Si slacciò la camicia e si sfilò il cappello. Lo posò sulla sommità dell'appendiabiti nell'angolo. La lampada sulla sua scrivania era accesa e diffondeva una luce soffusa. Era quello che Chadad voleva: ne aveva abbastanza delle luci della ribalta. Le sue dimissioni avevano fatto il giro del mondo. Adesso cercava soltanto un po' di tranquillità. Nei prossimi giorni, avrebbe riempito gli scatoloni e avrebbe raggiunto il suo nuovo « incarico non operativo ». Sedette sulla poltrona dietro la scrivania. Chiuse gli occhi sorreggendo la testa con le mani.

« Buonasera, generale! » echeggiò una voce nella semioscurità della stanza.

Chadad non ebbe il tempo per accennare una reazione: una mano forte gli premette il silenziatore alla tempia. Poi la calibro 9 Emtan esplose un solo colpo.

L'assassino aprì la mano destra del militare e strinse le sue dita attorno al calcio. Subito dopo lasciò indisturbato la stanza.

La prima pagina online del quotidiano *Haaretz* di Tel Aviv riportava la notizia a caratteri cubitali: « Travolto dal peso della colpa, il generale Chadad si è tolto la vita nel suo ufficio sparandosi alla tempia ».

Oswald posò il tablet sul tavolo e si rivolse ai suoi: « C'era da aspettarselo. Anche se... »

« Anche se... Oswald? » chiese Sara.

« Non capisco », disse Breil indicando la foto a corredo del servizio. Si vedeva un telo bianco che copriva il corpo, una chiazza di sangue rosso in corrispondenza del capo. Dal telo fuoruscivano il silenziatore e la canna dell'arma d'ordinanza. « Perché un aspirante suicida perde tempo a montare il silenziatore alla pistola che lo ucciderà? »

« Forse non voleva allarmare i vicini d'ufficio », disse Sara.

« A quell'ora non c'era un grande affollamento nel comando delle IDF. E comunque non credo che questa sia la preoccupazione di chi sta per spararsi », rispose pronto Breil mentre Bernstein, il computer sulle ginocchia, taceva, digitando sulla tastiera.

« Ecco qui, maggiore », esclamò Bernstein nel silenzio. « Il silenziatore nella foto è un Acheron APS. È lungo venti centimetri. La canna della pistola d'ordinanza di Chadad, una Emtan Ramon calibro 9x19, è lunga dieci centimetri. Credo che il generale, arti minuti e bassa statura, abbia avuto qualche difficoltà ad appoggiarsi trenta centimetri tra canna e silenziatore alla tempia. Mi riservo di confermare questa mia sensazione una volta che sarò riuscito a scaricare i rapporti balistici. »

« Se qualcuno ha fatto saltare le cervella a Chadad significa che gli organizzatori di questa macabra farsa incominciano a sentire il terreno cedere sotto ai loro piedi. »

Il vicedirettore della CIA Corder sorrise e strinse la rivista tra le mani. La carta era stata, un tempo, patinata. Oggi aveva perso la sua lucentezza ed era diventata secca e fragile. La foto sulla prima pagina ritraeva il profilo di un uomo dal volto scarno, lo sguardo sognante che si perdeva all'orizzonte, due baffi neri curati. Quella copia del *Time* era datata 20 luglio 1931. La foto ritraeva l'inventore Nikola Tesla.

Il motivo dell'espressione soddisfatta di Corder era però un altro.

Il vicedirettore aveva preso parte, con i colleghi dell'FBI, all'accesso presso la residenza dell'ex presidente statunitense Donald Trump a Mar-a-Lago. Il blitz aveva portato al sequestro di trenta scatoloni di documenti, per la maggior parte si trattava di documenti riservati e coperti da segreto.

Sopra una delle scatole trovata imballata nel deposito troneggiava una scritta a pennarello: JOHN G. TRUMP.

Corder l'aveva aperta prima di apporre i sigilli e farla portare via assieme alle altre. Con la speranza di mitigare la tensione che si era creata tra inquirenti, ex presidente e i suoi legali, il vicedirettore della CIA aveva chiesto qualche informazione su quell'imballo: « Sono cose vecchie, credo si tratti di documenti che provengono dalla casa del fratello di mio padre, quando mio zio John è venuto a mancare ».

Trump, resosi conto dell'interesse del federale per la rivista appoggiata sulla pila dei documenti infilati nella scatola, disse: « La prenda pure se le piace, signor Corder. Non credo che quella vecchia copia del *Time* riguardi le vostre ricerche ».

Il vicedirettore aveva ringraziato: la rivista sarebbe andata a fare compagnia alle altre della sua collezione.

Arrivato a casa, Corder si mise a sfogliare il *Time*. Alcuni fogli scritti a penna caddero a terra mentre scorreva gli articoli. Si trattava di una ventina di pagine di quaderno ingiallite sulle quali qualcuno aveva tracciato, con buona calligrafia, i passi di un progetto. Quei fogli ne erano una parte. Corder era trasalito quando aveva letto il titolo, « Fase 2 – Costruzione parti interne e assemblaggio del Teleforce, il raggio della morte di N. Tesla ». La firma dello scienziato compariva in calce a ogni foglio.

L'uomo indossava la tuta da lavoro dell'aeronautica militare iraniana, i gradi di sottufficiale spiccavano sul petto dell'indumento. Raggiunse il varco dell'hangar presidiato da sentinelle armate. Salutò cordialmente i colleghi, intenti alle manutenzioni dei tre elicotteri Bell 412 identici. Amin Sajjad era considerato il meccanico più esperto. I velivoli erano usati dalle alte sfere del Paese per i loro spostamenti a medio raggio.

Il meccanico salì a bordo di quello più vicino al portale, posò la sua borsa dei ferri e si mise ad armeggiare attorno al cruscotto.

« Che cosa stai facendo, Amin? » chiese uno dei colleghi.

« Devo aggiornare i chip degli altimetri. Questi americani cambiano le carte in tavola ogni giorno », rispose Amin lavorando attorno allo strumento che penzolava dal cruscotto, attaccato ai cavi.

Il sergente Sajjad ripeté l'operazione sulla strumentazione del copilota. Poi passò al secondo e al terzo velivolo.

Era al termine del suo turno di lavoro, quando abbandonò l'hangar.

Ebrahim Raisi Raisol-Sadati era stato eletto presidente dell'Iran nel 2021. Era considerato il successore naturale del leader supremo Khamenei. Prima di intraprendere una sfolgorante carriere politica era stato un magistrato. Era considerato un conservatore severo e intransigente, tanto che le proteste di piazza che si erano scatenate nel 2022 vedevano lui come il principale bersaglio. Anche per questo motivo, il presidente Raisi non dormiva sonni tranquilli. La scelta, all'ultimo momento, su quale elicottero imbarcarsi, era una delle tante cautele che usava nei suoi spostamenti.

La visita di Stato in Azerbaijan era stata produttiva. Gli interscambi commerciali tra i due Paesi, motivo ufficiale della visita, erano balzati in secondo piano: il sospetto degli iraniani era che Israele potesse usare il territorio azero come base di partenza di attacchi di commando. Nell'accordo era prevista una maggiore sorveglianza e, soprattutto, veniva sancita l'indissolubile alleanza tra i due Paesi.

Le condizioni meteorologiche non erano ideali: una fitta nebbia avrebbe accompagnato il viaggio di ritorno del presidente e del suo seguito nella zona montuosa di Tavil. Ma i Bell 412, in produzione dal 1960, nella loro pluridecennale carriera avevano superato ostacoli ben più ardui di una nebbia in quota.

Nel vano destinato ai passeggeri, Raisi stava scambiando alcune opinioni con il ministro degli Esteri iraniano sulla missione appena conclusa. Un sobbalzo del velivolo più forte degli altri costrinse il presidente a sorreggersi alla maniglia. Il pilota volava affidandosi agli strumenti. Era tranquillo. Almeno sino al momento in cui la nebbia si fece meno fitta e la parete rocciosa spuntò dal nulla a una trentina di metri dal muso del velivolo. Il pilota tentò una manovra d'emergenza, ma era troppo tardi. L'elicottero colpì la roccia alla massima velocità, non lasciando scampo a nessuno degli occupanti.

Il Bell 412 era precipitato a causa del maltempo. Questa la versione ufficiale del disastro aereo in cui erano periti il presidente della Repubblica Islamica dell'Iran, il ministro degli Esteri e altri funzionari di Stato, oltre al pilota e al suo secondo.

« Cose grosse bollono in pentola, Mariam. » Come sempre il generale Tal si lasciava andare a qualche confidenza dopo la consueta prestazione sessuale con l'amante.

La donna indossava una camicia da notte semitrasparente di colore rosso acceso. Si avvicinò all'orecchio dell'uomo e, con voce sensuale, sussurrò: « Sai, vero, che mi ecciti quando mi racconti i tuoi segreti... »

« Non posso dirti di più. Lo saprai tra poche ore. Finalmente avremo modo, e ragione, di far valere il nostro valore. Adesso devo rientrare al comando. E non hai idea di quanto mi dispiaccia lasciarti. »

Pochi minuti più tardi Oswald commentava insieme a Breil e Sara il colloquio intimo che le telecamere spia avevano ripreso.

« Tal ha sottolineato l'espressione 'e ragione'... »

« Penso che lo abbia fatto per dire che un'eventuale azione militare sarà in risposta a un attacco nemico... » disse Sara.

« Oppure potrebbe trattarsi di un comportamento teso al salvataggio dell'umanità, del quale il mondo dovrà essere grato a Israele... » disse Oswald. Fece una pausa e poi esclamò: « Esfahan e Natanz! I due siti nucleari iraniani che Israele ha appena attaccato! »

« Un attacco fallimentare, secondo gli iraniani », commentò Sara.

« Invece mi viene il dubbio, Sara », disse Oswald, « che un'operazione chirurgica come quella prefiguri un'azione in grande stile. »

« In effetti, è stato un attacco da manuale », disse Bernstein. « Dapprima si sono alzati in volo stormi di droni quadrirotori da diverse località in Iran, probabilmente teleguidati da sabotatori locali addestrati dal Mossad. Il finto attacco di droni ha confuso i radar della contraerea iraniana. In quel momento sono entrati in azione gli F-16 decollati da Israele che hanno lanciato i missili balistici contro le difese dei siti nucleari. In pratica, le IDF hanno voluto dare una lezione agli iraniani: anche il loro attacco avrebbe dovuto avere caratteristiche analoghe. Droni in quantità che attirano il fuoco contraereo, mentre missili veri e propri vanno al bersaglio. »

« Mi permetta, Bernstein. Oltre alla lezione c'è che l'intera zona di produzione di esafluoruro d'uranio di Esfahan e quella di arricchimento di Natanz, adesso sono prive di difesa. Ecco perché il generale Tal accentua la parola 'ragione': la minaccia nucleare iraniana fa paura al mondo. »

L'ufficio del primo ministro Aserovich si trovava all'ultimo piano dell'edificio C al Kiryat Ben Gurion, il complesso di fabbricati nel quartiere Givat Ram a Gerusalemme, sede del cuore politico istituzionale dello Stato d'Israele.

Il vicedirettore Corder era arrivato in perfetto orario all'appuntamento. Il premier e il generale Tal erano già seduti ad aspettarlo nell'angolo dell'ufficio arredato con un divanetto, un paio di poltrone e una grande libreria a muro, piena di volumi.

« Ho preferito », disse il premier israeliano, « tenere questa riunione in presenza: qualsiasi dispositivo è intercettabile e lascia dietro di sé della bava elettronica indistruttibile. Mi dispiace di averle fatto fare questo lungo viaggio, Corder. Ma certo non è consigliabile che il primo ministro e il capo delle

IDF vadano negli Stati Uniti in un momento come questo. Di sicuro non passerebbero inosservati.»

«Nessun problema, Aserovich. Una mia visita presso di voi è giustificata al punto che mi viene concesso di volare con un aereo privato della flotta della CIA. Un viaggio in tutta tranquillità. Ma veniamo a noi. Ho solo poche ore prima di ritornare in Virginia...»

«Siamo pronti. Domani all'alba attaccheremo», disse Aserovich con un lampo trionfale nello sguardo.

«La reazione è stata valutata?» chiese Corder.

«Sino alla più imprevedibile variabile. Siamo pronti a fronteggiare qualsiasi tipo di reazione», disse ancora Aserovich.

«Nel frattempo noi della CIA attiveremo le cellule antiregime locali, con la speranza che si scateni un'insurrezione popolare. Così, ci saremo finalmente liberati di una concreta minaccia per l'Occidente! Si ricordi la promessa che mi ha fatto, Aserovich: ogni altro documento relativo a Nikola Tesla che recupererete mi sarà consegnato.»

«Certo, Corder. Sarà fatto. Adesso lascio la parola al generale Tal che le illustrerà le fasi dell'attacco.»

L'impianto nucleare si trovava a trenta chilometri dalla cittadina di Natanz. In superficie erano visibili soltanto una ventina di edifici: l'intero stabilimento per l'arricchimento del materiale radioattivo si sviluppava sottoterra. Per questo motivo era considerato un baluardo inespugnabile per eventuali attacchi aerei dei nemici dell'Iran. Infatti, nel luglio 2020, un'azione terroristica rivendicata da sedicenti Ghepardi della Madrepatria era riuscita a distruggere solo un capannone destinato all'assemblaggio delle centrifughe per l'arricchimento dell'uranio. La produzione aveva subito qualche ritardo, ma ormai l'Iran non era lontano dal fabbricare la sua bomba atomica.

Lo stabilimento di Esfahan era, invece, situato ai margini settentrionali della città che contava poco meno di tre milioni di abitanti. Inaugurato nel 1984, con l'assistenza della Repubblica Popolare Cinese, era dotato di tre reattori per le ricerche di modeste dimensioni, un impianto di conversione e uno di produzione di combustibile nucleare. Dal primo giorno del suo funzionamento esisteva il sospetto che l'impianto celasse un sito per la fabbricazione di ordigni nucleari. In verità lì veniva completata la produzione di esafluoruro di uranio, un composto chimico altamente tossico, ma indispensabile per l'arricchimento finalizzato alla costruzione di armi atomiche.

Cento chilometri separavano il sito di Esfahan da quello di Natanz.

L'attacco degli F16 israeliani su Esfahan fu preceduto dal solito sciame di droni: se qualche postazione di contraerea fosse stata ancora operativa, i velivoli senza pilota avrebbero provveduto a generare il caos prima dell'attacco vero e proprio. Sfortunatamente per gli iraniani, in seguito all'incursione di qualche giorno prima, tutte le installazioni missilistiche erano inservibili. Restavano attivi solo pochi pick up « tecnica » con mitragliatrici antiaeree, praticamente inutili per fermare velivoli capaci di volare al doppio della velocità del suono.

Poi, arrivarono gli elicotteri da trasporto e scaricarono alcuni plotoni sulla spianata davanti all'impianto nucleare. Temendo un'incursione via terra, gli iraniani chiesero rinforzi a Natanz.

Il comandante del plotone israeliano guardò il suo cronografo: la colonna di rinforzi era partita da Natanz diretta al sito di Esfahan esattamente quarantacinque minuti prima. L'ufficiale controllò l'armamento e le dotazioni e chiese ai suoi, a bordo del velivolo, di fare altrettanto.

I cinque elicotteri Sikorsky Black Hawk volavano in formazione. Ciascuno trasportava quattordici incursori israeliani. Erano stati costretti a qualche modifica nella rotta, per non sorvolare zone ostili, e ad alcuni rifornimenti in volo. I tempi erano stati calcolati per raggiungere l'obiettivo quando i rinforzi iraniani, partiti in soccorso di Esfahan, non sarebbero più riusciti a invertire la loro marcia.

In vista del bersaglio, i Black Hawk si disposero a semicerchio e due di loro lasciarono partire una raffica di razzi contro le postazioni contraeree dello stabilimento. Poco dopo tre dei velivoli toccarono terra nell'ampio tratto brullo al confine con il sito nucleare. Nella mente degli ufficiali iraniani non era passata l'ipotesi che l'attacco a Esfahan fosse soltanto un diversivo. Se ne resero conto, invece, i pochi militari rimasti a presidiare il sito nucleare di Natanz quando, imbracciate le armi, cercarono di arginare l'avanzata degli incursori israeliani. Nel frattempo, i militari a bordo dei due Sikorsky ancora in volo si calarono nel piazzale dell'impianto con una fune. In breve, la debole difesa iraniana fu vinta.

L'impianto di arricchimento dell'uranio di Natanz occupa una vasta area sotterranea che si estende alla base della collina confinante con la zona sopra terra. Vi si accede attraverso un grande portale d'acciaio.

Gli incursori fecero prigioniero il militare addetto ai comandi per manovrare la pesante porta blindata. Dopo di che fecero irruzione nell'impianto sotterraneo per l'arricchimento d'uranio.

Le centrifughe, una foresta di cilindri di acciaio alti più di due metri, si trovavano nella zona opposta all'accesso. Gli incursori si muovevano rapidi, ognuno di loro sembrava conoscesse alla perfezione le modalità dell'operazione. Nel sito sotterraneo erano presenti solo pochi tecnici che non fecero resistenza. Sotto la scorta di due militari furono condotti verso l'uscita con le mani alzate, mentre gli altri israeliani piazzavano alcune cariche ad alto potenziale.

Venti minuti più tardi il plotone degli assalitori era radunato nuovamente all'esterno del sito sotterraneo. Sotto la minaccia delle armi, il militare iraniano fu costretto a manovrare il portale sino alla sua completa chiusura. A quel punto il comandante israeliano premette sul telecomando. Le detonazioni giunsero all'esterno attutite dalla roccia della collina e dallo spessore del portale ermetico d'acciaio.

« Credo vi convenga tenere chiusa la bottega per qualche migliaio d'anni, se non volete contaminare mezzo Iran », disse il comandante a uno dei tecnici.

I militari si diressero in fila indiana all'esterno dove i cinque Black Hawk si stavano posando, per prelevarli e riportarli sani e salvi alla base. L'intera operazione di sabotaggio a terra era durata meno di quaranta minuti.

Gran parte delle emittenti mondiali aveva interrotto i programmi per diffondere delle edizioni speciali dei notiziari. La notizia, gravissima, dell'attacco al sito iraniano era in grado di far tenere il fiato sospeso a tutto il pianeta. L'attacco di Israele in Iran legittimava ogni Stato a far valere le proprie rivendicazioni con le armi.

Breil scosse il capo rassegnato: « L'attacco a sorpresa al sito di Natanz significa una sola cosa: l'inizio del terzo conflitto mondiale. Aserovich è impazzito. Sembra che non veda l'ora di coinvolgere il mondo intero in una guerra. Non so quanto gli iraniani fossero vicini a produrre la bomba atomica. Certo non era così impellente da giustificare un attacco armato in un Paese ufficialmente non in guerra con Israele. Prepariamoci a un conflitto senza precedenti che potrebbe cancellare per sempre l'umanità... »

Bernstein, gli occhi incollati alle notizie che si susseguivano sempre più preoccupanti, disse: « La flotta cinese sta apprestandosi a salpare. Si teme che attacchino Taiwan nelle prossime ore. Anche i russi hanno condannato il vile attacco di Natanz e si sono schierati al fianco del fiero popolo iraniano. Perdonatemi, ma stavolta i nostri hanno innescato un putiferio su scala mondiale ».

« Sono d'accordo, Bernstein », disse Oswald. « Penso che il brutto debba ancora venire... A meno che... A meno che io non riesca a parlare a quattrocchi con Aserovich e lo costringa ad ammettere la sua responsabilità nell'attacco in Iran. »

« E come pensi di fare, Breil? Aserovich gira con una trentina di uomini di scorta. Non sarà facile metterlo con le spalle al muro e forzarlo a confessare le sue colpe », disse Sara.

« Dimentichi, Sara, che ho occupato l'ufficio di Aserovich prima di lui. »

Il pilota iraniano fermò il velivolo sull'esatta perpendicolare della piazzola d'atterraggio e incominciò a far scendere il mezzo dolcemente. Doveva prelevare il leader Khamenei per uno spostamento. Guardò l'altimetro, posto alla destra dello strumento che indicava l'orizzonte artificiale. Chiese conferma al suo secondo e valutò la distanza da terra. Qualche cosa non funzionava come avrebbe dovuto. Khamenei fu costretto a disdire la sua visita e il velivolo fu portato con urgenza in officina.

Lì furono verificati gli altimetri di bordo: il chip che serviva a indicare l'altitudine era stato manipolato. Subito furono fatte analoghe ricerche sull'elicottero precipitato qualche tempo prima uccidendo il presidente Raisi e sul terzo velivolo adibito ai voli di Stato. Qualcuno aveva manomesso tutti i sistemi di volo.

Il caporale meccanico si presentò spontaneamente ai tecnici che stavano indagando. Disse che Amin Sajjad aveva sostituito i chip prima del disastro aereo.

I poliziotti salirono le scale del palazzo alla periferia di Teheran in assoluto silenzio. Indossavano elmi protettivi e giubbotti antiproiettile. Quando fecero irruzione in casa di Sajjad, non incontrarono resistenza: il meccanico giaceva riverso sul letto, la pistola ancora stretta nella mano. Una parte del cranio asportata dalla potenza della pallottola. Sul tavolo, la distinta di un bonifico di duecentomila dollari su un conto cifrato in una banca di Grand Cayman. Il denaro proveniva da un istituto bancario di Tel Aviv. In un angolo della stanza, una valigia pronta.

«Mossad!» esclamò Breil scorrendo la notizia secondo la quale era Israele il mandante del disastro aereo in cui era morto Raisi. Quindi veniva commentata – e collegata allo Stato ebraico – la morte del meccanico iraniano. «Hanno lasciato in bella mostra il cadavere con il cranio fracassato e l'estratto conto sulla scrivania a riprova del suo tradimento. Non so chi, dell'Istituto, abbia compiuto questa azione, ma lo ha fatto talmente male da fare apparire evidente il suo scopo.»

«E quale sarebbe lo scopo, Oswald?» chiese Sara.

«Consegnare all'Iran un ulteriore motivo per entrare in guerra con Israele.»

EPILOGO

« Lo scopo di un inventore è essenzialmente salvare vite. Se egli riesce a sfruttare le forze naturali, se migliora le apparecchiature o fornisce nuovi conforti e convenienze, aggiunge sicurezza alla nostra esistenza. »

Nikola Tesla

Johnny Torrio

Aserovich salutò il generale Tal calorosamente e lo guidò verso il salottino nell'angolo del suo ufficio. Avevano entrambi un'aria arrogante dipinta in volto, quella di chi ha raggiunto il proprio scopo, senza preoccuparsi della gravità delle sue azioni.

O forse ne avevano valutato le conseguenze con precisione, scordandosi però di calcolare il numero delle potenze che avrebbe coinvolto la loro follia.

« La Cina non attaccherà mai Israele. E neppure la Russia, impegnata com'è sul fronte ucraino. L'America fa ancora paura e, in caso di attacco, gli Stati Uniti non ci lasceranno soli », disse Tal, senza mostrare un solo dubbio sulle proprie affermazioni.

« Ha ragione, generale. Faranno un po' di teatro, qualche 'ferma protesta diplomatica' e noi, nel frattempo, sgomineremo l'Iran con o senza l'aiuto degli americani », disse il premier.

« La sua idea, signor primo ministro, di non intervenire quando siamo venuti a conoscenza dell'attacco imminente di Hamas il 7 ottobre, è stata vincente. »

« Mi aspettavo forse un'aggressione più contenuta... »

« È il prezzo da pagare per coronare il nostro disegno. »

« Milleduecento vittime israeliane durante l'attacco... » disse Aserovich con una punta di rammarico.

« In guerra è solo un semplice calcolo statistico, signore.

Quelle vittime sono servite a sgominare Hamas. E non solo. Anche se il nostro piano ha vacillato, a un certo punto, dopo la sicura reazione iraniana all'attacco di ieri a Natanz e il disastro aereo di Tavil, ci libereremo anche della minaccia degli Ayatollah. Così come ci siamo liberati di quel deficiente del sergente Sajjad: davvero credeva che l'Istituto lo avrebbe fatto vivere ricco e sotto una falsa identità protetta in Occidente? »

« Ha ragione, generale. Si tratta dei sacrifici che Israele ha pagato per conquistare la propria tranquillità. Quando ci attaccheranno sapremo come rispondere. »

Oswald Breil sedeva alla guida della Land Rover Discovery. Le vie nei dintorni dell'Ha-Memshala, il quartiere degli edifici governativi, non erano molto trafficate.

Sara gli era accanto, al posto del passeggero. Sul divanetto posteriore dell'auto, Toba Oshman e Bernstein.

Breil avvicinò l'auto alla colonnina per il comando del cancello e digitò un codice. Una luce intermittente segnalò che la porta carraia stava aprendosi.

« Come supponevo: nessuno si è preoccupato di modificare i codici dal tempo del mio premierato. Non credo che questa 'uscita di servizio' sia mai stata utilizzata », esclamò soddisfatto Oswald, dirigendo l'auto verso la serranda del garage che stava aprendosi. La villetta aveva un aspetto anonimo, una delle tante case monofamiliari costruite negli anni '80 ai piedi della collina. Il giardino era ben curato, la casa appariva disabitata, ma ben tenuta. Nel garage si trovavano una berlina e un'utilitaria. Solo un occhio attento, avvicinandosi, poteva notare che erano dotate di cristalli e carrozzeria blindati.

Oswald parcheggiò l'auto accanto alle altre due. Nella parete del garage era stata montata una porta con apertura elettronica.

«Adesso vediamo, Bernstein, se avremo bisogno di lei», disse Oswald mentre digitava un nuovo codice. La serratura scattò. «Non hanno cambiato neppure questa parola d'ordine. La password è rimasta *Shalom* e credo che sarà la stessa anche per i prossimi due varchi che incontreremo. Bernstein e Sara, voi prenderete posto nella villetta, dove allestirete il centro d'ascolto e il resto. Toba e il sottoscritto si avventureranno invece nella Gerusalemme sotterranea.»

Givat Ram, in ebraico, significa la collina degli uffici governativi. Nessuno dei non addetti ai lavori avrebbe mai potuto immaginare che quella collina fosse segretamente scavata come una forma di formaggio svizzero. Quasi ogni ufficio governativo possedeva una via di fuga da utilizzare in caso di pericolo. Quasi tutte gallerie sotterranee. La più attrezzata era quella dedicata al primo ministro, un tunnel che sfociava nella villetta dopo un lungo percorso. Lì, il premier avrebbe potuto rifugiarsi con un nucleo di fedelissimi o, se costretto alla fuga, utilizzare uno dei due veicoli blindati per allontanarsi in maniera anonima.

Aperta la porta che dava sul garage, il panorama cambiava improvvisamente: dagli arredi anni '80 della villetta, l'aspetto, a cominciare dalla rampa che scendeva per una dozzina di scalini, era allineato con i tempi: luci al neon e materiali moderni. La scala terminava in uno spiazzo sotterraneo dove erano parcheggiate due golf car elettriche. Oswald prese posto alla guida, mentre Toba si preoccupava di scollegare la presa – sempre inserita – per la ricarica.

«Il percorso sotterraneo è di circa cinquecento metri», disse Breil, mentre la vetturetta elettrica s'inoltrava nella galleria. « Passeremo sotto allo stadio e alle vie Ruppin e Kaplan. Poi saliremo a far visita al nostro amico. »

Il viaggio sotterraneo durò pochi minuti e terminò in uno spiazzo del tutto simile a quello di partenza. Anche lì stazionavano due golf car sempre pronte per la fuga.

Qui Breil digitò la parola d'ordine su un pannello posto a lato della porta di un modernissimo ascensore. Quando la porta si aprì, Oswald non nascose la sua soddisfazione. Accompagnato da un sibilo appena percettibile, l'ascensore iniziò a salire.

« Che ne facciamo dei segugi? » chiese il generale Tal con un sorriso sinistro.

« Hanno esaurito il loro compito », rispose Aserovich, « e poi cominciano a diventare troppo curiosi. Ho ingaggiato Breil per dimostrare che avevo incaricato il miglior investigatore sul mercato così da chiarire i punti oscuri dell'attacco di Hamas e della nostra controffensiva. Purtroppo, diremo poi, Oswald Breil è caduto vittima di una trappola, assieme ai suoi più fedeli collaboratori. Noi, nel frattempo, ci saremo ripuliti da ogni sospetto di aver taciuto quello che sapevamo dell'attacco palestinese e della nostra conseguente reazione. »

« Una reazione che terminerà solo quando avremo ridotto anche l'Iran, mandante occulto delle stragi di Hamas, all'impotenza », aggiunse il generale Tal.

In quell'istante, la libreria ruotò su sé stessa emettendo un ronzio sommesso. Breil apparve sulla scena all'improvviso, come un attore che guadagna il palcoscenico per il suo colpo di teatro. Dietro di lui, Toba Oshman teneva puntata la sua arma dotata di silenziatore. Il primo ministro e il generale ebbero un istante di smarrimento: in nessun modo avrebbero potuto prevedere quella incursione inaspettata. Il premier fu il primo a riscuotersi.

« Non ti rendi conto della gravità delle tue azioni, Breil », tuonò Aserovich muovendo un passo verso la sua scrivania. « Adesso chiamerò... »

« Adesso non chiamerai nessuno, Aserovich », disse con calma Breil. « Se ti muovi di un solo centimetro la signorina Oshman ti sparerà alle gambe. Ti assicuro che ha un'ottima mira. Permettimi anche di rettificare la tua affermazione, signor primo ministro », Oswald stringeva in mano un piccolo registratore digitale. « Sei tu a non renderti conto della gravità delle tue azioni, non il sottoscritto. Ti assicuro che ho sentito abbastanza per farti condannare per alto tradimento e un'altra decina di reati gravissimi contro la nazione che dovresti rappresentare. »

Lo scambio di parole tra Aserovich e Breil aveva messo in ombra il generale Tal. Questi, con mosse impercettibili, era riuscito a slacciare la tasca della fondina e impugnare l'arma d'ordinanza.

« Metta giù la pistola, signorina! » disse Tal con il revolver spianato. « E lei, Breil, mi consegni quel registratore. »

Toba obbedì in silenzio, mentre Breil cercava di prendere tempo. « È inutile, generale. Questo apparecchio ha già trasmesso le vostre confessioni a una stazione di raccolta. Se anche ci uccide non riuscirete a cavarvela. »

« Intanto mi consegni quell'affare, Breil », disse Tal muovendo minaccioso la pistola.

Oswald fece un passo, abbandonò il piano sul quale ruotava la libreria ed entrò nel salottino. Ancora un passo, il braccio proteso con il registratore in mano come per consegnarlo. Quando fu vicino al militare si mosse fulmineo, abbassò la testa e caricò al ventre l'avversario. Tal, colpito dalle spalle di Breil al plesso solare, emise un sibilo e si piegò in avanti. Ma fu questione di un attimo: pur ansimante, il generale riacquistò la posizione eretta e, sovrastando Breil che era finito a terra dopo la spallata, gli puntò la pistola alla tempia.

«Adesso ti farò fare la stessa fine del generale Chadad.»

Tal contrasse la mano, il dito sul grilletto. Implacabile, premette ancor più la canna sulla tempia di Breil e si preparò a fare fuoco.

«Muori!» disse il militare ma, in quel preciso istante, stralunò gli occhi e si portò la mano alla gola nel vano tentativo di estrarre la lama. Il pugnale tattico in dotazione alla squadriglia di incursori aveva una lama nera lunga quindici centimetri. Toba Oshman lo portava in un fodero assicurato alla cintura dei pantaloni. Lo aveva estratto durante la breve colluttazione di Breil e, presa la mira, l'aveva lanciato.

Tal cadde in ginocchio, la mano serrata attorno al manico del pugnale. La lama gli era penetrata nella gola sino all'elsa. Un fiotto di sangue gli uscì dalla bocca, mentre il militare cadeva a terra a faccia in giù privo di vita.

Toba, afferrata nuovamente l'arma abbandonata a terra, si era scagliata contro il primo ministro che, approfittando della confusione, stava per raggiungere la scrivania e chiamare soccorso. L'incursore lo aveva atterrato senza troppa fatica.

«Adesso verrai con noi, Aserovich», disse Breil. «Israele e il mondo intero devono conoscere le tue malefatte.»

Il primo ministro aveva la fronte imperlata di sudore. Minacciato dall'arma di Toba, seguì Oswald sino alla vettura elettrica. Sedette nel posto accanto a quello di guida mentre la donna, dallo strapuntino posteriore, continuava a tenerlo sotto tiro.

Nella villetta, Sara continuava a guardare nervosamente

l'orologio, mentre Bernstein dava gli ultimi ritocchi al set televisivo.

Il rumore proveniente dal garage spense le ansie di Sara.

Pochi istanti più tardi, il primo ministro era seduto davanti alla telecamera che Bernstein aveva collocato su un treppiede.

Oswald consegnò al premier israeliano un foglio dattiloscritto.

«Adesso, Aserovich, leggerai per intero la tua confessione e la comunicazione delle tue immediate dimissioni. Spero solo di fare in tempo perché l'ammissione delle tue colpe possa scongiurare il terzo conflitto mondiale.»

Oswald fece un cenno, Sara accese le luci di scena e, nel silenzio della stanza, Aserovich incominciò a leggere il comunicato con una voce sempre più angosciata.

Meno di mezz'ora più tardi, le agenzie di stampa di tutto il mondo diffondevano il documento filmato della confessione di Aserovich.

« Non è finita », disse Breil. « Sono convinto che gli uomini di Hamas siano riusciti a mettere le mani sul progetto dell'arma di Tesla, un'arma – almeno sulla carta – potentissima. Allo stesso tempo continuo a pensare che Aserovich e il suo fido generale non erano in grado di sostenere da soli l'intero piano. »

« Adesso, con il premier dietro le sbarre, avremo maggiore autonomia per operare senza distrazioni. Si sa nulla degli interrogatori in carcere? » chiese Sara.

« Aserovich si ostina a non parlare. Dopo la confessione televisiva si è chiuso nel più assoluto silenzio. Però, dall'altra parte della barricata ci sono tracce più evidenti: penso di avere una pista da seguire », disse Breil. « Suo cognato Richard Goldberg, Toba, è stato torturato da un certo ingegner Nadir Rashed. Chiederò a Yossi Leivi di attivare le sue conoscenze per rintracciarlo. »

Nella base di Hamas, l'ingegner Rashed verificò la serie di strumenti che gli stavano davanti. Aveva un'espressione soddisfatta dipinta in volto: l'ultimazione del progetto aveva richiesto tempi assai inferiori a quelli previsti. Mancava poco e il Teleforce, inventato da Nikola Tesla, sarebbe stato in grado di sprigionare tutta la sua letale potenza.

« I generatori possono superare agevolmente il milione di volt », disse a un suo collaboratore.

« Appena ultimata la torre, saremo in grado di colpire il Grande Satana », rispose il tecnico con un tono esaltato.

La stazione per il raggio della morte ricalcava gli appunti di Tesla per la costruzione del suo laboratorio a Wardenclyffe.

« Ancora pochi giorni per mettere a punto la stazione ricevente nel cuore del loro mondo infedele, poi li colpiremo in modo ben più catastrofico di un moderno ordigno nucleare. »

Il volo Lufthansa da Francoforte atterrò al JFK di New York all'1.20 pm, con cinque minuti d'anticipo sull'orario previsto.

I passeggeri si avviarono lungo l'affollato percorso per il controllo passaporti. Nadir Rashed aveva documenti falsi con nazionalità tedesca. La poliziotta di frontiera si attardò qualche istante per il controllo del nominativo nel suo database, poi chiese all'uomo di depositare, come prassi, le impronte digitali e posare le dita della mano destra sul lettore. Fu quando gli chiese la sinistra che la donna si accorse del moncherino.

« Un incidente in cantiere », disse Rashed.

« Mi scusi. Non avevo notato la sua menomazione », disse la poliziotta imbarazzata e lo lasciò passare.

Rashed superò i controlli e salutò calorosamente l'uomo che lo aspettava oltre l'uscita degli arrivi.

« Il materiale è arrivato? » chiese Rashed in lingua araba.

« Si trova già tutto sul tetto. Mancano solo i collegamenti », rispose l'altro.

« Bene! Ora noi dobbiamo cambiarci d'abito e metterci al lavoro. »

La Bank of America Tower è un grattacielo alto – compresa la guglia maggiore delle due che lo sovrastano – trecentosessantasei metri. È situato a Midtown, sulla Sesta Strada, di fronte a Bryant Park. La sua inaugurazione risale al 2009, con tecniche costruttive e materiali a basso impatto ambientale. Nella guglia « minore », alta una trentina di metri, è inserita una turbina eolica. L'apparecchiatura consente di produrre una parte dell'enorme mole di energia elettrica necessaria al grattacielo di cinquantacinque piani, progettato dallo studio COOKFOX. L'altezza del fabbricato lo colloca tra gli edifici più alti di New York.

I tre addetti alle pulizie indossavano delle tute da lavoro blu con la scritta Bank Cleaning Company sulla schiena. Sul petto i tre avevano appuntato il badge con foto e generalità rilasciato dalla sicurezza della Bank of America.

Si attardarono qualche minuto nell'atrio. Eseguivano il loro lavoro con tale scrupolo da meritare i complimenti da una delle guardie di sicurezza. Rashed ringraziò l'uomo in divisa. Poi i tre salirono su uno dei cinquantuno ascensori del grattacielo, quello che portava al tetto.

Rashed si muoveva con disinvoltura sul tetto del grattacielo di New York. Posò dei cavi collegati alla stanza dei trasformatori, ove veniva convogliata l'energia prodotta dalla turbina eolica, sino al generatore che i fiancheggiatori di Hamas – fingendosi dei tecnici – avevano collocato lì settimane prima, servendosi delle gru posizionate alla sommità del grattacielo. Quindi collegò il generatore alla gigantesca antenna situata sulla guglia, avendo cura di far passare i cavi nelle guaine che partivano dalla base. In questa maniera, nessuno avrebbe potuto notare il collegamento.

Era sera quando i tre addetti alle pulizie lasciarono la Bank of America Tower. Salutarono le guardie all'ingresso uscendo dalla hall. Patrick McLoren, uno dei custodi, guardò il moncherino di Rashed. Si accorse che l'arto era immobile e si chiese come potesse l'azienda di pulizie assumere una persona con un braccio solo per un lavoro manuale. Ma non indagò oltre e rispose al saluto.

« Ho dovuto scomodare gran parte dei nostri infiltrati in Palestina per ottenere l'informazione che mi hai chiesto, comandante », digitò Leivi su una linea criptata. « Per fortuna che, con Aserovich assicurato alla giustizia, i percorsi per ottenere informazioni sembrano meno tortuosi. L'ingegner Nadir Rashed è stato gravemente ferito nel bombardamento in cui è morto Issawi. Anche se è rimasto molto tempo in coma e ha perso il braccio sinistro, è sopravvissuto. Dopo aver abbandonato l'ospedale Palestine Red Crescent Society con un moncherino al silicone al posto del braccio amputato, Rashed ha fatto perdere le sue tracce. »

« Riesci a far diramare una nota di ricerca prioritaria per lui? » rispose Oswald.

« Sarò pure un anziano pensionato, ma qualche amicizia mi è rimasta, Breil. Che cosa devo far scrivere nella nota? »

« Nadir Rashed. Terrorista di Hamas che sta programmando un attentato di proporzioni mai viste. »

Nadir Rashed abbandonò New York il giorno seguente. Per eccesso di cautela utilizzò identità diverse per ogni tratta del suo viaggio. Era appena rientrato al suo laboratorio a Gaza, quando il comandante Kahdir lo volle vedere.

« Il disastro di Tunguska interessò un territorio di duemilacentocinquanta chilometri quadrati », disse Rashed indicando le località su una mappa. « New York, Newark e Jersey City occupano, tra tutte, meno di novecento chilometri quadrati e, in quell'area, vivono quasi dieci milioni di abitanti.

Faremo un bel botto. Gli americani se lo ricorderanno in eterno.»

«Dopo la confessione di Aserovich, la Cina ha fatto rientrare la flotta rinunciando all'attacco a Taiwan e la Russia tace su tutti i fronti. Gli unici a fare ancora fuoco e fiamme sono la Corea del Nord e qualche Paese arabo, ma da soli non hanno la forza per destabilizzare il precario equilibrio mondiale. Credo che l'opzione di far capitolare l'Occidente con una guerra sia svanita. In compenso, abbiamo tra le mani il mezzo per far pagare al Grande Satana tutti i fratelli ammazzati da Israele e dai suoi seguaci sionisti. Il nostro progetto è in grado di mietere in unica soluzione quasi un quinto di tutte le vittime del secondo conflitto mondiale! E in grande maggioranza si tratta di infedeli», disse Mohammed Kahdir.

«Certo non possiamo invitare tutti i nostri fratelli residenti nella zona a lasciare il territorio. Saranno martiri in nome di Dio!» rispose Rashed.

«Dio è grande!» concluse Kahdir.

«Nessuno», disse Bernstein, «oltre a Nikola Tesla che ha portato con sé il segreto nel 1943, può conoscere il funzionamento del Teleforce, o raggio della morte se preferite. Io ho provato a immaginarne il meccanismo basandomi sulle poche notizie che sono riuscito a raccogliere.»

Bernstein face una pausa, mentre sullo schermo, nell'appartamento della Cellula, apparivano il laboratorio e la torre di Tesla a Wardenclyffe.

«Per sommi capi l'arma progettata da Tesla origina il suo potenziale distruttivo in una stazione di partenza. Lì ha sede una torre – in pratica un'antenna – che raccoglie energia da una fitta rete di fonti che vanno dall'atmosfera terrestre al sottosuolo. Entrambe, infatti, sono pervase, secondo Tesla, di energia elettrica vagante. Tale forza, opportunamente dimensionata a voltaggi altissimi da un generatore, viene 'sparata' nella ionosfera. Sempre secondo Tesla il pianeta e la ionosfera sono due armature di condensazione sferica. Immaginate, dunque, due reti, una in cielo e l'altra nelle viscere terrestri, attraversate da energia libera alla quale chiunque può accedere. L'energia, di fatto, funge da vettore per una condensazione di un fascio di particelle, generate da atomi di mercurio o tungsteno. Questa bomba di particelle libere è generata e accelerata all'interno di un 'cannone', ovvero un tubo a vuoto, in grado di affidare al vettore un potenziale – stimato a Tunguska – di quindici megatoni, che significa un migliaio di volte la potenza distruttiva della bomba di Hiroshima. Sino a qui è tutto chiaro?» chiese Breil.

«Con qualche difficoltà, ma la seguiamo, Bernstein. Vogliamo sapere quale potrebbe essere l'epilogo di questa sua descrizione tecnica. Vada avanti.»

«L'ordigno immateriale, nel corso del suo viaggio verso l'obiettivo nella ionosfera, si carica ancor più dell'energia statica presente – pensate a un pettine di plastica tra i capelli – prima di detonare sul bersaglio.»

«Ma come può questa bomba evanescente raggiungere con precisione l'obiettivo?» chiese Sara.

«Perché lì è stata collocata una stazione ricevente con una torre analoga, anche se meno potente, di quella di partenza. Il proiettile di particelle viene richiamato a terra da un'antenna. Lì il fascio esplosivo, vieppiù ricaricato di energia statica dal passaggio nell'atmosfera terrestre, perde di stabilità e deflagra con le caratteristiche di un'esplosione nucleare ad alta potenzialità.»

«Quindi se riusciamo a individuare una delle due stazioni

e neutralizzarla, abbiamo fatto un passo avanti per sventare un potenziale attentato distruttivo? » chiese Oswald.

« Credo di sì. Non penso che il Teleforce sia compatibile con obiettivi multipli », rispose Bernstein.

« Grazie, sergente. » Quando Breil lo chiamava con il suo vecchio grado militare, significava che era rimasto soddisfatto dal suo operato. « Ammesso che non devono esserci molti uomini di Hamas a conoscenza del progetto – se così non fosse i nostri informatori a Gaza ci avrebbero avvertito –, significa che qualcuno deve organizzare una stazione ricevente sul luogo prescelto per l'attentato. La nostra fortuna sarebbe se proprio Rashed si attivasse per portare a termine questa fase. Vorrei ancora confrontarmi con lei su un pensiero che ho in testa, Bernstein. »

« Mi dica, maggiore... »

« Durante l'epidemia di Covid gran parte dei terminal di stazioni ferroviarie e marittime, aeroporti, capolinea di bus e simili, sono stati dotati di scanner digitali per la rilevazione automatica della temperatura corporea dei viaggiatori. Una termocamera che riprende varie zone del corpo nei passeggeri in arrivo, accertata una anomalia, segnalava il caso al personale facendo intervenire i servizi sanitari per le analisi di routine. In pratica, chi aveva la febbre veniva sottoposto a test per il Covid. Ma anche una temperatura diversa dai normali standard può essere rilevata con questo metodo. Per obbligo di legge le registrazioni delle riprese vanno conservate per alcuni giorni. Gli impianti sono rimasti in funzione anche alla fine dell'emergenza sanitaria. Se Nadir Rashed si fosse messo in viaggio per allestire una stazione ricevente e fosse incappato in uno di questi varchi, ci accorgeremmo che l'arto sostituito da una protesi ha una temperatura insolita per un essere umano. È possibile esaminare in maniera digitale le registrazioni dei siti che più ci interessano e dare un'occhiata ai passeggeri privi del braccio sinistro? »

« Ci provo, maggiore. Partirò dagli aeroporti più frequentati. Lì conservano per giorni le registrazioni, poi vedremo il da farsi. »

I cinque giorni che seguirono furono caratterizzati da un impegno talmente scarso da sconfinare, per persone attive come Breil e i suoi, nell'ozio. Tanto che Oswald pensò di poter resistere non più di altre quarantotto ore con le mani in mano. Alla fine della settimana avrebbe abbandonato la casa della Cellula e sarebbe rientrato in Italia. « Almeno lì », aveva detto, « abbiamo da seguire gli ultimi lavori del *Williamsburg* prima del varo. »

La sera del sesto giorno fu Bernstein a convocare una riunione. Era raggiante. Da come allestì il televisore della casa collegandolo al suo computer, Oswald capì che aveva buone notizie da comunicare.

« L'hub di Francoforte sul Meno – quasi cinquanta milioni di passeggeri ogni anno – è tra i sei scali più importanti d'Europa », mentre Bernstein parlava sullo schermo scorrevano le immagini dell'aeroporto. « Adesso osservate con attenzione i passeggeri che stanno per imbarcarsi sul volo Francoforte-Ben Gurion Tel Aviv International Airport delle 10.55. » Lo scanner per la rilevazione della temperatura monitorava diverse parti del corpo di ciascun passeggero, facendo comparire una scritta sovrimpressa elettronicamente alle immagini di quella parte del corpo.

« Ho utilizzato il programma esistente », disse Bernstein, « ma gli ho chiesto di lavorare al contrario: invece delle alte temperature volevo che mi segnalasse quelle anomale perché basse. »

Così dicendo il tecnico agì sul fermo immagine. L'uomo

che occupava buona parte dello schermo aveva tratti mediorientali. Apparentemente aveva entrambi gli arti superiori. A tradire la sua menomazione la temperatura della protesi. « L'arto di un essere vivente », disse Bernstein, « non può avere temperature di quindici gradi. »

Così dicendo indicò le segnalazioni che comparivano in sovrimpressione sul corpo del viaggiatore.

« Ha identificato il passeggero? » chiese Oswald.

« Secondo i documenti di viaggio si chiama Yosef Adil. Di nazionalità tedesca, residente ad Amburgo, ma di evidenti origini arabe. Da un successivo controllo è emerso che, all'indirizzo indicato nei documenti della prenotazione aerea, non esiste alcun Adil e nessun Yosef Adil compare tra i residenti di Amburgo. »

« È il nostro uomo! » esclamò Breil. « Abbiamo foto recenti di Rashed? »

« Nessuna. L'unica che ho recuperato lo ritrae assieme ai compagni di corso all'università RWTH di Aquisgrana in Germania. Ma si tratta di un'immagine sfocata. Forse riesco a ricavarne i dati biometrici per il riconoscimento facciale », rispose Bernstein.

« Il nome di Adil risulta in altre liste di passeggeri? » incalzò Oswald.

« Nessuna, maggiore. Non appare tra i passeggeri in transito. O si è imbarcato a Francoforte o ha usato identità diverse per altre tratte. »

« Un bel coraggio venire proprio nella tana del lupo, qui in Israele... A meno che non sia proprio Tel Aviv il suo obiettivo », commentò Oswald.

« Non credo, maggiore. Il potenziale Rashed », mentre Bernstein parlava le immagini scorrevano sullo schermo,

« si allontana dal Ben Gurion appena atterrato e sale su un'auto che è ad attenderlo. »

« Dopo, ne abbiamo perso le tracce? »

« Le ricordo che qui giochiamo in casa, maggiore », disse Bernstein con aria di trionfo. « L'auto imbocca qualche minuto più tardi l'autostrada numero 4. Un'ora dopo transita a Mavki'im. Qui suppongo che Rashed abbia trovato un modo per valicare il confine e rientrare a Gaza. »

« Grazie, sergente! » disse Oswald.

« Un dovere, maggiore. Continuerò a vedere se, dalla foto di Rashed, riesco a ricavare i dati per il riconoscimento facciale. Se così fosse, provo a inserire il profilo biometrico nel sistema di telecamere spia del Mossad a Gaza. »

In quello stesso istante, nella striscia di Gaza, Mohammed Kahdir aveva appena terminato l'ennesima visita al Teleforce.

« Siamo pronti, Kahdir. L'operazione Bank to Bank può avere inizio », disse Rashed alzando lo sguardo verso la torre, sessanta metri sopra le loro teste. « Ancora qualche giorno e pagheranno per tutti i nostri fratelli massacrati dalle loro bombe. »

« L'Istituto ha disseminato la striscia di Gaza di telecamere spia collegate a un sistema di riconoscimento facciale. Volevo farle vedere una cosa. Eccolo! » esclamò Bernstein fermando l'immagine. « Avevo qualche dubbio se i parametri della vecchia foto all'università di Rashed potessero essere attendibili, e infatti il sistema mi ha fornito innumerevoli match, ma credo che su questo non ci siano dubbi: vede, maggiore, Rashed non indossa più abiti occidentali e, con un dishdasha a righe e incappucciato, si confonde con gli altri pedoni. Ma faccia attenzione al braccio sinistro: è immobile e Rashed non lo utilizza in nessuna occasione. »

« Dove sono collocate queste telecamere? »

« Nel quartiere di Zeitun, a Gaza City. La via si chiama Omar al-Mukhtar. Le telecamere inquadrano la sede della Banca Commerciale di Palestina », Bernstein premette un tasto del suo computer e sullo schermo apparve una foto satellitare della zona interessata.

« Dobbiamo verificare se, nei pressi, esistono strutture simili alla torre di Wardenclyffe », disse Breil.

« Ho già dato un'occhiata, maggiore. La maggioranza degli edifici è a uno o due piani, lontano dai cinquantasei metri di altezza dell'antenna di Tesla. Forse la stazione del Teleforce si trova altrove e Rashed si stava semplicemente recando in banca. »

« Che cos'è questo? » lo interruppe Breil, puntando il dito su un particolare della mappa. « Ingrandisca qui, Bernstein. »

La struttura segnalata da Oswald aveva la forma circolare. Il diametro poteva essere di una ventina di metri. Proiettava un'ombra particolare sul terreno quasi a indicare la sua sopraelevazione da terra.

« Sembrerebbe un serbatoio dell'acqua, di quelli a torre... » Bernstein si fermò, come se la sua stessa affermazione lo avesse illuminato. « Bingo! Abbiamo trovato l'antenna. Quella struttura si trova in via Mostafa Hafez, nei pressi di un capannone artigiano e di una palestra. A pochi passi da un ambulatorio medico. »

Breil non fece una piega, afferrò il suo cellulare e compose il numero di Yossi Leivi.

« Ho bisogno di vederti al più presto, Yossi. Con quello che è successo non mi fido più di nessuno. Meglio parlarci a quattrocchi. »

« Un paio d'ore e sono lì », rispose pronto Leivi.

« Ho bisogno degli uomini della Cellula », disse Breil subito dopo aver messo al corrente Yossi di quanto avevano scoperto.

« Non pensi che siamo un po' stagionati per giocare ancora a fare le teste di cuoio? Adopero la prima persona plurale perché non credo vorrai lasciarmi fuori dalla missione sul più bello, vero? » disse Leivi.

« Meglio anziani ma fedeli, piuttosto che giovani, efficienti e traditori. La questione è davvero grave. »

Yossi e Breil stavano parlando da qualche minuto, quando Bernstein fece letteralmente irruzione nella sala.

« New York! » esclamò Bernstein e, di fronte all'espressione interrogativa degli altri, proseguì: « New York è la sede della stazione ricevente e, immagino, il bersaglio dell'attentato. Con il riconoscimento facciale e incrociando gli orari dei voli, sono riuscito a trovare questo », sullo schermo comparve una foto che ritraeva il passeggero Yosef Adil che s'incamminava all'interno di un aeroporto.

« Qui Rashed non si chiama ancora Adil, ma Kamal. È appena sbarcato dal volo proveniente dal JKF di New York. Un passeggero con le stesse generalità è partito da Francoforte sul Meno esattamente tre giorni prima. Credo che lei abbia ragione, maggiore: Rashed si è recato di persona ad attivare la stazione ricevente. »

« Dobbiamo fare presto! » esclamò Breil. « Abbiamo i minuti contati. Sarà meglio dividerci. Voi, Sara e Toba, andrete a New York. Nel frattempo, Yossi, puoi riuscire a far diramare un dispaccio di ricerca urgente alla polizia di New York con foto di Rashed e le sue caratteristiche? Dobbiamo studiare un piano d'azione, dopo aver verificato, con dei sorvoli di droni e appostamenti, che le nostre ipotesi sono corrette. »

L'auto bianca e nera della polizia si fermò davanti alla sede della Bank of America sulla Sesta Strada. Il guardiano scambiava volentieri qualche chiacchiera con i « colleghi » poliziotti. Abbandonò il suo posto alla reception del grattacielo e uscì in strada. Nell'aria calda primaverile, la « lana dei pioppi » vorticava mossa dal vento. La guardia si appoggiò al tetto dell'auto, si chinò e salutò l'agente: « Ciao Al, come va? »

« Bene, Patrick. Grazie. Siamo sempre più incasinati e sottorganico. Ma ormai ci siamo abituati. »

« Quello chi è? » chiese Patrick indicando una foto segnaletica fissata con delle calamite al cruscotto dell'auto.

« Una primula rossa che non acciufferemo mai: un terrorista palestinese. Sembra che stia per combinare un casino proprio qui a New York. Peccato che non sappiamo dove, come e quando. I nostri capi dicono che la segnalazione arriva dal Mossad e loro si sbagliano raramente. Pensa che questo pericolo pubblico numero uno è addirittura senza un braccio! »

« Senza un braccio hai detto? » Improvvisamente Patrick capì dove aveva già incontrato quella faccia: l'addetto alle pulizie che aveva visto qualche giorno prima era privo dell'arto superiore sinistro.

Il sole era tramontato da meno di un'ora. Il terreno sembrava voler restituire all'aria immota tutto il calore dell'ennesima difficile giornata nella striscia. Il quartiere di Zeitun recava i segni dei bombardamenti, come gran parte degli altri rioni di Gaza City.

Gli uomini si aggiravano nei dintorni del serbatoio dell'acqua fingendo di non conoscersi e di essere indaffarati. Indossavano tutti dei dishdasha di colori diversi. Due di loro avevano il cappuccio calato sul capo, uno molto basso e l'altro di alta statura. Erano gli unici dei cinque che camminavano appaiati.

Breil richiamò alla mente le riprese aeree effettuate dai droni e dagli uomini che avevano piantonato l'ingresso della palestra per tre giorni e tre notti.

La sorveglianza non era marcata: due uomini di Hamas erano sempre presenti all'interno dei locali. Non era intenzione dell'ideatore del progetto far scoprire il laboratorio alle spie degli ebrei segnalandone la presenza con delle sentinelle armate. Anche lo stesso Rashed trascorreva gran parte del suo tempo nella palestra. Singolare era il fatto che, oltre alle due guardie e all'ingegnere di Hamas, la sala ginnica non era frequentata da clienti. Oswald verificò ancora una volta l'efficienza dei collegamenti radio tra lui e i suoi uomini. « Tenetevi pronti: tra poco iniziamo le danze. »

Sara e Toba raggiunsero il grattacielo sulla Sesta appena tre ore dopo che era stato lanciato l'allarme.

Patrick, la guardia di sicurezza della Bank of America, era seduto in una stanza vicina all'ingresso in compagnia di due poliziotti.

« Che cosa hanno fatto gli addetti alle pulizie dopo essersi occupati della hall? » chiese Sara.

« Credo abbiano raggiunto il tetto: sono saliti sull'ascensore che porta direttamente alla sommità del grattacielo. Quando sono usciti ho notato il moncherino e mi sono stupito che un addetto privo di un braccio lavorasse per un'impresa di pulizie », così rispose la guardia alla domanda di Sara.

« Presto, saliamo! Lei può accompagnarci? » disse Sara rivolgendosi a Patrick. « Credo che avremo bisogno di qualche attrezzo, Toba. »

L'incursore indicò una tasca laterale nei suoi pantaloni da lavoro: « Spero che basti il mio 'corredo militare' di chiavi inglesi universali ».

« Entriamo! » ordinò Breil nel microfono nascosto.

La squadra si animò in sincronia quasi per incanto. Gli uomini estrassero le armi da sotto i dishdasha e si ritrovarono davanti alla porta della palestra. Oswald e Yossi li raggiunsero poco dopo. Uno di loro armeggiò per pochi secondi con un grimaldello e forzò la porta d'ingresso. Il commando guidato da Breil penetrò nell'edificio.

Una delle due sentinelle fece appena in tempo a impugnare il Kalashnikov che un colpo silenziato esploso dagli assalitori gli disegnò un cerchio preciso in piena fronte. Il palestinese sgranò gli occhi, abbandonò la presa sulla sua arma e crollò sulle ginocchia, prima di rovinare esanime sul pavimento. Il secondo guardiano, allarmato dai rumori, provò a comunicare con il compagno, urlando da una stanza contigua: « Tutto bene, Idan? » Non ricevendo risposta si avvicinò allo stipite. Si riparò appena in tempo, prima che una raffica facesse saltare i calcinacci.

Rashed si trovava nella sala della palestra, trasformata per l'occasione in centro di comando. Aveva appena ultimato le procedure di carica dell'antenna. Presto il cannone a particelle sarebbe stato pronto a scaricare nello spazio la sua enorme potenza. Una semplice telefonata avrebbe attivato il ricevitore, a settemila chilometri di distanza. Gli giunsero distinti i colpi soffocati dai silenziatori. Prese la sua pistola da un cassetto e, avanzando rasente ai muri e con l'arma sguainata, si diresse verso l'ingresso. Fatti pochi passi s'imbatté nella guardia del corpo che stava camminando a ritroso per sfuggire agli assalitori.

« Presto, ingegnere! » disse il miliziano. « Chiami i rinforzi, ci stanno attaccando! »

« Andiamo nella palestra e cerchiamo di difenderci », disse risoluto Rashed. « Quanti sono? »

« Credo quattro o cinque. »

« Dov'è Idan? » chiese Rashed appena si furono riparati dietro ad alcune macchine ginniche.

« L'ho visto steso nell'ingresso. Credo sia morto. »

Rashed afferrò il telefono e compose un numero.

A quasi trecento metri dal suolo soffiavano raffiche impetuose. Sara, Toba e la guardia della Bank of America Tower camminavano attorno alla base della guglia alla ricerca di qualche indizio che consentisse loro d'individuare la stazione ricevente. La difficoltà maggiore era che non sapevano che cosa cercare.

Sara si affacciò e guardò il tetto più basso, cinquanta metri sotto di loro. Lì nove gigantesche ventole vorticavano senza sosta, producendo un ronzio che si udiva a malapena, coperto dall'urlo del vento che andava e veniva. All'improvviso, le raffiche si spensero. Qualche istante più tardi si udì il borbottio silenziato di un motore diesel.

Sara si voltò alla ricerca della fonte di quel brusio: era comunque inusuale la presenza di un motore a scoppio sul tetto di un grattacielo.

« Quello cos'è, Patrick? » chiese Sara indicando un macchinario color ocra brillante sul quale troneggiava la scritta Caterpillar posto nelle immediate vicinanze della stanza dove erano alloggiati i trasformatori alimentati dalla turbina eolica. Si poteva facilmente intuire che il generatore, uno scatolone foderato con pareti antirombo all'interno delle quali era racchiuso il motore diesel, non aveva la stessa età del resto della struttura.

«Lo hanno portato dei tecnici una decina di giorni fa. Non le dico le difficoltà per issarlo sin quassù con la gru che usano per il trabattello delle manutenzioni...» rispose il guardiano.

«Quando ha detto che lo hanno installato?» insisté Sara.

«Le posso dire la data precisa, signora: sono passate due settimane. Ricordo che ho avuto anche da discutere con il capo dei tecnici perché sono arrivati senza preavviso. Comunque, alla fine siamo riusciti a far salire questo bestione sino al tetto», rispose Patrick McLoren.

«Chi ha autorizzato l'installazione?»

«Mi pare che l'autorizzazione provenisse direttamente dal capo ufficio acquisti.»

«Lo verifichi immediatamente, signor McLoren.»

Il guardiano girò via radio il quesito alla centrale di sicurezza. Meno di venti secondi più tardi ricevette la risposta. Patrick divenne pallido.

«L'ufficio acquisti dice che non ha mai comprato un generatore Caterpillar, né ha autorizzato la sua collocazione nella torre.»

La squadra comandata da Breil si muoveva con sincronia assoluta. Gli uomini della Cellula sembravano ancora perfettamente addestrati, nonostante non facessero più parte da tempo delle squadre d'azione del Mossad. Anche Oswald e Yossi non mostravano incertezze a eseguire ogni fase dell'attacco.

C'erano numerose macchine ginniche disposte l'una accanto all'altra nella sala della palestra, sulla loro destra due pertiche e due corde per la salita salivano sino al soffitto. Dietro a queste, lungo il muro, era stato disposto il quadro di comando: alcuni manometri e spie luminose e il tasto per attivare la potenza distruttiva del Teleforce inventato da Nikola Tesla.

Rashed stava armeggiando con i comandi, la pistola posata sul quadro di fronte a lui. L'altro miliziano, invece, teneva il Kalashnikov puntato verso l'unica porta d'accesso alla sala ginnica.

Il caposquadra degli assalitori gesticolò in silenzio. Due dei suoi uomini si posero ai lati della porta. Estrassero delle granate stordenti e le scagliarono all'interno della palestra.

Le due esplosioni fecero tremare i muri. Nella nuvola di fumo generata dalle granate, gli uomini di Leivi si mossero come fantasmi. Uno degli ordigni era deflagrato talmente vicino al miliziano che, adesso, barcollava confuso. Esplose alcune raffiche a casaccio, rimanendo allo scoperto. Uno degli assalitori prese la mira e lo falciò con dei colpi precisi. Gli uomini penetrarono nella palestra e si disposero a semicerchio. Oswald e Leivi li seguirono.

Rashed cercò di mantenersi lucido. Il suo destino era ormai segnato. Sarebbe diventato un martire per la causa della sua gente. Nadir Rashed guardò Breil negli occhi. Il suo sguardo esprimeva tutto l'odio che aveva dentro.

«Alzi le mani Rashed e si allontani dai comandi!» intimò Breil, l'automatica Uzi stretta in pugno.

Per tutta risposta il terrorista si mosse rapido, afferrò la sua pistola ed esplose un colpo senza prendere la mira. Breil si gettò a terra e, contemporaneamente, sparò in direzione di Rashed. Il palestinese sobbalzò, arretrando verso il quadro dei comandi.

Cadde in ginocchio, una macchia di sangue andava espandendosi sul costato.

«Morirete tutti!» gridò Rashed. La mano premette il comando, un istante prima che un secondo proiettile esploso da un componente della squadra lo finisse.

La struttura della palestra tremò come percorsa da un terremoto. Il sussulto salì verso l'antenna celata nel serbatoio dell'acqua. Un raggio azzurro intenso squarciò la notte mediterranea e si perse nel cielo stellato della Palestina.

Breil non perse un istante e chiamò Sara al telefono pieno d'apprensione.

« Rashed è riuscito ad attivare il comando », disse Oswald.

« Quanto tempo ci resta, Breil? » andò al dunque Sara.

« Nessuno conosce la velocità con cui viaggiano le particelle, ma credo che rimangano pochi minuti prima che succeda una catastrofe. Scendete sottoterra, nella metropolitana », la esortò Breil.

« Adesso abbiamo altro da fare, Oswald. »

Il vento aveva ripreso a soffiare sul tetto della Bank of America Tower. Sara osservò la turbina eolica che vorticava a pochi passi da lei e si rivolse a Toba.

« Non capisco molto di connessioni elettriche, ancor meno di raggi della morte progettati cento anni fa. Però, prima di arrendermi, credo che impedire all'elettricità di raggiungere l'antenna potrebbe essere una soluzione per evitare che New York e dintorni vengano rasi al suolo. Iniziamo dal Caterpillar. Diamoci da fare, Toba! »

Raggiunto il generatore, si accorsero però che le pareti che inscatolavano motore e comandi erano state saldate. Non sarebbe stato possibile liberare l'interno per bloccare l'erogazione di energia.

« Potrei provare a far fermare la turbina eolica », disse il guardiano. « Ma dobbiamo prima contattare la ditta che se ne occupa... è un lavoro lungo. »

Sara rimase per un attimo in silenzio, poi seguì lo scatolato d'acciaio che conteneva i cavi elettrici. Dopo un percorso sul tetto, raggiungeva la guglia.

« Generatore e turbina alimentano l'antenna ricevente. I cavi passano dentro quella specie di cassaforte d'acciaio e arrivano alla guglia. Prima o poi dovranno uscire dalla loro custodia per dare al ricevitore la corrente necessaria... Dobbiamo salire lì sopra », disse Sara e afferrò i due corrimani che fiancheggiavano la scaletta di ferro che saliva perpendicolare al suolo all'interno del traliccio della guglia. Toba la seguì senza esitazione. Qualche incertezza in più la mostrò McLoren: non più giovane e appesantito nel fisico, avrebbe corso qualche rischio nell'inerpicarsi per i settantotto metri di altezza della guglia. La sua espressione rispecchiò il suo pensiero: ogni suo gesto sarebbe stato importante e una simile occasione non si sarebbe mai più presentata. Patrick gonfiò il petto, strinse il corrimano e incominciò a salire.

Il vento si insinuava tra i tralicci e dava origine a sibili dalle cento diverse intonazioni. Anche tenersi aggrappati e continuare la salita risultava difficile, guardare verso il basso causava vertigini. Sara mise un piede in fallo, quando avevano salito una ventina di metri. Rimase aggrappata per le sole braccia, con i piedi che scalciavano nel vuoto. Toba si rese conto del pericolo e salì in fretta qualche gradino. « Appoggi i piedi sulle mie spalle, Sara », gridò l'incursore.

« Grazie, Toba! » rispose Sara quando fu di nuovo al sicuro, appena prima di riprendere la salita.

A metà percorso incontrarono una piccola piazzola di servizio, utilizzata dai manutentori per i loro interventi. Lì erano collocate alcune grosse scatole di derivazione.

« Quelle! » disse Sara indicandole. E subito si mise all'opera per accedere al loro interno.

Aperto il contenitore, i tre si trovarono davanti a una decina di cavi di grande sezione.

« Scollegando questi riusciremo a far mancare l'energia all'antenna ricevente », disse Toba mentre impugnava delle chiavi inglesi.

L'incursore svitò i dadi e allontanò i cavi dagli elettrodi. Scollegato l'ultimo, Sara si affacciò per guardare il generatore: « La spia indica che è ancora acceso ».

« Ci provo io », disse Patrick. Afferrò due cavi con la guaina dello stesso colore e fece scontrare tra loro le due trecce di rame. La scintilla azzurrognola scoccò assieme alla detonazione, talmente forte che lo spostamento d'aria fece cadere McLoren sul pavimento di ferro grigliato della piazzola.

Quasi nello stesso istante il generatore prese a sobbalzare in maniera talmente marcata che il suo movimento era visibile anche dalla piattaforma. Poi la spia d'accensione si spense.

McLoren si alzò intontito. Aveva i vestiti bruciacchiati e le mani ustionate.

« Speriamo che il corto circuito che abbiamo provocato sia servito a qualche cosa. Quanto tempo è passato, signora Breil? » chiese Patrick.

« Meno di mezz'ora », rispose Sara guardando il suo cronografo.

I tre rimasero in silenzio, gli occhi rivolti verso l'alto.

Un istante più tardi la scia luminosa, simile alla caduta di un meteorite, si stagliò nel cielo della metropoli. Dopo di che parve allontanarsi verso lo spazio infinito, come se l'assenza della stazione ricevente avesse fatto rimbalzare sull'atmosfera terrestre il raggio della morte. Il Teleforce scatenò la sua immane potenza distruttiva quando si trovava a tremila chilometri di altezza. Dall'intero emisfero occidentale fu visibile una palla di fuoco stagliarsi nel cielo. Poi tutto tornò come prima. New York e alcuni milioni di cittadini erano salvi.

Oswald, sempre più preoccupato, telefonò a Sara.

Quando rispose, si sentì sollevato.

« Dove sei, nella metropolitana? »

« No, Breil. Sono ancora sul tetto del grattacielo e mi sto godendo uno spettacolo cosmico senza precedenti. Siamo riusciti a deviare il corso del raggio della morte e fare esplodere il Teleforce nello spazio. »

« Vuoi dirmi che... che... »

« Sì, Oswald Breil. Pericolo scampato. Almeno per questa volta. »

Fu una delle poche volte nella sua vita in cui Breil si sentì la gola serrata e gli occhi umidi di commozione.

« Non vedo l'ora di riabbracciarti, Terracini. »

« Anche io, Breil. »

« Quando hai finito con le smancerie, Oswald », disse Leivi, « ti ricorderei che abbiamo ancora da chiudere la pratica qui. Senza contare che, dopo il casino che abbiamo fatto, si stanno riunendo un po' di persone qui davanti. E non mi pare abbiano intenzioni amichevoli. »

« Prendiamo le carte del progetto e abbandoniamo la piazza », disse Breil.

Gli uomini della Cellula eseguirono una rapida perquisizione, quindi, l'intera squadra si trasferì sul ballatoio che circondava il serbatoio dell'acqua. Il rombo dell'elicottero si faceva sempre più vicino, mentre venivano posizionate le cariche.

Il velivolo rimase immobile, i pattini a pochi centimetri dalla parte superiore del finto serbatoio. In una manciata di secondi la squadra fu a bordo. L'elicottero si alzò in verticale, cercando di schermare la sua sagoma dietro alla parte superiore dell'antenna: da terra incominciavano a sparare le prime raffiche.

«A te l'onore, comandante», disse Leivi porgendo a Oswald il telecomando dei detonatori.

Fu sufficiente una piccola pressione con il dito di Breil e l'antenna e la stazione di comando saltarono in aria. Quando la polvere si fu diradata, del Teleforce restavano solo macerie.

New York, sede delle Nazioni Unite, pochi giorni più tardi

I cinque membri permanenti del Consiglio di Sicurezza delle Nazioni Unite erano presenti con le loro massime autorità. Tutti avevano dimenticato, per l'occasione, antiche rivalità e venti di guerra. Era raro vedere, riuniti attorno al tavolo circolare all'interno del Palazzo di Vetro, il presidente della Repubblica Popolare Cinese, quello degli Stati Uniti, quello della Russia, della Francia e il primo ministro britannico.

Oswald Breil e Sara Terracini furono ammessi nella sala delle riunioni. Li seguivano Toba, Leivi, gli uomini della Cellula e Patrick McLoren con la divisa inamidata e le mani ancora fasciate.

Fu il presidente cinese ad alzarsi in piedi e prendere la parola. Parlava un ottimo inglese, con marcato accento orientale.

«Sono stato delegato dai membri ristretti di questo Consiglio a parlare a nome di tutti. Forse, sarebbe meglio dire a nome di tutto il pianeta. Credo che vada tributato a lei, dottor Breil, e a tutti voi, il nostro ringraziamento per aver scongiurato il più grave pericolo per la sopravvivenza dell'umanità nel corso della sua intera esistenza. Senza il vostro intervento, che ha smascherato le trame del premier israeliano, si sarebbe innescata una spirale di guerre senza precedenti. Ma non solo. Senza il vostro coraggioso modo di sopprimere la più grave minaccia terroristica di sempre, oggi piangeremmo milioni di vittime innocenti. Rendere pubblico il grave rischio che ha patito la popolazione a causa dell'attacco terroristico, avrebbe il solo scopo di diffondere il panico. Per questo motivo abbiamo deciso per una versione ufficiale, l'unica che tutti daremo: l'esplosione avvenuta nello spazio è stata provocata dall'impatto di un bolide celeste che si è disintegrato all'ingresso nell'atmosfera. »

Breil e i componenti della sua squadra furono gratificati con una medaglia e una stretta di mano.

Alla fine della cerimonia il presidente degli Stati Uniti trasse Oswald da parte.

« Mi ha detto, dottor Breil, che tornerà sul suo yacht, in Italia. La prego di accettare la mia offerta di farla accompagnare alla sua destinazione con l'aereo presidenziale degli Stati Uniti d'America. Un semplice gesto di ringraziamento del nostro popolo. »

L'appartamento del presidente, a bordo dell'Air Force One, occupava l'area prodiera del Boeing 747. Nell'estrema prua si trovava la suite presidenziale. Subito a ridosso, l'ufficio del presidente, sulla cui scrivania era stato collocato, come omaggio ai coniugi Breil, il modellino di una nave radiocomandata costruito dallo stesso Nikola Tesla. Accanto all'ufficio si trovavano lo studio medico, la zona dedicata allo staff, la sala riunioni. In coda, la zona ospiti e gli spazi riservati per i giornalisti accreditati che viaggiavano con il presidente. Ogni settore dell'aereo era dotato di uscite di sicurezza per una rapida evacuazione. Il Boeing era, inoltre, equipaggiato con i più moderni sistemi di difesa.

Bernstein e Toba avevano il loro posto nel locale destinato agli ospiti. Il personale di bordo – ventisei persone compresi i piloti, navigatore, motorista e marconista – ricopriva gli illustri passeggeri di mille attenzioni.

Oswald si sdraiò sul letto poco dopo il decollo.

« Voglio proprio sentire che cosa si prova a schiacciare un pisolino dove posa la sua regale testa l'uomo più potente al mondo », disse Breil.

« Sarà anche l'uomo più potente, ma, se non ci fossi stato tu, a quest'ora sarebbe in tutt'altre faccende affaccendato », commentò Sara, mentre si accoccolava tra le braccia del suo uomo.

« Che romantica scena d'amore », gracchiò una voce. « Ma la bella dottoressa Terracini non si è ancora accorta di avere un marito nano? »

Il vicedirettore della CIA Corder, comparso dal nulla in un angolo della suite volante, stringeva una pistola fra le mani. Aveva un sorriso sinistro dipinto in viso.

« Lei ha vanificato mesi e mesi di sforzi, Breil: il piano di Aserovich per sbarazzarsi di Hamas e dell'Iran lo avevamo elaborato insieme. In cambio, la CIA sarebbe entrata in possesso del progetto segreto di Tesla. Ma non tutto è perduto, non è vero, Breil? Io so come lei opera. Sono sicuro che lei non abbia abbandonato il laboratorio di Nadir Rashed senza averlo preventivamente bonificato. Il rischio era quello di lasciare il progetto del raggio della morte nelle mani di Hamas. Adesso lei mi consegnerà tutto e poi lascerà questo mondo con ogni onore. »

« Ha ragione, Corder. Ho trovato quello che resta di un quaderno vergato da Tesla e a lungo reclamato da suo nipote. In aggiunta a questo, ho requisito tutti gli appunti di Rashed per colmare le indicazioni che gli mancavano nella realizzazione del Teleforce. Ma non credo lei mi consideri sprovveduto al punto di portarmi appresso dei documenti così importanti... » disse Breil cercando di prendere tempo.

« Invece sì, Breil. Per il semplice motivo che, dopo la sua 'eroica' azione nel laboratorio di Hamas, lei non ha avuto il tempo materiale per depositare il progetto in un luogo sicuro. Quindi, è qui. Su questo aereo. » Corder puntò la pistola verso la testa di Sara. « E se non vuole macchiarsi con gli schizzi della materia cerebrale di sua moglie, le conviene dirmi dov'è. »

« Metta giù quell'arma, Corder. I documenti che ho raccolto si trovano qui accanto, nello studio medico del presidente, all'interno di una valigetta. »

« Vi seguo, Breil », disse il vicedirettore della CIA senza mai abbassare la canna della sua pistola.

L'infermeria confinava con lo studio attiguo alla suite presidenziale. Durante le trasferte ufficiali, il medico personale viaggiava a bordo dell'Air Force One.

Breil, con le mani alzate, guadagnò l'infermeria. Si volse a guardare Corder come se gli stesse chiedendo il permesso di abbassare le braccia e tirare fuori una valigetta ventiquattrore rigida da uno scaffale. Oswald la prese e la porse al vicedirettore.

« La apra lei, Breil. Conosco bene i trucchi degli ebrei: getti di veleno, esplosioni collegate con l'apertura, scosse elettriche mortali... »

« Che cosa ci accadrà dopo che l'avrò aperta? » chiese l'israeliano.

« Capisce bene che non mi sarà facile lasciarvi in vita, Breil. Vi prometto una 'morte pietosa'... » disse Corder, un sorriso sinistro piegava le sue labbra.

« L'ho già sentito, Corder », sibilò Breil.

Oswald agì sui pulsanti, le chiusure della valigetta scattarono con un clic. L'aprì a ventaglio e indicò il contenuto: « Qui c'è quello che cercava, Corder. Ci lasci vivere, adesso ».

« Certo, Breil. Ma non so se riuscirete a farcela con una pallottola in testa. » Corder si distrasse un attimo e si sporse per controllare il contenuto della valigetta. Vide il quaderno nero di Tesla bruciacchiato e altri fogli, quelli vergati da Rashed per completare il progetto. L'americano sorrise compiaciuto. In quell'istante Oswald agì fulmineo. Richiuse la valigetta stringendo nel mezzo la mano del suo aguzzino. Corder impiegò qualche secondo per liberarsi. Il tempo necessario perché Oswald afferrasse con forza la maniglia di un'uscita di emergenza situata nella sala medica.

Il portello si distaccò come se sospinto da una carica esplosiva, l'aria della decompressione penetrò all'interno dell'aereo con la violenza di un tornado.

« Reggiti forte, Sara », disse Breil, mentre si aggrappava alle suppellettili e controllava che sua moglie facesse altrettanto.

Corder, finalmente libero dalla presa della valigetta, brandì per qualche istante la pistola nella stanza, poi il vento lo sollevò dal pavimento. Il vicedirettore vorticò in aria come un fantoccio, la corrente lo sospinse verso l'apertura e, in un attimo, il suo corpo fu risucchiato all'esterno accompagnato dall'urlo di terrore del dirigente della CIA che precipitava nel vuoto.

L'emergenza non durò che pochi minuti, mentre i passeggeri venivano invitati a indossare con urgenza le maschere a ossigeno. Nella cabina di pilotaggio gli allarmi avevano segnalato la depressurizzazione rapida e i piloti si erano affrettati a effettuare le manovre necessarie e a ridurre la quota.

Appena l'aereo ebbe riconquistato la giusta altitudine per depressurizzare la carlinga, Breil si sfilò la maschera, prese la valigetta e si recò nello studio del presidente. Afferrò tutti i documenti e li lasciò cadere all'interno dell'inceneritore.

« Hai fatto bene, Breil », commentò Sara. « Il nostro mondo non è ancora pronto a convivere con le idee di Nikola Tesla. »

« Un mondo che non cessa di stupirmi per la sua crudeltà », disse Oswald.

« Eppure, dovresti esserci abituato. Abbiamo vissuto avventure altrettanto pericolose e siamo sempre riusciti a cavarcela. »

« Ma questa non è come le altre. In gioco c'era la vita del nostro Paese e la sopravvivenza dell'umanità intera. Abbiamo rischiato il terzo conflitto mondiale. Forse, il nostro mondo non sarà mai pronto a convivere con nessuno. Tesla appartiene al passato, ma noi dobbiamo pensare al futuro. È un dovere nei confronti di quelli che verranno dopo di noi. Dobbiamo arginare le mire dei più malvagi. Ma non so fino a quando riusciremo a farlo. »

In Oswald Breil emerse tutta l'amarezza di quei lunghi mesi e, per un attimo, perse molte delle certezze che avevano accompagnato tutta la sua vita.

Chinò il capo.

Per una volta Sara lo vide stanco e gli andò vicino. Rimasero così, in silenzio, uno accanto all'altra come sempre avevano fatto.

Un vento impetuoso continuava a penetrare dall'uscita di sicurezza divelta del Boeing presidenziale. Stavano volando ora a bassissima quota. Sotto di loro i riflessi del mare al tramonto.

Il mondo, quel meraviglioso mondo capace di sbalordire per la sua bellezza, aveva rischiato di esplodere...

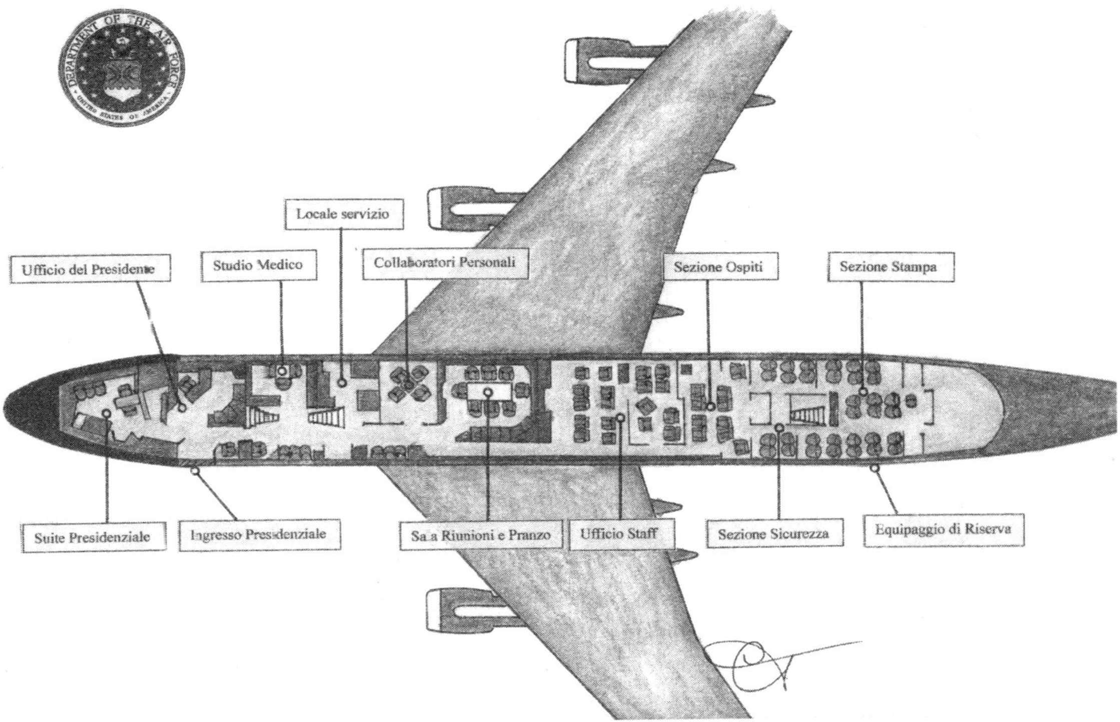

L'aereo presidenziale Air Force One

Paul Kelly

RINGRAZIAMENTI

Spesso, dinanzi a una situazione nuova, il clamore supera la realtà. Questo diceva Giulio Cesare nel suo *De bello civili*. Per la prima volta mi sono concentrato – almeno per la parte « moderna » del mio lavoro – sull'attualità. Non nego di aver incontrato difficoltà impreviste ogni volta che, contrariamente a quanto affermato da Cesare, il mio scritto veniva superato dai reali accadimenti. In molti casi mi sono ritrovato a rincorrere la notizia scoprendo, solo in un secondo momento, quanto una realtà così cruda si adattasse alla mia invenzione letteraria. Si è trattato, comunque, di un esercizio utile: l'ennesima prova che mi ha richiesto questa smisurata passione nel costruire trame.

Passione che naufragherebbe senza il costante sostegno della nostra « piccola impresa familiare italiana ». Ancora *Il figlio della tempesta* affronterà, speriamo con successo, i mari irrequieti dell'editoria grazie anche al vostro indispensabile apporto, Consuelo, Andrea e Beatrice.

Grazie a tutti quelli che, nella Casa Editrice che mi accoglie da un trentennio, consentono a questo *fragile veliero* di affrontare coraggioso il mare aperto.

Grazie anche a te, Laura Lepri, per venticinque anni di affiatata collaborazione.

Grazie a tutti quelli che ho sorpreso, chiedendo risposte a domande imbarazzanti, riservate o semplicemente riguardanti notizie poco note.

Come sempre, per chi volesse approfondire le materie trattate, ecco alcuni testi sui quali mi sono documentato:

AA.VV., *Five Points Gang*, General Books, USA, 2013.

Cantatore Paola, Vincenti Alessandro, *Nikola Tesla, eccentrico, ossessivo, fobico*, F.C. Panini, Modena, 2019.

Caridi Paola, *Hamas, From Resistance to Regime*, Seven Stories Press, New York, 2023.

Filiu Jean-Pierre, *Gaza, a history*, Hurst, London, 2015.

Nelli Humbert S., *The business of crime, Italians and syndicate crime in the United States*, The University of Chicago Press, Chicago, 1981.

Pizzuti Marco, *Scoperte scientifiche non autorizzate, oltre la verità ufficiale*, Il punto d'incontro, Vicenza, 2011.

Reppetto Thomas, *American mafia, a history of its rise to power*, Henry Holt, New York, 2005.

Sifakis Carl, *The mafia encyclopedia*, Facts on File, New York, 1987.

Teodorani Massimo, *Nikola Tesla, un lampo di genio*, Macro edizioni, Cesena, 2005.

Tesla Nikola, *Le mie invenzioni, l'autobiografia di un genio*, L'Età dell'Acquario, Torino, 2019.

Tesla Nikola, *Sull'incremento dell'energia umana, con un riferimento particolare all'energia solare e altri scritti*, Piano B, Prato, 2014.

Vincent Aldo, *Nikola Tesla, segreti-brevetti-misteri*, Torino, 2021.

NOTA DELL'AUTORE

Non era ancora finito il peso psicologico della pandemia che i nostri potenti hanno pensato bene di deliziarci con lo spettro di una guerra senza scampo per l'umanità. Sarebbe stato sufficiente lasciarci gioire per l'evitato pericolo virale e nessuno si sarebbe mai sognato di ambire a quelle posizioni che alcuni sono disposti a difendere (o a offendere) armi in pugno.

Sarebbe meglio rileggere la Storia con l'animo sereno per rendersi conto degli errori del passato ed evitarli senza remora alcuna. Errori che sono costati la vita a milioni di uomini, donne, anziani e ragazzi, ma che non vengono recepiti da chi ha il dovere di guidare l'umanità verso il progresso e non alla distruzione.

Non esistono, né mai sono esistite, guerre cavalleresche, etiche o morali. La guerra è guerra. Come tale, basa ogni suo presupposto su azioni criminali e omicide.

Nello scrivente sussistono dubbi sulle dinamiche dell'attacco di Hamas del 7 ottobre 2023. Un Paese come Israele deve la sua stessa sopravvivenza all'efficacia dei servizi d'intelligence e alla scrupolosa conoscenza preventiva delle mosse dei numerosi avversari che lo circondano. Possibile che l'avanzata di un esercito, forte di migliaia di miliziani equipaggiati nelle maniere più disparate, sia passata inosservata? Proprio nei giorni dell'attacco, le truppe che presidiavano quel fronte sono state dislocate altrove e tutti i segnali d'allarme sono stati ignorati.

Un ulteriore dubbio che nutro è che il disegno della reazione fosse più ampio e tendesse a fare piazza pulita dei nemici dell'Occidente in Medio Oriente. Prova ne sia che la Repubblica Popolare Cinese si è affrettata a ribadire la propria indissolubile alleanza con l'Iran, mettendo in guardia chiunque dall'avventurarsi in reazioni avventate contro la Repubblica islamica. A quel punto, forse, tra gli ideatori della manovra è incominciato a serpeggiare il ripensamento e alla fine, se inganno c'è stato, Israele si troverà da solo a fronteggiare i nemici sul campo e l'opinione pubblica avversa nel mondo.

Ma chi scrive è un romanziere d'avventura. È normale che interpreti gli eventi tirando acqua al proprio mulino. Eppure, mai come in questa occasione, trovarmi a raccontare i dolori di una guerra in corso ha generato in me perplessità. Mi auguro di aver riportato ogni mia personale idea con la dovuta delicatezza e obiettività. Sicuramente i fatti hanno avuto un percorso più lineare e davvero si sono svolti come ci hanno dato a intendere. Sicuramente...

Tunguska è una regione della Siberia saltata letteralmente in aria il 30 giugno 1908. A oggi, malgrado tutto il bagaglio tecnologico della nostra civiltà, non esistono spiegazioni certe per un evento catastrofico che interessò un'area di oltre duemila chilometri quadrati.

C'è chi – allora e ancor oggi – imputa tale evento a esperimenti svolti dallo scienziato serbo-statunitense Nikola Tesla.

Senza le sue invenzioni il mondo non sarebbe quello che è. Probabilmente il progresso sarebbe riuscito a traguardare ugualmente quei risultati, ma con decenni di ritardo rispetto a ciò che riusciva a partorire la mente geniale di Tesla.

Anche in questo caso il ragionamento appare falsato dall'indole del romanziere: se Tesla, capace di intuizioni rivoluzionarie, avesse avuto ragione anche sul raggio della morte? Se davvero fosse riuscito a costruire un'arma di distruzione di massa facilmente accessibile?

Conoscendo l'indole dei potenti, siamo certi che una risorsa bellica del genere andrebbe a ruba.

Raccogliere testimonianze sulla vita di Nikola Tesla ha generato in me continua meraviglia. Calarmi nel contesto storico e ambientale di un'America che cresceva a ritmi impensabili è stata un'affascinante rincorsa del tempo passato.

La domanda che mi sono posto anche in questo caso è: come ha reagito quell'America alle idee di Tesla? Lo ha deriso? Lo ha seguito ciecamente? Lo ha ostacolato? Interrogativi irrisolti, germogliati per più di un secolo sino a mettere radici in questo nostro tempo che, malgrado il suo stesso passato, si ostina a credere nella guerra.

Ancora ammonisco chi ha avuto la costanza di seguirmi sino a questo punto. Compito dell'autore d'avventura è quello di appassionare, non certo di rivelare verità assolute. Se, però, le pagine che precedono hanno acceso in voi anche un solo dubbio, vi hanno spinti a una verifica, a una semplice domanda sul reale svolgimento dei fatti, significa allora che ogni scritto porta con sé quei momenti di riflessione indispensabili alle coscienze per approdare a un'opinione. Questo assume ancor più valore in un periodo come quello che stiamo vivendo, inquinato da notizie che poco o nulla hanno a che vedere con la verità.

Leggere ci regala la libertà di creare immagini secondo il nostro intelletto e, bombardati come siamo dalle riproduzioni della realtà che ci vengono imposte, la sola libertà d'immaginare è una conquista preziosa.

INDICE

Questo libro è stampato col sole

GRAFICA VENETA

Azienda carbon-free

Certificato PEFC
Questo prodotto è realizzato con materia prima da foreste gestite in maniera sostenibile e da fonti controllate
PEFC
PEFC/18-31-226
www.pefc.it

Fotocomposizione Editype S.r.l.
Agrate Brianza (MB)

Finito di stampare
nel mese di settembre 2024
per conto della Longanesi & C.
da Grafica Veneta S.p.A. di Trebaseleghe (PD)
Printed in Italy